심지층 저장소

심지층 저장소

초판 1쇄 발행 2024년 4월 30일

지은이 아네테 훅
옮긴이 서요성
펴낸이 강수걸
편집 이혜정 강나래 오해은 이선화 이소영 김성진 송연진
디자인 권문경 조은비
펴낸곳 산지니
등록 2005년 2월 7일 제333-3370000251002005000001호
주소 부산시 해운대구 수영강변대로 140 BCC 626호
전화 051-504-7070 | 팩스 051-507-7543
홈페이지 www.sanzinibook.com
전자우편 sanzini@sanzinibook.com
블로그 http://sanzinibook.tistory.com

ISBN 979-11-6861-298-3 03850

* 책값은 뒤표지에 있습니다.
* 잘못 만들어진 책은 구입처에서 교환해드립니다.
* This book was published with the support of the Swiss Arts Council Pro Helvetia.

스위스 문학상 수상작가
아네테 훅 장편소설

심지층 저장소

Tiefenlager

서요성 옮김

산지니

한국 독자들께

때는 11월, 저는 이 소설의 마지막 장을 탈고했습니다. 드디어 저는 노래와 연결되는 어조(語調)가 무엇인지 알았습니다. 저는 오랫동안 노래로 넘어가는 생각을 갈망했습니다. 동시에 엔지니어, 기술자, 간호사의 고민과 계산도 이해하고 싶었습니다.

제가 한국의 초대를 받아 작가낭독회 여행을 하던 중, 부산의 태양이 놀라울 정도로 따뜻했던 때도 2019년 11월이었습니다. 쉬는 날, 저는 북쪽으로 향했습니다. 해안을 따라 이 바위에서 저 바위로 걸었습니다. 그러다가 만난 해동 용궁사(海東 龍宮寺)는 작은 도약의 시작이었습니다. 어둡고 실물보다 더 큰 거대한 관음상이 바다 너머를 바라보고 있었습니다. 관음상은 생각에 잠겨 턱에 손을 얹은 것 같았습니다. 저는 관음상의 시선을 따라가다가 까마득히 멀리 바다 쪽으로 돌출한 넓은 땅을 보았습니다. 그곳은 안개에 가려 있었습니다. 지도는 거기에 핵발전소가 있음을 알려 주었습니다.

관음상이 사려 깊은 표정으로 그 시설을 지켜보고 있는 것 같았습니다. 그때 저는 『심지층 저장소』를 쓰게 만든 사건으로 다시 돌아왔습니다. 소설은 과학과 수도원의 놀라운 만남에서 시작되었습니다. 2014년에 저는 노조 간사로 일하던 중 정기 연수의 한 섹션에 참가했습니다. 큰 대학의 기술직 직원들도 함께했습니다. 우리는 여러 국가들이 핵폐기물의 최종 처리를 위해 지하 터널에서 재료와 암석을 실험하는 유라주(州)의 암석 실험실을 방문했습니다. 연구소 소장은 우리에게 시설을 보여 주면서 다음과 같이 마무리했습니다. "여러분도 보셨겠지만, 기술적인 문제는 해결되었어요. 아직 해결되지 않은 건 기억의 문제죠." 미래 세대는 핵폐기물의 위험에 대해 어떻게 배워야 할까요? 500년, 10,000년, 200,000년 후에는? 소장은 수도원에 대해 이야기했습니다. "이 아이디어는 전문가 집단에서 계속해서 등장해요. 위험한 방사선에 관한 지식을 전달하기 위해 수도원을 설립해야 할까요?"

그의 제안은 처음에 허무맹랑한 것처럼 보였습니다. 과학자들이 무심결에 종교적 전통에서 유래한 생각을 떠올린 것일까요? 그들은 비밀 결사를 꿈꾼 걸까요, 아니면 <스타워즈>의 제다이 기사단을 꿈꾼 걸까요?

그 아이디어는 터무니없을 뿐만 아니라 차츰 매력

적으로 보이기도 했습니다. 비밀리에 저는 즉시 그러한 수도원에 가입하고 싶었습니다. 이 열망은 아마도 노래에 대한 갈망, 공동체에 대한 소원과 관련이 있을 겁니다. 2015년에 제가 프리랜서로서 글에만 전념하고 있을 때, 수도원의 상상 속 인물들이 나타나 제 친구가 되어 주었습니다. 그들은 유럽과 아시아에서 왔으며 다양한 직업에 여러 언어를 사용했는데 때로는 의견이 일치하지 않았습니다.

독자 여러분이 이 책을 읽더라도 현실적인 저장소 문제에 대하여 명확한 답을 얻을 수는 없을 겁니다. '저의' 수도회 회원들은 서로 달리 생각하며, 각자 자신의 미래 시나리오를 구상합니다. 언어에 대한 그들의 열정은 다양한 분야와 유희를 통해 드러납니다. 한국어 번역으로 이번 유희에 동참해 주신 서요성 교수님께 진심으로 감사드립니다.

그 수도회는 5년 동안 제게 집과 같았습니다. 저는 등장인물과 함께 미래에 대한 두려움을 지적인 방식으로, 아름다운 일상 속에서 다루려고 노력할 수 있었습니다. 책이 처음에 독일어로 출간되고 곧 프랑스어로도 번역 출판되었을 때, 저는 작가낭독회에서 실제로 최종 저장소 프로젝트를 맡고 있는 독자들을 만났습니다. 독일과 스위스는 핵발전소를 완전히 폐지하기로 결정했습니다. 프랑스는 여전히 핵발전소를 더 만들기를 원합니다. 관련한 토론은 완전히 다르게 진행되고 있습니다. 하지만 저는 세 나라 모두에서 소설의 캐릭터에 호감을 느낀다고 말하는 사람들을 만났습니다. 그들은 이 터전을 더 좋게 만드는 실용적이고 작은 프로젝트를 수행하고 있습니다. 그들은 인간의 집단지성을 믿는 것 같았습니다.

해동 용궁사의 관음상 옆에서 저는 세상을 고민하는 이가 혼자가 아니라는 생각에 마음이 평안해졌습니다. 그리고 이제 그 느낌이 한국어판에도 이어져 좋은 징조가 되기를 바랍니다. 제가 소설을 쓰면서 얻은 즐거움에 독자 여러분도 조금이나마 공감하기를 기원합니다.

2024년 2월 취리히에서

아네테 훅 드림

차례

일러두기

* 본문의 각주 중 '원주'라고 표기한 것 외에는 모두 옮긴이 주이다.
* 본문의 장제목은 독자의 이해를 돕기 위하여 한국어판에 추가한 것이다.

大隱隱朝市

위대한 은자는 저잣거리에 숨는다

왕강거(王康琚)

1
계획

조만간 우리는 조용히 활동할 것이다. 새로 지은 집에서. 이미 수도회 규칙이 있기 때문에 처음부터 시작하는 것은 아니다. 우리의 잘못으로 인해 수도회의 규칙은 늘어났다. 숫자들도 정확하다. 나는 우리가 여태껏 서로에게 속삭이거나 수업한 것, 기록하고 계산하고 노래한 것, 계속해서 자세히 상상해 온 것까지도 이 자리에 공개해서 누구나 자유롭게 쓸 수 있도록 할 것이다.

2
페트라와 베티의 재회

무릇 모든 일은 행운이 함께하는 우연으로 시작되었다. 수많은 길이 교차하는 홍콩은 그를 위한 완벽한 장소였다. 사통팔달. 추리닝 차림의 여인들이 시내 마천루 사이의 인도, 공원, 벤치, 지하도, 차단된 채터로드(Chater Road)를 점령했다. 그들은 이불을 온몸에 두르고 1월이 되자 본격적으로 차가워진 바람을 모자로 막으면서 골판지 상자 위나 천막 안에 앉아 있었다. 아주 드물지만 온화한 상승기류가 빌딩 사이를 스치는 돌풍을 급히 곤두박질시키면, 돌풍은 길바닥의 찌꺼기를 수평으로 쓸어 내곤 했다. 홍콩상하이은행(HSBC) 빌딩 아래 보행자 도로는 바람의 운하가 되었다.

추리닝을 입은 여인들은 가사도우미로, 이웃한 남방 국가에서 왔다. 그들은 일요일마다 휴무였지만 홀로 머무를 만한 공간이 없었다. 그래서 이렇게 시내에서 몇 시간을 보냈다. 그들은 골판지 상자 위나 그 사이에 앉았다. 벽을 세우고 거기에 골판지 바닥을 꿰매면, 사람들은 지붕이 없는 방에 모인 셈이었다. 여전히 휑한 도로 위. 소곤소곤 중얼거리는 소리와 핸드폰의 증폭된 음악이 들리다가도, 종종 어느 조그만 집에서 웃음소리가 터져 나왔다.

채터로드를 해안가 산책로와 이어 주는 터널도 사람들로 꽉 찼다. 여인들은 서로 안마를 해 주었다. 화끈거리는 주전자와 앰프가 대기를 후끈 달구었다. 군중 틈을 벗어나 저 높은 곳으로 가길 원하는 사람들은 엘리베이터를 탔다. 연륙교(連陸橋)에서 시원스레 해안가와 물굽이의 거친 물살을 볼 수 있었다. 그 뒤로 광택 없는 구룡호텔이 우뚝 서 있었다. 에스컬레이터가 연륙교에서 잔디밭으로 내려갔다. 거기서도 사람들이 서로 좁혀 앉아 몸을 웅크렸다. 더 큰 무리들이 바람과 추위에 맞서 춤을 추고 있었다. 엄격한 움직임에도 불구하고 그들은 우아하게 뛰어올라 팔을 내던지며 머리를 이리저리 흔들다가 제자리에 착지했다. 그들이 춤에 맞추어 틀었던 음악을 바람이 깨뜨렸다.

해안가에 있는 네 형체는 다른 형체들과 은밀히 구별되었다. 그들의 움직임은 경치에 어울리지 않았다. 그때 이른 아침의 중국 시민공원을 기억나게 하는 누군가가 체조 시범을 보여 주었다. 그 여인이 몇 살인지를 말하기는 어려웠다. 뒤로 땋은 눈부시게 푸른 머리 가닥이 까만 단발 위로 떨어졌다. 그는 팔을 어깨높이에 수평으로 두고 아주 서서히 이리저리 움직였다. 몸통을 왼쪽으로, 그러다가 다시 오른쪽으로 돌렸다. 연금 생활자에게나 어울릴 법한 운동이 바람과 거북하게 들리는 음악 속에서 이상한 평온을 가져다주었다. 마침 시범을 따라 하던 세 여인은 박자를 놓치고 말았다. 누구는 방향을 착각하고, 누구는 발을 잘못 들었다. 그래도 사부 덕분에 그 작은 무리는 단결된 움직임을 뽐냈다.

바지 정장 차림의 여인이 에스컬레이터를 타고 잔디밭으로 내려왔다. 잔디를 걷기에는 어울리지 않는 우아한 구두를 신고서 사뿐사뿐 잔디를 지나 눈부신 푸른 머리의 여인 뒤에 열을 맞추었다. 그런데 그가 다른 사람들과 함께 무릎을 꿇고 다리를 쩍 벌리기 전에 핸드백이 바닥에 떨어졌다. 금세 그의 자세와 발도 뒤죽박죽이 되었다.

시범을 보이던 여인이 몸을 돌려 동작을 멈추자, 무리 안의 낯선 여인이 깜짝 놀라서 쳐다봤다. 저 사람은 피리나? 피나? 아니 페트라던가? 어쩐 일로 저 여인이 홍콩의 잔디밭에 온 거지?

"베티 왕, 맞지?" 바지 정장 여인이 물었다. 그의 진짜 이름은 페트라였다.

예전에 페트라는 마닐라에서 소액 대출이나 힘들게 빌린 빈민촌 대출금 업무를 맡았던 적이 있다. 서늘한 사무실의 별실에서 페트라는 수기로 작성한 목록의 숫자들을 엑셀로 옮겼고, 신청서와 자료를 유럽의 전문용어로 번역했다. 당시 옆자리에는 돈 몇 푼 벌려고 타자를 치던 간호학 전공 여대생이 한 명 앉아 있었다. 베티 왕. 둘 다 스무 살이 조금 넘었고, 냉전이 막 끝난 때였다.

25년이 지나 그들은 홍콩 해안가 녹색 산책로에서 카페로 자리를 옮겼다. 그들은 서가 사이의 눈에 잘 띄지 않는 벽감에 앉아서 기억을 되살리려고 했다. 그들이 서로를 알아 가던 중에 마닐라 근처의 한 화산이 폭발했었다. 이상한 고요가 도시에 드리웠다. 들판에 살던 사람들의 머리카락은 허옇게 물들었다. 진흙이 흘러 마을들을 파묻었다. 화산 아래에 배치된 미군 전투기들은 짙은 잿빛 아래에서 형체를 잃었다. 그 당시 베티와 페트라는 시골 버스에 앉아 있었다. 홍콩에서 그들은 과거의 행선지를 기억하지 못했다. 그저 스프링 장치가 된 좌석 위에 앉아서 흔들리던 일만 기억했다. 눈을 두리번거린 것도, 그리고 둘이 느닷없이 하얘진 머리카락에 환호했던 것도. 그들이 화산, 군사력, 민중의 분노를 미리 짐작할 수 있을 만큼 명민했었더라면.

페트라는 감정이 시키는 대로 자신을 내버려두었다. 마닐라에 온 것도 사랑에 빠졌기 때문이었다. 그는 시원한 사무실에서 하는 일자리를 찾으면서 오래된 두려움을 떨쳐 냈다. 그는 유년 시절의 상당 부분을 핵전쟁이 자신의 생명을 일찍 끝장낼 것이라 생각하며 보냈다. 폭탄이 발표된 적도 있었다. 그는 큰 화재가 유럽 대륙을 황폐화할 것이라고 들었다. 그 뒤 천둥이 칠 때마다 하늘이 무너질 거라는 기대감이 솟아났다. 몇 년 동안 그에겐 폭탄이 세상에서 가장 중대한 일이었다. 미국발 전투기들이 마닐라 근처 화산재 아래에서 사라졌다는 소식은 그를 깊은 희열로 채웠다. 그는 주식 시세를 배고픔이나 군대 투입과 연결하는 법칙을 알게 되면서 주식 변동을 대충 파악할 수 있었다. 또 손으로 쓴 메모를 엑셀로 옮겨 적으며 백 마디 말보다 확인할 수 있는 숫자를 더 믿게 되었다. 실제로 돈이 바뀌고 소유자가 바뀌고 예상치 못한 지출이 가능해지면, 페트라는 보다 심오한 의미, 완화됨, 행복의 가능성을 보았다. 부자가 되고 싶은 욕망이 그로 하여금 여러 일자리를 전전하게 했다. 그리고 여자친구들을 사귀었다. 당시 도시나 시골, 바다 너머에서 온 대학생들, 방금 첫 소송 사건을 담당한 법학도들, 일자리를 구하고 있는 극빈

한 딸들, 일본, 네팔 혹은 베트남에서 온 창업자들을 간이 맥줏집이나 어느 집 정원에서 만났다. 죄다 어떤 식으로든 따갈로그어*나 영어를 구사했다. 그중 대부분은 의욕도 없고 부패해 보이는 정부에 반대했다. 그들은 네 명씩 팔짱을 아플 정도로 끼고 대오를 이루며 무장 경찰들을 바라보았다. 그들은 밤새 토론했는데, 간이 맥줏집에서 이야기를 하다가 금기를 넘거나 이야기의 앞뒤를 놓쳐도 괜찮았다. 왜냐하면 분명 다른 누군가 그것을 포착했고, 어느 순간 대화는 앞으로 무슨 일을 해야 할지에 대한 질문으로 되돌아왔기 때문이다. 냉전이 종식된 지금 무엇을 해야 한단 말인가? 마닐라와 같은 세상의 몇몇 지역에서는 위대한 평화에 대한 희망이 계속되었다. 사람들은 멀리서 벌어지고 있는 대량 학살을 믿지 못하겠다는 듯이 지켜보았다.

당시 베티 왕의 머리카락은 엉덩이까지 내려왔다. 그는 간호학을 전공하면서 옅은 녹색의 유니폼을 입고 뒤섞인 감정으로 일상 업무를 대했다. 다른 사람들이 정원에서 춤을 춰도 그는 말없이 뻣뻣하게 서 있기만 했다. 그러다가 밤이 깊어질 때만 가끔 말을 하기 시작했다. 한 번인가 그는 세상에 무슨 일이 벌어져도 무

* 필리핀 원주민 언어

기를 잡지 않을 것이라고 명백하고 똑똑히 말했다. 페트라는 어떤 소동을 기억했다. 어느 늙수그레한 여인이 야단치자, 베티는 큰 소리로 앙갚음했다. 그때 그는 여러 해 동안 존경의 뜻으로 참았던 말을 마치 압축 공기가 빠져나가듯이 내질렀다. 베티는 페트라처럼 숱한 밤을 사무실에서 보냈다. 작은 뒷방에 해초로 만든 매트가 펼쳐졌다. 그 위에 아이 셋과 엄마가 누웠다. 여덟 살도 채 되지 않은 꼬마들이 딱딱한 복도를 트램펄린인 것처럼 껑충껑충 뛰어다니다가 고함치는 여인들에게 몸을 던졌다. 아이들은 벽과 충돌하여 고래고래 울다가 주저앉기 전까지 잠에 드는 법이 없었다. 그 장면을 베티는 홍콩 카페의 제일 구석진 곳에서 떠올렸다.

냉전이 종식되자 미군은 필리핀에서 철수했다. 모든 유색인 애국주의자들은 물론이고 여성 단체와 신용조합도 환호했다. 그들의 사무실에서는 축하 파티가 열렸다. 그 뒤, 어머니들은 문 앞에서 말했다. “우리가 너희와 함께 미국 놈들을 쫓아냈는데, 이제 자식들이 굶고 있어.” 그들은 버려진 군기지의 바에서 수도로 이주했다. 그들은 뒷방에 묵으며 사무실에서도 할 수 있는 가사일을 넘겨받았다. 밤에는 해초 매트를 활짝 펼쳐 놓고서 젊은 직장인들에게 은신처를 제공했다. 위험은 일상사가 되었기 때문이다. 베티와 페트라가 집으로 가는 밤길을 두려워했던 과거, 경찰관들은 밤 11시부터 새벽 1시 사이에 교대 근무를 마치고 귀가하는 젊은 여자들을 쫓고는 했다. 홍콩에서 둘은 놀라지도 않고서 연쇄살인을 기억했다. 그들의 두려움은 뛰어오르며 웃고 있는 아이들을 회상하면서 걷혔다.

"믿기 힘들 정도로 교육을 제대로 받지 못한 아이들이었어." 베티는 말했다.

페트라는 이직 이력에 대해서 짧게 말했다. 그는 자주 일자리를 바꿨다. 마흔에 컨설팅 일을 시작했다. 그는 미래의 전망과 노후에 필요한 자금을 계산했으며 이곳저곳으로 여행했다. 홍콩에는 자주 왔다. 언젠가 귀향했을 때에도 그곳 펜션에서 살았다.

어머니들은 사망했다. 페트라는 숨 쉴 공기가 희박해지고 있다고 말했다. 베티는 그 기분을 안다는 듯이 끄덕였다.

"사랑이라고?"

베티는 고개를 흔들더니 당시 사무실의 뒷방으로 돌아갔다. "거기에 조그만 소녀도 있었어…."

"그 애가 베이비 루라고 했던가?"

"사내아이들이 잠들자, 그 애가 조심스럽게 일어났어. 우리를 향해 다가와서 아주 작게, 거의 속삭이듯이 말했어. '내가 누구게!' 그도 대답에 긴장한 것처럼 보였어. 그는 즉시 다른 사람이 될 것을 알지 못했던 거야. 우리가 대답하기도 전에 그가 '난…' 하더니 숨을 참았어. 한 마디가 그에게 새로운 몸을 줄 거야. '난 새야.' 그는 눈을 크게 뜨고 팔을 뻗으며 말했어. '좋은 저녁이야, 새 부인.' 우리는 사내아이들을 깨우지 않으려고 소곤소곤 말했어. 가끔 나는 생각해, 그 눈동자를. 난 그의 떨림과 '난 새야'라고 말하던 당당함이 부러웠어. 그는 스무 번인가 오십 번인가 계속 말했어. 마법은 약해지지 않아."

페트라는 그 장면을 기억하지 못했지만 소녀의 얼굴만큼은 똑똑히 그릴 수 있었다. 그 뒷방에서 소녀의 인생을 멈추지도 못하고 지치게 만든 모든 일이 중지되는 것처럼 보였다. 살해, 병력 이동, 부르짖다가 쉰 목소리의 연설. 베티는 정치적 풍랑에서 빠져나왔다. 그는 사무실에서 나와 교대 스케줄이 엄격하게 지켜지는 직장으로 옮겼다. 페트라는 베티가 십오 년 넘게 같은 병원에서 일했다는 것을 조금은 부럽게 들었다.

"내가 그때 한 일은 언제나 필연적인 거였어."

"그러면 지금 홍콩에서는?"

"어림도 없어."

처음으로 베티의 두 눈이 번뜩였다. 마치 다시 싸울 채비를 마친 듯 그는 긴장한 채 지켜보고 있는 군중 틈에 서 있는 것 같았다. 홍콩은 중환자실의 환자, 펌프가 있어야만 생명줄을 이어가는 환자와 다름없었다. 모든 것을 인공 신장 투석기, 산소 공급기, 심장 전기 충격기에 의존하는 환자. 갑작스레 기계를 모두 끄면, 환자는 즉사할 수 있다. 그래서 자가 호흡으로 갈아타는 일은 신중하게 시작되어야 했다. 다른 곳에서 그랬던 것처럼. 베티는 세상을 인위적으로 과열하는 일에서 조용히 하차해야 한다고 말하면서 자신만만해했다. 그는 다시 최첨단 장비가 설치된 병원에서 일할 거라고, 혹시 국제기구 같은 곳에서 일하거나, 아니 세상 어디든 상관없다고 했다. 2년 전 그는 유니폼을 벗었고, 직업적으로 뿌리 내리지 못하고 있었다. 홍콩은 그녀가 바랐던 인생을 위한 장소가 아니었다.

"우리가 함께 수도원을 세울 수 있어." 페트라가 말했다.

그렇게 우리는 세상에 왔다. 베티가 그 순간 웃거나 얼굴을 찌푸렸으면, 우리는 여기 없었을 것이다. 그는 무표정했지만 다소 솔직해 보였다. 그러지 않았다면 페트라는 하루하고 한 밤 동안 골몰했던 포부에 대해서 설명할 엄두도 내지 못했을 것이다. 한 번의 약해진 순간에 그 계획이 페트라의 것이 되었다.

페트라는 홍콩의 컨퍼런스에서 은퇴 연금의 미래

에 대해 여러 언어를 섞어 가면서 논쟁했다. 예측들은 심하게 엇갈렸다. 아무도 증명하지 못하는 숫자들이 벽에 투사되었다. 그럼에도 숫자들 옆으로 믿을 만한 말과 큰 배경음악이 따라왔다. 페트라는 일을 그만두었다. 기운 없이 그는 거기에 앉아 있다 살그머니 빠져나와 조립식 건축물을 연상시키는 고층 건물의 중간층에서 길을 잃었다. 하지만 길을 잃었다는 느낌은 없었다고 페트라는 나중에 우리에게 설명했다. 그는 벽에 달라붙은 누런 접착용 테이프 자투리를 느닷없는 호기심으로 눈여겨보다가 아무 문이나 열었다. 그리고 상가의 반들거리는 바닥을 걷다가 향수 구름을 지나 파티 거리로 들어섰다. 멕시코 스타일 바의 빈 의자들이 페트라를 유혹했다. 거기엔 이미 컨퍼런스의 다른 참가자이자 오랜 지인인 확률 계산 전문가가 앉아 있었다. 나중에 우리는 그를 '책임자'라고 불렀지만, 언제부터인지 그의 이름을 욕하지 않고서는 더는 부를 길이 없었다.

홍콩에서 그 지인은 페트라와 함께 포도주 한 병을 마신 다음 독한 소주를 들이켰다. 알코올이 들어가자 통계자료가 탈선하고 생각이 비약적으로 움직였다. 그들은 그저 재미로 미래의 실업률, 사망률, 이자율을 명료한 공식으로 바꿔주는 법칙을 찾았다. 다른 사람들이 정말로 진지하게 중산층 수입의 증가를 소수점 이하까지 예언한 것을 보고서도 피곤한 미소를 지었다. 지인은 페트라가 들려주는, 방금 독서를 통해 알게 된 어느 늙은 중국인 이야기를 끈질기게 경청했다. 그 중국인은 관리였다가 유배되어 과거에 자신이 누구였는지 더는 알지 못했다. 황제가 제국의 중앙에 있었던 이래 가장 먼 오지로 신하들을 파면하여 보냈다. 유배당한 사람들은 그곳에서 마침내 비와 달빛을 발견했다. 그들은 진정 아름다운 책을 썼다. 페트라는 지인에게 황제가 자신을 파면해 주기를 바란다는 터무니 없는 소원을 고백했다. 옆 탁자에서 럭비 선수들이 고함을 질렀다.

"그래도 당신은 기관을 포기해선 안 돼요." 확률 전문가가 대꾸했다.

그는 자신이 가끔 협조하고 있는 어느 컨소시엄이 오랜 문제를 영구히 해결하기 직전이라고 말했다. 그는 에너지와 물질에 대해서 말했다. 페트라는 방금 건성으로 들었던 문장들을 재빨리 기억해 내려고 했다. 이를 위해 그녀는 눈을 감고 어느 구멍에 빠진다고 생각했다. 확률 전문가는 지하 동굴에 대해 설명했다. 그가 손을 그녀의 어깨 위에 무겁게 걸치자마자 그녀는 정신을 차렸다. 그녀는 지인의 얼굴을 쳐다보려고 눈을 치켜떴다. 그는 말했다. "대단한 일이죠. 당신은 편안한 삶을 살면서도 세상을 구할 수 있어요. 잘 생각해 봐요."

다음 날 아침 페트라는 컴퓨터에서 어떤 글의 초안을 발견했다. 그리고 아침을 먹으면서 그것을 읽었다. 기술적인 문제 말고도 인간의 문제가 해결될 수 있어야 한다. "목표: 아무도 핵폐기물 최종 저장소의 방사능으로 죽지 않을 것." 그는 바에서 몇 가지 예외 상황들과 쥐의 위험에 대해서도 논의했던 것을 어렴풋이 기억했다. '희생'이라는 단어는 페트라의 기억에 불쾌하게 남았다. 초안에 몇 대목이 더 있었다. 일반적인 사항부터 구체적인 사항까지, 결과부터 한계까지, 미래 세대의 국민과 인류에게 핵폐기물의 위협을 전달할 필연성까지 이어졌다. 그렇더라도 질문은 남았다. 어떻게?

"목표 달성 방법 및 수단으로 수도회를 설립한다."

초안 작성자는 과거로의 여행을 허락했다. 페트라는 시대에 뒤떨어진 황폐한 유럽에 수도원을 설립한 아일랜드의 방랑 수도승에 대해서 읽었다. "수도원이야말로 지식을 보관하면서도 그것을 대대로 전달할 수 있는 지금까지 가장 잘 알려진 방법이다"라고 초안에 적혀 있었다. "목표는 100만 년." 그러면 방사능은 더는 위험하지 않을 것이다. 수도회는 시간의 흐름을 견디며 최종 저장소에 닥칠 위기들, 이를테면 지진과 정신 박약, 갱단의 싸움이나 운석 충돌, 침식을 경고할 것이다.

"해를 끼치지 마라. 컨소시엄은 이번 프로젝트가 추

가적인 위험을 불러오지 않는 것을 중요하게 생각한다. 어떤 형태의 광신주의도 피해야 한다." 존재하는 조직들과 관계 맺는 일은 제외되어야 한다. 그러나 "과학에 대한 존경심은 필요하다"라고 지인은 바에서 강조하며 술잔을 꼭 쥐고 본론으로 들어갔다. 페트라는 수도회에 완벽히 들어맞는 것은 아니지만 어쨌든 몇 가지 조건을 충족시켰다. 그녀는 확률 계산에 정통하고, 지도 경험과 상상력이 있으며, 사업이든 가정이든 어디에도 얽매이지 않고, 경제에 조예가 있었다. 수도회는 일상을 만들어 내야 하고 두 해가 지나면 독자적으로 생존해야 했다.

베티 왕은 카페에서 초안을 읽었다. 페트라의 전화기 작은 화면에서 중간 제목이 녹색으로 강조되었다. 베티는 고개를 이리저리 끄덕이며 미소까지 지었다. 그녀는 모든 것에 대해 곰곰이 생각하다가 마침내 물었다. "수도회 명칭을 대체 뭐라고 하면 좋을까?"

"모르겠어."

"영원한 불의 수호자, 어때?"

페트라는 수줍게 고개를 저었다.

3
수도회의 임무

책임자가 유럽에서 열린 협상 테이블에 초대됐다. 그는 저장소가 들어설 부지를 발표했다. 페트라는 그가 임시로 고른 명칭을 계약서에 남겼다. 그녀는 베티와 수도회에 대해 깊이 생각을 나눌 때도 그 단체명을 언급조차 하지 않았다. 그녀는 '초시간적 권한 보존을 위해 연구하는 실무팀'에 대해 일언반구도 하지 않았다.

페트라의 일기에는 대신 '지빠귀새 협회'라고 적혀 있었다. 그녀는 자신이 내린 결정에 대해서는 거의 기록하지 않았지만, 자연에 대해서는 많이 써 두었다. 15년 여름에 페트라는 처음으로 본부를 보았고, 입주하기 전부터 자주 방문하여 본부 옆의 침엽수 아래에 앉아 있곤 했다. 수도회에서의 첫 2년 동안 그녀는 관찰한 미세한 것들을 기록했다.

말벌들이 반쯤 익은 배의 속을 파내는 길고 건조한

여름이 끝나고, 가을이 왔지만 겨울은 아직이었다. 풀은 1월에도 자라고, 들쥐는 벌집을 침범하였지만 벌에 쏘이기는커녕 벌집을 먹어서 비워 냈다. 페트라는 초조히 봄을 기다렸다. 하지만 어느새 겨울이 되었고, 눈은 4월까지도 내렸다. 몸을 떨며 그녀는 만발한 자두나무 아래에 앉아 수도회를 속세의 시간과 분리시키는 시간 질서를 꿈꾸었다. 봄에는 언제나 꽃이 활짝 피고, 사람들은 여느 때처럼 앉아서 만발한 꽃에 감탄할 것이다.

"매년 여름이면 페르세우스 유성우(流星雨)를 보게 돼. 8월 중순 언제인지 밤하늘이 환해지고 별똥별이 연속해서 등장하며 행운을 약속하지. 가을에는 추수할 것이 있기에 사람들은 포기하지 않아. 9월, 10월, 11월에 달이 유독 커져서 찬란하게 마을을 비추면, 그 아래에서 사람들은 감자 수확을 축하하고 과일을 저장하며 마음껏 술을 마시고는 해."

베티가 유럽으로 이주를 약속했을 때, 페트라는 어느 법인의 사무국장으로 임명받았다. 책임자는 컨소시엄의 선한 정신으로 활동하고, 위에서 수도회를 돕겠다고 약속했다. 본부는 다른 들판과 멀찌감치 떨어진 숲 속의 옛 채석장 자리에 숨어 있었다. 널따란 굴 입구 양편으로 나 있는 경사면은 본부를 거의 감싸 안고 있었다. 이곳으로 이주했던 농부는 유일하게 양지바른 경사면, 즉 돌 더미를 계단으로 만들었다. 마을에서 그는 괴짜나 배신자로 불렸다. 그렇지 않았다면 그는 컨소시엄에 선뜻 땅을 팔지 않았을 것이다.

베티와 페트라는 15년 10월에 저택으로 이사하면서 자신들을 '폐기물 관리인'이라고 불렀다. 베티는 독일어를 배웠다. 베티는 자주 "이곳에서 우리는 폐기물 관리인이죠"라고 약간 비꼬는 투로 말하곤 했다. 그러나 남자들이 합류하자 상황은 바뀌었다. 그때부터 일상에서 중립적인 영어 이름인 '난동자(trasher)'나 '투기꾼(dumper)'이 사용되었다. 수도회 설립을 가능하게 한 쓰레기는 이따금 폐기물, 자원, 오물, 고철, 티끌, 고급 재료, 고물, 버려진 것, 더미, 아니 간편하게 '남은 것'이라고 불린다. 수도회 조직원이 언젠가 렐리쿰*에 대해 이야기하기 시작했어야 한다고 했으나, 그것은 사실이 아니다.

본부 아래의 깊은 곳에서 검은 암석층이 이동하고 있다. 1억 7천 4백만 살의 움직이는 암석층은 오팔리누스톤이라는 아리따운 이름을 지닌 기적의 암석으로 이루어져 있다. 이 암석층에 구멍을 뚫어 용기를 넣어 두고 그 안으로 외막 재료를 부으면, 돌도 아주 조금 부풀

* '잔여'라는 뜻의 라틴어

어 오른다. 암석은 태아를 품은 배처럼 방사능 폐기물을 차폐(遮蔽)한다.

1000만 년 전에 그 어두운 암석 띠가 융기하자 여러 산맥이 평행하게 형성되었다. 그러자 남쪽의 빙하가 기어 와서 그 지역을 덮었다. 빙하는 녹으면서 앞에 남은 자갈을 밀어냈다. 빙하 언덕은 이제 비스듬하게, 때로는 오래된 산맥과 나란하게 놓여 있다. 그러자 더 넓고 더 좁은 계곡과 광대한 언덕 지대가 생겼다. 강이자 개천은 이미 자리 잡은 계곡을 따라 흐르지 않고 여러 언덕을 통과하면서 새로운 계곡을 먹어치운다. 오로지 오팔리누스톤만이 지하 깊숙한 곳에 소리 없이 누워 있다. 암석의 주인. 오팔리누스톤은 방사능 폐기물을 흡수해서 영구 보관해야 한다.

건설 공사는 언덕 지대를 관통하는 라인강 남쪽에서 10년 뒤에 시작할 것이다. 컨소시엄 계획이 재정의 어려움이나 국민투표로 좌절되지 않는 한. 최근에 우리는 라인강 북쪽의 점토 암석층에서 저장소가 건설될 만한 가능성을 발견했다. 지구 전역에서 여러 기업들이 안전한 장소를 찾고 있다. 그리고 우리는 완전한 문서 작업을 준비한다. 우리는 모여서 심층 폐기물의 특성을 기록할 방법을 의논한다. 누구나 아는 암호로? 아니면 가능한 모든 언어로?

언젠가 건설 장비들이 본부에 도착해도, 우리는 이미 흩어져 있기 때문에 도착 현장을 멀리서 좇는다. 세 대륙으로 흩어진 우리는 일정을 지키며 페트라가 활짝 핀 자두나무 아래에서 말한 문장을 기억한다. "나에겐 그저 견뎌 내는 일도 과제라고 하기에 충분하다."

우리는 모두 눈앞에 우뚝 선 본부에 대해 꿈꾼다. 쿠어트가 본부를 제일 잘 알았다. 그는 처음에 주택관리직 직원으로 일하다가 예기치 않게 수도회에 합류했다. 그는 네 번째 조직원으로 도착한 아나톨과 함께 가상실험장치에서 일했다. 선임자들이 직책에 적당한 이름을 붙이는 과정에서 쿠어트는 기계공이라는 지위를 얻었다. 그는 저택과 그에 딸린 일체를 관리했다.

본래 땅을 소유하고 있던 농부가 1960년대 마을에 있는 자신의 조그만 집을 처분하고 너른 벌판에서 기계로 일하려 했다. 그는 농지를 파괴하고 싶지 않았기 때문에 예전의 채석장으로 이주했다. 그곳에서 그는 기계실, 대형 마구간, 단독주택 한 채를 지었다. 단독주택은 수도회가 살기에 굉장히 비좁았다. 아나톨이 도착을 알리고 셀린이 왔을 때, 쿠어트는 지하실을 확장하고 있었다. 다락층은 분리되어 지내기 위한 설비를 마친 상태였다. 페트라는 힘이 닿는 한 쿠어트를 도왔고, 베티는 정원을 가꾸었다. 조직원 모두 많이 공부하고 읽고 계산하며 문서를 작성했다. 처음 가입한 다섯 명의 조직원은 자신들이 너무 아는 게 없다고 생각했다. 그들은 모든 것을 더 잘 이해하고 싶었고, 그럴 시간이 엄청나게 많다는 사실을 즐겼다.

"수도원은 죽은 지식을 저장하지 않습니다"라고 그들은 신참들에게 약속했다. "세대가 흘러도 다시 번역하고 보완하고 검토하면서 언제까지나 적당한 언어를 찾아낼 것입니다."

16년 여름에 신참 10명이 추가로 들어왔다. 우리는 직책을 맡으면서 새로운 수입원과 활동 범위의 확대에 대해 고심했다. 다툼도 있었다. 하지만 우리는 다시 화합하고 규칙을 만들었다. 우리 대부분은 컨소시엄과의 불화를 알아채지 못했다. 끝내 우리의 기획이 실패했다는 것이 알려지기까지, 극소수 조직원만이 페트라가 계약자인 컨소시엄의 재정 담당 부서와 나눈 소식들을 눈치챘을 뿐이다. 그때가 17년 봄이었다. 우리의 구상은 저 멀리 도망간 것 같았다. 그래서 우리끼리는 경멸스러운 어조로 컨소시엄에 대해 이야기했다. 우리는 더 이상 책임자의 이름을 발설하지 않았다. 우리를 조사하려는 사람들은 본부에서 벌어진 일을 전혀 알지 못했다. 그들은 서약을 하고 남은 인생을 하나의 임무에 바치는 것이 무슨 뜻인지 이해하지 못했다. 그들은 우리를 제거할 수 없었다.

우리는 새로운 형제자매를 찾는다. 공황 상태와 경직된 나날 사이의 어딘 가에서 녹초가 된 사람이라면 우리 조직에서 이성의 섬을 발견할 것이다. 우리는 배우면서 활동한다. 우리를 전진시키는 힘은 이름트라우트 모르그너*와 알렉산더 클루게†의 고전 작품에 있고, 고대 중국 장자의 글에도 있으며, 아침 운동, 표어, 수업, 공동체의 규칙에도 있다. 책 『아나톨의 공식 모음집 증보판』은 본부의 기계실에서 개발된 가상실험장치에 대한 기초 지식을 전달한다. 그곳에서 조직원은 모두 전선이 달린 유니폼을 입고 헬멧을 쓰며 로봇의 디지털 뇌에 연결되어야 했다. 알람이 울리면 지하 동굴로 내려가 다른 생물들로부터 안전한 거리에서 암석의 균열을 측정하고 홍수와 맞서 싸우거나 용접 이음새를 확인해야 했다.

아나톨이 작성한 공식 모음집의 에필로그에는 “2% 부족한 연구자”라는 말이 적혀 있다. 이 말은 수도회, 수도회의 비겁함, 수도회의 끝없는 야망에 가장 잘 어울린다.

---

* Irmtraud Morgner(1933~1990)는 동독의 작가이며, 판타지와 사회주의 일상을 결합한 작품을 썼다.

† Alexander Kluge(1932~)는 독일의 영화감독이자 작가이며, 비판적인 사실주의 작품을 쓴다.

4
수도회의 회원

아나톨은 자신이 분명 교회를 세우는 것은 아니라는 것을 정확히 알고 있었다. 그는 도착하자마자 페트라에게 말했다. 자신은 단 한 명의 죽음도 미화하지 않을 것이며, 내면은 엄격히 사적인 영역이고, 행동에 대해서만 보고할 것이라고. 또한 자신이 원할 때에만 노래하겠다고.

"여기서 노래하나요?"

"지금까지는 개인의 결정에 따랐죠." 페트라가 대답했다.

"누가 핵물리학을 이해하고 있나요?"

"쿠어트. 관련 일을 해 봤어요."

"그 말고는요?"

"아무도 없어요."

아나톨은 핵물리학자였다. 그는 전문가였다. "이론

을 더 잘 알아요"라고 그는 몇 주 뒤 쿠어트에게 말했다. 왜냐하면 아나톨이 핵발전소에서 일한 시간은 잠깐이었기 때문이다. 그때는 1990년대였으니, 이미 오랜 세월이 지났다. 당시 비교적 젊은 기술자들과 보조 근로자들은 더 많은 수당을 요구하면서 시위했다. 금세 그들은 노인들, 공산주의자들, 자본주의자들, 옐친 대통령 등 모두를 그들에게서 등 돌리게 만들었다. 그 이후로 아나톨은 어떤 노조에는 절대로 가입하지 말아야 한다는 것을 아주 명확히 깨달았다. 예를 들면 흔들리는 철탑처럼 불안할 때마다 굴복하고, 자신이 속한 국가가 더는 존재하지 않는데 모든 것을 뭉개 버리는 국가 노조. 아나톨은 자신을 무정부주의자로 만든 러시아의 핵발전소 상황을 설명했다.

"암담했군요." 베티가 독일어로 말했다.

페트라는 그에게 연구자의 직책을 맡아 물리학을 비롯해 많은 것을 가르쳐 달라고 요청했다. 그렇게 아나톨은 공식 모음집을 작성하고 수업을 개발하기 시작했다. 그는 첫 가상실험장치가 작동할 때까지 쿠어트와 매일 함께 앉아 있었다.

"당신의 희망은 어디에 있나요?" 첫날 베티는 아나톨에게 물었다.

"우리, 그리고 희생하려는 우리 의지에요."

수도회 입회 조건은 즉시 분명해졌다. 입회할 사람은 적어도 마흔다섯 살은 되어야 했다. 상속인이 있을 경우에 법정 상속분이 지급될 수 있고, 나머지 재산은 수도회에 들고 올 수 있다. 이번 생에서 다시 한번 엄마나 아빠가 될 가능성과는 작별을 고해야 했다.

처음으로 유니폼이 소개되자, 아나톨은 오른편 바지 봉합선 바깥쪽에 키릴어를 새길 것을 제안했다. 거기에 적힐 말은 러시아어나 독일어로 '청산인'을 의미했다. 바지는 아주 저렴한 가격에 대량으로 농업협동조합 가게에서 구매할 수 있었다. 그것은 까만색 호주머니가 달린 회색 작업 바지였다. '리크비다따르(ликвидатор)'는 이 바지를 입고 있는 사람은 죽을 준비가 되어 있음을 항상 기억하게 했다.

만일 아나톨이 기도했다면, 체르노빌에서 4구역이 이미 전소되었을 때 3구역의 지붕 위로 올라간 사내들의 영혼을 위해서, 콘크리트로 석관을 만들다가 피폭된 건설 노동자들을 위해서, 매우 위험한 방사능 방출원이 되어 버린 환자들을 보살핀 간호사들을 위해서였을 것이다. 아무도 망자들의 이름을 일일이 부를 수 없었다. 그런 사람들이 수천, 수만, 아마 수십만일 것이기에. 하지만 우리가 체르노빌의 청산인을 추모하기 위해 작업을 중단했던 4월 둘째 주에 아나톨은 몇 명의 이름을 불렀다.

그는 수천의 사람들을 영문도 모른 채 죽음으로 내몬 국가에 더는 소속되고 싶지 않던 참에 수도회에 합류했다. 누군가는 비상시에 해야 할 일을 자발적으로 실행해야 했다.

쿠어트도 그런 점을 정확히 이해했지만, 핵발전소, 국가, 교회에 대해 더 호의적인 태도를 지녔다. 심지어 컨소시엄에 대해서도 처음부터 확실한 신뢰를 갖고 다가갔다. 컨소시엄의 일부인 콘체른은 본부 근처에서 원자로를 운영했다. 그곳에서 쿠어트는 오래 일했다. 상사와의 불화가 그의 업무를 어렵게 만들자, 콘체른이 그에게 새 지점의 주택관리인직을 제안했다. 그렇게 해서 그는 핵발전소에서 퇴직하여 예전의 채석장 자리에 있는 수도회 건물, 가옥, 기계실을 관리했다. 정원에서 그는 베티 왕과 함께 일했다. 그는 베티보다 토양과 채소에 대해 더 잘 알았지만, 신체적으로는 베티가 그보다 우월했다. 이 점을 그는 기대하지 않았다.

핵발전소에서 쿠어트는 다급한 상황에도 항상 침착하게 대처했다. 그는 페트라에게 쓸데없이 떠들거나 허둥대다가 불러올 수 있는 사고는 오로지 침착함으로 피할 수 있다고 훈계했다. 베티도 그 점을 알고 있다. 그녀는 사람들이 누군가 사다리에서 떨어지거나 계단에서 비틀대거나 접시를 떨어트리면 “누가 밀었나 봐”라고 조롱하는 나라에서 왔다. 수도회의 일상에서는 영어가 사용되는데, ‘뇌트 유플레(Nöd jufle, 서두르지 마라)’는 그중 몇 안 되는 알레만어 표현이다. “너무 무리하지 마라. 허둥대지 마라. 돈 허리(Don’t hurry).”

쿠어트는 느리지는 않았지만 꾸준한 리듬으로 일했다. 그는 장비를 내려놓기 전에 공간이 있는지를 정확히 확인했다. 그는 생각한 도구가 실제 준비되어 있는지를 먼저 확인하지 않고는 어떤 것도 보관하지 않았다. 그는 키보드로 아무것도 입력하지 않고도 오랜 시간 화면 네 개를 졸지 않고 동시에, 그리고 주의 깊게 들여다볼 수 있었다. 반복되는 일상에도 그는 마치 기계처럼 매뉴얼대로 주도면밀하게 일을 처리했다. 자동적이라고 해서 생각이 없는 것은 아니었다.

쿠어트는 정원의 풀을 뽑으면서 소중히 다루어야 할 식물의 뿌리가 손상되지 않도록 조심했다. 거칠게 주변을 갈아엎는 것은 그에게 만행과도 같았다. 그는 베티와 구호를 공유했다. “문제를 처리하면서 머리를 쥐어짜야 한다.”

“틀린 밸브가 열려 있으면, 이미 압력은 증가하게 돼. 양동이 둘을 혼동하면, 이미 방사능 물질은 가야 하지 않을 곳으로 흐르지. 작은 오류에 다음 오류가 이어지지만, 그렇다고 그것이 아직 최악의 상황으로 발전하지는 않아. 방사능은 상승하고, 신경도 예민해지고, 오류는 늘어나는 거야. 그러면 냉정해야 한다고 할 거야. 네게 운이 따르지 않으면, 그들이 저녁에 네 머리를 면도해 버릴 수도 있어. 방사능으로 오염되지 않도록 말이야. 너는 죄수처럼 교대근무를 마치면 몸 안에 피폭량이 다시 크게 쌓였음을 알게 될 거야. 그런 상태가 더 계속되면, 그들이 너를 정년 전에 자르겠지."

쿠어트는 인근의 핵발전소뿐만 아니라 프랑스의 시설에서도 일했다. 그는 낡은 원자로 철거 일을 하고 난 뒤 고향으로 돌아와 그에게 진부한 이야기와 새로운 판단 기준을 늘어놓는 정말로 심하게 젊은 선임을 만났다. 쿠어트에게 장애와 요통이 생겼다. 그런데 수도원에서는 그런 문제가 오래가지 않았다. 베티가 그에게 시범을 보여 주었다. 정원에서 무릎을 구부릴 때마다, 손수레를 살짝 들 때마다, 집중력이 필요한 동작이 있을 때마다 근육을 강화하면서도 힘을 아끼는 방법이었다. 곧 모든 수도회 사람이 아침 식사 전에 체조를 했다. 쿠어트와 베티는 때때로 무술 시범을 보여 주었다.

그들은 자신들이 좋아하는 영화 <소림용문방>(어떤 기자는 이 영화의 중국어 제목 '소림탑붕대사(少林搭棚大師)'를 수도회의 비밀 명칭으로 오해하기도 했다)을 다른 창립 멤

버들에게 보라고 강요하지는 않았다. 쿠어트는 이 작품에 수도회의 원칙이 아주 적절하게 표현되어 있다고 페트라에게 말했다. 아치라는 이름의 소년은 소림사에 입문하리라고는 상상도 못 한다. 아치는 몰래 소림사에 들어가려다가 들통이 나는데 스님은 그를 쫓아내지 않고 사찰 전체에 비계를 두르는 일로 벌을 대신한다. 소년은 삼 년 동안 홀로 대나무 장대로 세운 건축용 비계에서 튼튼한 줄로 장대를 매는 일을 한다. 그는 자면서도 장대 두 개를 십자 모양으로 묶을 수 있게 된다. 아무도 그에게 비밀을 알려주지 않으며, 어떤 사부도 그에게 무술 시범을 보여 주지 않는다. 하지만 비계 위의 소년은 안마당에서 무술을 연습하는 승려들을 유심히 관찰한다. 마침내 소년의 양손은 스스로 일을 하고, 승려들의 수련은 그의 움직임으로 자연스럽게 흘러 들어온다. 소년은 몇 달 동안 비계 위를 돌아다니면서 무술 연습을 하다가 점점 세지고, 점점 능숙해진다. 그렇게 그는 부지불식간에 천부적인 투사가 된다. 자신만의 전투 방식을 습득한다. 그가 아니면 아무도 적수를 가구, 장대, 기둥에 단단한 끈으로 묶지 못한다.

페트라는 쿠어트와 베티가 그 영화에서 얻은 착상을 좋아했지만 계속해서 부엌의 그릇을 깼다. 갖은 상념에 잠기다 보니, 손은 움직이는 중간에도 해야 할 일이 아닌 다른 일을 했다. 그녀는 무술 연습을 함께하면서도, 화단에 앉으면 곧바로 은행 계좌, 지붕의 균열, 다가오는 빙하 시대를 걱정했다. 이미 다년생 겨자 식물의 뿌리는 둘로 나뉘었다. 옛날에 페트라는 수녀원에 들어가 내면의 평온을 찾으려 했었다. "…편안한 삶을 살면서…"라고 그 책임자가 홍콩의 바에서 말했었다. 페트라가 모든 계약에 서명하고 나자 중앙본부로부터 소식은 거의 오지 않았다. 그런데 컨소시엄의 모든 긴장감이 수도원 저택에서 폭발하는 것 같았다. 핵폐기물 심층 저장소의 기술 및 조직과 관련한 문제들은 계획 단계마다 증가했고, 페트라가 처음으로 수도회가 자금을 조달할 수 있다고 믿게 될 때까지 몇 달 동안 지속되었다. 초기에 페트라는 베티 뒤에 듬직하게 서서 그녀의 느린 발걸음을 흉내 냈다. 그녀는 배로 깊게 숨을 들이마시고 내쉬면서 더 신비한 힘으로 움직이는 것처럼 손을 흔들었다. 그러나 그녀가 속세의 영원한 숨결을 가슴에서 떼자마자 시름이 들이닥쳤다. 처음으로 백만 명이 모이고 셀린이 독특한 5음 음계를 소개할 때까지, 밤이면 페트라는 오랫동안 침대에 잠이 들지 못한 채로 누워 있었다. 셀린은 고대 수도승에 관한 가곡의 5음 음계와 중국의 비가에 대해 알고 싶지 않았다. 깊은 생각은 그녀를 신경질적으로 만들었다. 하지만 숫자 5에 대한 베티의 집착은 셀린에게 옮아 왔다. 다섯 가지 음원이 있어야 한다. 금속음, 새소리, 두드리는 소리, 때리는 소리, 간헐적으로 따라 부르는 누군가의 노래. 아나톨은 멋진 베이스 음역의 소리를 가지고 있었다.

5
베티의 과거 1

아무도 베티 왕만큼 수도회의 사명을 철통같이 믿는 것 같지 않았다. 그는 말수가 별로 없었지만 섬세하고 정교했다. 낮은 소리로 노래하고, 굉장히 조심스러웠으며, 정원에서 일하고, 무술을 연습했고, 간호 직책을 맡았다. 간호에 대한 신념이 어디에서 왔고, 그 신념을 어떻게 불러야 할지 말하기 곤란했다.

베티는 마닐라에서 자랐다. 그곳에서 태어났지만 언제나 외국인 취급을 받았다. 여러 해가 지나도록 그는 도시의 일부분, 거리의 짤막한 구간, 등하굣길 이외에 아무것도 보지 못했다. 그는 몇 시간이나 같은 창에서 맞은편의 인도를 바라보았고, 몇 년마다 흰색으로 다시 칠해져서 연석(緣石)과 전 도로를 정갈하게 보이도록 하는 부드럽게 둥근 모퉁이를 바라보았다. 또한 그는 강철 손잡이가 달린 맨홀 뚜껑에 부착된 정사각형

시멘트 블록을 보았다. 몇 년에 한 번 누군가가 와서 맨홀 뚜껑을 들어 올렸다. 우기가 시작되고 그해의 첫 폭풍이 도시를 휩쓸고 지나가면 물이 수로를 넘어 범람했다. 물은 부서진 맨홀 뚜껑의 구멍들을 지나 차오르다가 오후에 후두둑 쏟아지는 비와 하나가 되었다. 물이 넘쳐나면 이웃한 곳에서 아이들이 나타나 기쁨에 겨워 깔깔 웃으며 마치 수영장인 것처럼 물장구를 쳤다. 이제 여름은 끝났고 더위도 지나갔으니, 그것을 축하하는 것이었다.

베티와 형제자매들은 다른 아이들과 물에서 깡충깡충 뛰놀기 위해 바깥에 나가도 되는지 묻지 않았다. 그들은 창문 뒤에 그저 잠자코 앉아서 구경했다.

몇 달이 지나도 여전히 비가 내렸고, 아이들은 사라졌다. 물이 며칠 동안 고여서 너저분해진 강물처럼 거리를 뒤덮어도, 베티는 여전히 그 자리에 앉아 있었다. 그는 여름을, 아니 이웃집 정원에서 자라 노랗게 만개하는 나무들을 고대했다. 그는 흰 연석과 태양으로 인해 반짝이는 빛을 보고 싶었다. 그러면 아이들이 돌아올 것이고, 특히 청소년들은 저녁에 창문 앞으로 어둠이 내릴 때까지 놀 것이었다.

베티가 창문에서 몸을 돌려 텔레비전으로 향하면, 작은 화면 위로 도로 저편의 6차선 대로를 볼 수 있었다. 대로는 별 모양을 그리며 인근 도시로 연결되었다. 근처에는 바다, 신축한 다리, 반들반들한 빌트인 부엌, 강철 고가 다리에 북적이는 인파, 쇼핑센터, 고층 콘크리트 건물 뒤에 숨어서 반짝이는 세상, 콘서트홀, 빌딩, 건설 크레인, 바다에서 언덕배기 위로 솟구치다가 숲과 들판을 파먹고 들어가는 빈민가와 고급주택가가 섰다.

베티의 아버지는 자신의 가게를 갖고 있었다. 그는 자동차에 니스를 칠하고 타이어에 공기를 넣었다. 가게 앞 오렌지색 땅 위에는 붉은 글씨체로 '화산 분출 가게'라고 적혀 있었다. 베티는 어떻게 타이어가 화산과 연결되는지 알지 못했다. 또 어떤 연유로 아버지가 바다 건너에 있는 조상의 영토에서, 그가 매일 식사할 때마다, 다섯 자식 중 한 명에게 향유를 발라 줄 때마다, 현금출납부에 기록할 때마다 변호했던 저 중국에서 쫓겨났는지를 이해하지 못했다. 아버지는 집에서 제일 가까운 대로에서 멀리 떨어져 있지 않은 점포에 죽치고 앉아 있다가 자식들에게 조심하라고 명령했다. 베티가 집을 나설 때마다 큰언니나 오빠, 아저씨나 사촌이 따라 나섰다.

베티는 그 이야기를 페트라에게 받아쓰게 했다. 아니면 윤곽만 잡도록 했다. 내가 종종 그것을 읽을 때면 페트라의 음성을 듣고 있는 것 같다. 『베티 왕의 이력 혹은 우리 공동생활의 시작』이 수도회 저 밖에서 유통되고 있는 얄팍한 책의 제목이다. 흩어지고 난 이후로, 우리는 더 많이 기록해야 한다.

나는 제목의 '이력'이라는 단어에 동의하지 않는다. 베티는 아직 생존해 있기 때문이다. 베티는 우리를 계속해서 다그친다. 오직 적힌 것만이 완성된 것이다. 인생의 엉클어진 순간에 확실한 질서가 생겼다.

자그마한 아이였던 베티는 마닐라의 원주민 아이들이 우기가 끝나기가 무섭게 저녁이면 집 앞 길거리에 나타나서 꼭 그래야 하는 것처럼 열심히 운동하는 것을 보았다. 그들은 바닥에서 튀어 오르는 딱딱한 공처럼 갑작스럽고 날쌔게 공중으로 뛰어올랐다. 베티는 창문의 방충망 사이, 침입자나 납치범으로부터 자신을 보호하는 거대한 철창 틈 사이로 그들을 주시했다. 부모들은 늘 감당할 수 없는 인질의 몸값이나 바로 근처에서 사라진 아이들에 대한 새로운 이야기를 했다. 시체에 대해 그들은 짤막하게 언급하다가 침묵했다. 그러면 베티는 갈라진 배나 잘린 머리를 상상하고는 했다. 저녁마다 집 앞에서 노는 아이들의 아버지를 믿어선 안 되었다. 집에서 중국어 사투리를 한마디도 못 하는 아이들과의 우정은 금지되었다. 하지만 베티는 늘 농구공을 튀기며 노는 강건한 체격의 아이들에게서 한시도 눈을 떼지 못했다. 갈기갈기 찢기고 색이 바랜 농구 골대 아래에서 아이들은 민첩하고 힘차게 움직였으며, 그들의 관절은 완벽하게 작동하고 있는 것 같았다. 그때는 아무 일도 일어나지 않았다. 그들의 놀이는 모든 살인 사건을 잊게 했다. 베티는 중국학교에서 억지로 배워 거의 기억하지도 못하는 만주식 중국어보다 보모의 말을 더 좋아했다. 선생님은 학생들을 믿지 않았다. 선생님은 쾌활하지만 게으르고, 유순하지만 거짓스러웠으며, 모든 기본적인 면에서 중국인들보다 뒤떨어진 원주민을 닮고자 하는 학생들을 의심했다.

보모는 유순했을 뿐만 아니라 매우 다정다감했고 농담도 잘했다. 그러다 보니 모국어뿐만 아니라 자신이 이해하지 못한 중국어 단어들도 우스꽝스럽게 만들었다. 무엇보다 아빠나 엄마보다 세게 때리지 않았다. 보모는 아홉 살의 베티가 가슴에 남자의 마음이 있다고 고백했을 때 곧바로 믿어 주었다. 보모는 이런 일이 아름답지는 않지만 일어난다고, 하물며 자주 일어나는 일이라고 부모에게 수줍게 말했다. 남자의 마음은 아빠에게 불길한 징조이자 더 큰 재앙의 신호였다. 마치 제국이 한 번은 폐허가 되는 것처럼. 낯선 도시, 도시의 열기, 홍수처럼 쏟아지는 비, 폭력, 악덕이 딸을 덮쳤다.

베티는 모든 경고를 무시했다. 그는 화산 분출 가게가 망하고 보다 싼 초등학교로 전학을 가게 된 것을 남몰래 반겼고 따갈로그어를 말하는 여자 친구들 사이에서 쾌활해졌다. 베티는 친구들 중 한 명의 사랑을 받았다. 그 여자 친구의 눈빛에서 베티는 처음으로 자신이 아름답다고 느꼈고, 그들이 허벅지와 어깨가 닿을 만큼 가까이 앉아 있으면 미래는 황금처럼 밝아 보였다.

그들은 함께 간호학과에 지원했고 장학금을 신청했다. 그리고 합격했다. 베티는 열여덟 살에 남자의 마음을 쫓아내야 할 만큼 많이 얻어맞았다. 그는 도망쳤고 비로소 자신의 인생을 살기 시작했다. 『베티 왕의 이력』에서 마닐라는 베티의 첫 스승이자 베티의 수도회에 대한 신념을 짐작하게 하는 보모의 하늘과 같은 범상치 않은 형상으로 묘사된다.

베티는 처음으로 혼자 도시의 삶에 뛰어들었다. 그는 저녁에 여자 친구들을 만나거나 작업물을 배달하면서 도시를 헤매다가 전면이 콘크리트인 쇼핑센터 뒤를 지나 휘황찬란한 불빛으로 번쩍이는 세상과 거대한 영화관의 입구로 들어갔다. 돈을 벌기 위해 밤과 주말을 가리지 않고 사무실 이곳저곳을 다니며 원고를 타자로 입력하는 일을 했다. 어느 선생님이 그에게 잘 곳을 마련해 주었다. 베티는 납치범들로부터 자신을 보호하는 법을 배웠다. 범죄 조직은 더 부유해졌다. 베티의 부모가 여전히 하찮은 사기꾼들이나 중국인을 괴롭히는 경찰관을 불안해했다면, 새로운 범죄 집단들은 수백만 명을 노렸다. 그들은 정확한 공격 시간을 계획했고 희생자들을 관찰했으며 세세한 친척 관계까지 파헤치다가 패거리를 만들어 희생자를 공격했다. 조직들은 새로운 운반 차량, 페이퍼 컴퍼니, 인질의 몸값을 안전히 보관할 외국 은행 계좌를 가지고 있었다.

"너는 익숙한 길만 다녀서는 안 돼." 베티가 살던 집의 선생님이 말했다. "범죄 조직은 과거 독재자의 특수부대처럼 작전을 펼치거든. 그들은 너를 몇 주에 걸쳐 관찰해. 어디에 몰래 운반 차량을 댈지를 정하기 위해서야. 그러니까 너는 집에서 대학으로, 대학에서 사무실로 갈 때마다 다른 길을 택해서 매일 그들이 우왕좌왕하도록 해야 해. 귀갓길을 다양하게 만들어야 규칙이 드러나지 않는 거야."

선생님은 경험에서 우러나온 말을 했다. 그는 도시에서 지하조직 활동을 하며 독재 정권과 싸웠었다. 그는 전단지를 작성했을 것이다. 무장을 하고 싸웠는지 베티는 전혀 묻지 않았다. 민중 봉기가 있고 난 뒤에 독재자는 나라를 떠나야 했고, 새 정부와 여자 대통령이 선출되었다. 냉전은 곧 끝났다. 그래도 특수부대는 활동했고, 정치 지하조직은 새로 뽑힌 여자 대통령과 싸웠다. 베티의 선생님은 혼자서 일방적으로 휴전을 선포하고 소속된 조직을 떠났다가 대학에 취직하기 위해 나타났다. 그는 십사 년 동안 썼던 이름을 버렸다. 선생님은 세례명을 들어도 반응하지 않다가, 서서히 '첼리아 마그나용 델라 크루즈'라고 불리는 데 익숙해졌다. 그리고 이제 그는 자신에게 다가온 젊은 여자가 죽음을 약간 미루기 위해 쓰는 속임수에 여러 해 동안 이용되며 그를 도와주는 것을 즐기는 것 같았다.

베티는 첼리아의 집에서 나와 활짝 핀 부겐빌레아 꽃을 따라 소형 버스인 지프니를 타러 갈지 아니면 오토바이 택시 승강장에 갈지 잠시라도 고민할 때면 기분이 명랑해졌다. 아마도 긴 산책을 가야 하기 때문이었다. "날씨가 화창하고 너무 덥지 않더라도 많이 산책하지는 말자"라고 베티는 스스로에게 말했다. 비가 올 때 산책하는 것도 눈에 띄었다. 눈썰미 좋은 조직원들은 뚜렷한 중국식 이목구비의 젊은 여자가 숙소를 지나가는 것을 눈치채지 못할 리 없었다. 좋은 기분에다 그런 상념들로 흥분되자, 그의 새로운 인생이 모험처럼 느껴졌다. 베티는 지프니에 자리를 잡자마자 안전하다고 느꼈다.

거대한 마닐라의 교통은 말로 조직된다고 『베티 왕

의 이력』에 적혀 있다. 숱한 운전자들이 알록달록하게 개조된 군용 지프에 좌석을 마련한다. 그러면 열두 명에서 스무 명까지의 사람들이 차량의 긴 부분에 열을 지어 옆으로 앉는다. 차 표면에 붙은 복음과 늘씬한 미녀들 사진은 호화로웠고, 차 안에는 작은 공동체가 만들어졌는데, 새로 입회한 사람 모두가 규칙을 이해했다. 베티와 페트라는 지프니를 종종 비유로 사용했다. 그들은 지프니처럼 단순하지만 변함없는 수도회 규칙을 상상했다. 너는 묻고, 답을 얻는다. 돈을 건네주면, 거스름돈은 네게 돌아간다. 모두가 검표원이자 승객이다. 네가 말을 하고 승하차할 수 있으면, 글은 필요하지 않다.

베티는 젊은 시절에 야간 드라이브를 좋아했다. 희미하게 흔들리는 전구 불빛이 지프니 차 내부를 밝혀주면 지친 승객들의 얼굴과 감은 눈, 베일에 싸인 눈초리가 보였기 때문이다. 그는 천장과 연결된 장대에 밀착해서 머리를 팔에 대고 살며시 잠드는 법을 배웠다. 그는 승객이 들어와 차비나 잔돈을 주고받을 때마다 이 자리 저 자리로 옮기지 않았다. 베티는 한밤의 지프니에서 원시시대의 거룻배, 서쪽에서 출발하여 여러 섬을 항해한 말레이 선원들을 떠올렸다. 각각의 거룻배는 작은 마을이었다. 그들은 몇 주에 걸쳐 자바섬에서 바다를 건너와 이 섬, 저 섬에 머물렀다. 그들은 이곳을 고향으로 삼기 위해 거대한 나무의 움푹 파인 곳에 빽빽하게 쭈그리고 앉아서 마닐라만에 도착했다. 그렇게 베티도 흔들리는 몸으로 도시를 지나갔다. 마치 비좁은 틈바구니에 앉아서 낯선 이들과 서로 몸을 기대며 거주할 섬에 가고 있는 것처럼. 승객들 사이에 있으면 좌석에서 떨어질 수 없었다. 메르세데스 소사의 노래 **"불쌍한 민중의 무죄"***가 첼리아가 몇 번 뺐다 넣었다 한 낡은 음악 카세트에서 흘러나왔다. 지프니 운전수가 지지직 크게 틀어 놓은 유행가는 베티에게 그 가엾은 민중이 무죄임을 약속하는 것 같았다.

그러나 베티가 두통과 함께 잠에서 깬 불쾌하고 피곤한 날이면, 지프니 안에 맥없이 매달려 요란하게 고통을 증폭시키는 확성기를 저주했다. 마찬가지로 집에 가려다가 흠뻑 비를 맞고 있는 천진난만한 사람들 틈에 끼어 대로에 한 시간 반 동안 서 있을 때면 당장이라도 눈물이 날 것 같았다. 간이 피난처 지붕 아래에서 기다리는 것은 별 도움이 되지 못했다. 그곳은 굉장히 좁아서 지프니도 가까이 오지 못했다. 사람들은 찻길로 나가서 지프니를 따라 달리다가 훌쩍 뛰어 올라타야 했

* 메르세데스 소사의 노래 <그냥 신에게 물어봐>의 가사-원주

다. 언제나 사람이 북적북적한 지프니는 굉음을 내며 불행하게도 그곳에서 비에 젖은 채 기다리고 있는 사람들을 지나갔다. 이런 날이면 도시는 그런 사람들에게 등을 돌리는 것 같았다. 베티는 도난을 방지하기 위해 가방을 움켜쥐었다. 한번은 베티가 물웅덩이를 조심하지 않다가 발목까지 오는 더러운 구정물에 빠졌다. 그러나 그런 일은 불신의 눈초리를 받아 눈물이 그녀의 얼굴을 타고 흐를 때보다는 나쁘지 않았다.

하지만 베티는 기다리는 사람들 너머 사거리 담벼락에 높이 걸려 있는 이연걸의 포스터를 보는 그런 날이면 즐거웠다. 손으로 그린 연분홍의 뺨과 빛나는 눈빛의 영화 배우들은 지나가는 차량들 위에 군림했다. 초인 같았다. 샤론 쿠네타와 페르난도 포 주니어의 사진. 이따금 영리하면서도 상냥한 눈빛에 손을 용의 발톱처럼 모으는 저 북경 출신 무술인도 있었다.

쿵후 영화 신작이 상영하면 베티 혼자서 영화관에 가야 했다. 여자 친구들은 우디 앨런을 선호했고 조디 포스터나 수잔 서랜든의 영화도 다 좋아했다. 그들은 베티가 텔레비전으로 보던 성룡의 아주 옛날 영화들이 담긴 비디오 테이프를 찾아내 첼리아의 거실에서 계속 다시 돌려 보면서도 무엇을 생각하는지 이해하지 못했다. 그 영화들은 서로 거의 차이가 없었다. 영화에서는 언제나 어리석은 소년이 가출을 했고, 살아가기에 너무 멍청한 나머지 쫓겨났다. 그 뒤 소년은 엄격하고 말이 없는 선량한 스승을 만난다. 몇 시간 동안 관객은 소년이 수련을 통해 실제로 싸울 수 있게 되고 통찰력을 얻으며 약간은 지혜로워지는 것을 본다. 그는 아주 적당한 시점에 스승의 철천지원수에게 승리를 거둔다.

베티는 영화에서 놓칠 수 없는 한 장면을 사랑했다. 그 어리석은 소년은 막대기 위에서 작은 찻잔의 균형을 잡으며 연습하다가 잔을 이 막대기에서 저 막대기로 펄쩍 뛰게 해야 한다. 그는 더 많은 잔을 가지고 묘기를 부리다가 점점 동작이 민첩해진다. 하지만 절대로 성급하지는 않으며 춤을 추는 것 같다. 아무것도 땅에 떨어져선 안 된다.

베티는 오래도록 쿵후 사부를 찾지 못했지만 나름 소신을 가지고 도시에서 생활하는, 티타라고 불리는 새로운 이모들을 보며 경탄했다. 그들 중 다수가 첼리아의 친구였는데, 첼리아의 아버지가 정말 멋지다고 말한 마흔 살 넘는 여자들이었다. 그들은 때때로 알록달록한 머리띠와 반짝이는 장신구를 달고 다녔다. 잿빛 머리카락을 검게 염색하지 않고, 자신의 의견을 고집하면서 항상 파티장에서 춤을 추다가, 가끔 거나하게 술을 들이켰다.

티타 로자가 모두에게 카드를 돌렸다. 카드 속의 숫자, 호족, 여왕은 숲의 정령, 바람을 타는 요정, 도박사, 게릴라와 작당하여 전 세계를 아우르며 끝도 없이 활동하는 하나의 네트워크가 되었다. 그들은 단단히 결속하지 않았으며, 항상 귀신들이 들끓는 밤이 오면 새로운 탈출구를 찾아야 했다. 로자는 보통 얼굴을 가리고 카드를 쳐다보면서 방문한 여자들에게 직접 입구를 선택하라고 했다. 티타가 미래를 똑똑히 볼 때면 그의 등은 굳어지고, 문장이 짧아지고, 보다 깊은 목소리로 말했다.

그를 믿을 필요는 없었다. 티타 메릴린은 점괘나 향(香)을 기억나게 하는 모든 것을 거부했다. 그는 살짝 술에 취하면, 독재자 시절에 발생한 모든 것을 담고 있는 책에 대해서 이야기했지만, 아무도 감히 말하지 않았다. 책의 내용은 별로 영웅적이지 않았기 때문이다. 그는 그 책을 자서전이라고 부르면서 한 장씩 완성할 때마다 해외의 여자 친구에게 보냈다. 그리고 늘 사본을 잃어버렸다. 하드디스크는 망가지고, 디스켓은 없어졌다. 그러면 외국의 친구가 예전에 받은 장들을 다시 보내 주었다. 글들은 티타 메릴린이 원한 것보다 더 짧고 더 색깔이 없었다. 되돌려 받은 글들을 또다시 분실해도 그에겐 상관없었다. 그가 쓰고 싶었던 책은 예감 이상의 것이었다. 두 달마다 생기는 새로운 페이지는 항공우편으로 발송되었다. 그는 여자 친구들이 모이면 새로운 내용을 설명했다. 베티는 읽을거리를 전혀 받지 못했다.

늙수그레한 여인들 주변으로 모인 다른 젊은 여성들처럼 베티는 티타 글로리아로부터 돈 받고 일을 했다. 그들은 녹음기를 들고 도시의 빈민가를 돌아다니면서 진술들을 수집하고 보고서를 작성했다. 그러면 티타 글로리아가 보고서에서 결론을 끄집어내 UN 회의에 가 발표하고 몇 가지 제안도 했다. 때때로 모든 이모가 정부 청사 앞에 모여서 물가 상승, 가난, 핵무기, 제국주의, 폭력, 창녀촌에 반대하며 시위했다. 젊은 여자들은 현수막을 들고 다녔다.

베티는 이모들이 기관총을 조준하는 군인들 옆을 지나갈 때마다 이연걸이 자신의 삼촌이라고 상상했다. 베티는 총의 가늠자 안을 들여다보며 계속해서 구호를 부르짖다가 목이 쉬었다. 그러면서도 중국식으로 넓게 재단한 소매의 예복을 입고 홍콩의 한적하고 작은 풀밭에서 시종일관 질서 있게 진행될 최후의 투쟁을 꿈꿨다. 마땅한 승리를 하고 난 뒤에 풀밭을 천천히 가로지르면서 얼굴의 머리 가닥을 쓸어 올리며 숲으로 사라질 그 자신을.

베티는 끝도 없는 연애의 혼란이나 향수병을 겪을 때도 나무 그늘에 오면 평온함을 느꼈다. 밤에 홀로 티타 첼리아의 집에 있을 때면, 어머니가 매일 돌보는 아담한 가정용 제단을 바라보았다. 색이 바랠 대로 바랜 조부모 사진들. 그들에게 바친 과일들. 작은 막대기의 향과 아담한 성녀 마리아의 동상. 베티는 눈이 따끔따끔해질 때까지 여러 번 울었다. 예전에는 그 제단 앞에서 거리의 소음이나 떠들썩한 텔레비전 프로그램, 형제자매들의 목소리로부터 방해받지 않았다. 베티는 회백색의 사진을 바라보고 있을 때면 누가 말을 걸어오더라도 당최 반응하지 않았다.

티타 첼리아의 집에서 흐느끼기를 그친 어느 날 밤 베티는 어머니에게 전화했다. 그는 전화기에 속삭였다. 그때부터 그들은 정보를 교환하기 위해 비밀리에 쇼핑센터에서 만났다.

일요일 아침이면 베티는 유독 일찍 일어나 정처 없이 거닐었다. 차는 막히지 않았다. 대로도 신기할 정도로 텅 비었다. 걷는 사람들만 겨우 보일 뿐이었다. 새소리가 들렸다. 평일에 세상을 덮었던 심한 스모그는 정오 무렵 옅어졌다. 일요일에 새파란 하늘이 한 조각 보인 적도 있었다. 문이 열린 교회에서 찬송가가 들렸다. 소년 소녀 합창대, 신부의 고적한 목소리, 할렐루야 성

가대, 고전적인 무반주 악곡. 모든 소리가 거리 위에서 기분 좋게 희석되다가 부드럽게 사라지면서 새소리와 결합했다. 베티는 스스로를 이교도의 자식이라고 부르며 카드를 돌리는 티타 로자를 따랐다. 베티는 주요 종교에 적대적이진 않았지만 신중하게 거리를 두었다. 그는 때때로 교회의 끝자리에 앉아 웅얼거리는 설교와 찬송을 귀담아듣고 가끔 기도문을 말하다가 가던 길을 갔다. 일요일 아침에 베티는 이 숙소에서 다른 숙소로 가다가 곳곳에서 작은 제단을 보고 누구의 눈에도 띄지 않게 존경을 표했다. 손님 없이 주변에 서 있는 지프니의 계기판 위에는 형광물질로 만든 미니어처 동상이 있었다. 싱그러운 냄새가 나는 활짝 핀 장미 화환이 노점상의 진열창 위에 매달려 있고, 그 옆으로 검은 눈물을 흘리는 성 프란시스의 두 눈이 희미해진다. 그렇게 베티는 거리에서 길을 잃었고 그를 따라다니는 음담을 피할 수 있었다. 티타 첼리아는 그를 엄하게 꾸짖었다. 경거망동은 금물이다. 이 도시는 믿을 수 없고, 살랑거리는 독실한 소리라도 절대로 믿어서는 안 된다.

각종 시험이 연이어 있었다. 베티는 방에 틀어박혀서 공부했다. 베티의 여자 친구는 베티가 늘 다시 사랑에 빠졌기 때문에 더는 그를 찾지 않았다. 하지만 그런 일이 여자 친구에게도 벌어지면 베티는 곧바로 질투했다. 베티에게 도시란 내면으로, 집 안으로, 넓고 푸르른 국립대학의 캠퍼스 기숙사로, 어느 빵집 뒷마당에 있는 상자갑 같은 집들로 커 갔다. 베티는 다섯 명이 자는 방에서 오르가슴을 즐기는 법을 배웠다. 오르가슴을 경험하지 않은 사람은 그것을 이해하지 못했다. 그는 오르가슴을 내파(內波)라고 불렀다. 도시 중심에서 베티는 행복하면서도 쇠약해졌고, 항상 어두운 하늘과 낯선 침묵 속에 있었다. 베티는 돈 많은 친구들이 지불하는 러브호텔에서 낯섦을 느꼈다. 그는 침대 위에 누워 천장까지 닿은 거울에 비친 자신의 나신을 보았다. 혹은 도시의 빌라나 어느 공주가 꾸민 공간에서도, 누추한 오두막들이 가득한 동네 가운데에 있는 장미색과 담청색의 달콤한 낙원에서도 낯섦을 느꼈다.

『베티 왕의 이력』에는 그가 당시에 탈주를 결심했다고 적혀 있다. 그런 결심은 티타 이모들의 조언을 의심하고 그들과의 다툼이 잦아지면서 시작되었다. 베티의 품행에 대한 주변의 비난이 그를 괴롭혔다. 시험이 두려웠고, 돈은 빠듯한데, 비는 억수같이 내렸다. 이연걸만이 변함없이 군림하는 것 같았다. 그는 뛰어올라 밤새 대로 위를 날다가, 차에 탑승하기를 기다리다 물이 튀어 흠뻑 젖은 승객들 너머로 날았다.

때때로 베티는 근황을 묻는 친구에게 무뚝뚝하게

호통을 치는 일이 있었다. 파티에서 베티는 별안간 소리가 들리지 않았는데, 아무에게도 이를 말하지 않고 도망쳤다. 마치 귀가 막힌 것처럼. 그는 밤잠을 설쳤다. 납으로 만든 지프니가 바다에 잠기는 꿈을 꾸었다. 승객들은 조용히 물에 잠겼다. 베티는 비명을 지르다가 깨났다. 간신히 숨을 고를 수 있었다. 베티는 또 중얼거리면서 용기를 낼 수 있는 말을 찾아냈다. 더 큰 무언가에 대한 예감이 마음에 퍼졌다. 새로운 꿈틀거림이었다. 어느 날 베티는 티타 첼리아의 거실에 가서 이제부터 삶의 진지한 면을 마주하고 싶다고 말했다. 곧바로 그 주에 가장 큰 시립병원의 직원실로 이사를 갔다. 다른 지역에 사는 친구들과 만남을 유지하는 일은 어려워졌다. 티타 글로리아가 UN에 진실이라고 말한 보고서에 나오는 사람들 중에는 화상을 입어 벗겨진 팔, 부풀어 오른 복부, 창백하고 불안한 얼굴들, 기도를 하기 위해 반원을 그리며 둘러서 있거나 연달아 있는 침대 때문에 복도를 막고 있는 가족들이 있었다. 베티는 시체, 절단된 다리, 엑스레이 사진, 핏덩이 신생아들을 수없이 많이 보았다. 그는 간호복, 녹색 바지와 넓게 재단된 상의를 숭고하게 생각했다. 색이 금세 바래면서 그 효과는 강화되었다. 베티를 본 사람들은 그가 이곳 소속이고, 전문가이며, 필요하면 항상 미소 짓는다는 것을 바로 알아챘다. 작은 발가락 하나까지 이해하고, 피부 변색을 정확히 숙지하며, 모든 약제의 성분을 외우고, 지하에서 고열로 작동되면서 오작동을 방지하기 위해 냉각되어야 하는 시점을 알려주는 단층촬영장치 모니터의 기호를 외우는 것은 중요했다.

병동에서 병동으로 자리를 옮기면서 세월이 흘렀다. 베티는 언제나 그랬듯이 새 여자 친구를 구하다가 서른 살이 넘었을 때 남자 사부를 찾아냈다. 그도 간호사였다. 매일 아침 그는 운동하면서 금세 제자를 얻었다. 베티가 그의 유일한 제자였다. 그에게 동작을 배우면서 그녀의 몸은 새로운 체형으로 변해 갔다. 신체 각 부위가 점점 더 잘 연결되어 이따금, 특히 컨디션이 좋을 때면 그녀의 팔과 다리는 유년 시절 길거리 농구를 하던 작은 소년들과 비슷해지는 것 같았다. 바람이 병원 지붕 위로 불다가 그들이 항상 운동하던 마닐라만의 해변가 텅 빈 공원을 지나면, 일상으로 들어온 것이다. 다리는 빠르게 올라갔고, 주먹은 힘차게 날아갔다. 베티는 자신이 위협이 될 수 있음을 알았다.

사부는 그녀를 격려했을 뿐만 아니라 다독이기도 했다. 그녀가 아프거나 열이 있으면, 사부는 직원실에 가서 두툼하고 하얀 수건으로 그녀의 피부와 등과 목과 팔과 가슴 사이에 파인 부위를 닦아 주었다. 그때 그는 그녀를 쳐다보지 않는 것 같았다. 그럼에도 베티는 병원에 입원한 환자처럼 느끼지 않았다. 사부는 그녀에게 모성애를, 열이 사납게 날뛰든 그렇지 않든 간에 적정 체온을 지속적으로 유지하려는 마음을 가지게 했다. 운동하면서 티 날 정도로 땀을 흘리지는 않지만 그렇다고 산들바람이 땀방울을 스치지 않을 만큼만 주의했다. 피부의 수분은 말라선 안 되고, 대련 뒤의 시원함은 서서히 진행되어야 했다. 열이 오른 신체에 찬물을 끼얹는 것은 어리석은 일이며, 갑작스럽게 샤워하는 것은 경련과 쇼크를 불러올 수 있었다. 그런 내용은 베티가 공부한 교재와 어긋나지는 않았지만, 잘 벌어지지는 않았다. 변화, 평온한 과도기, 필요한 순간에 보호하는 것에 대한 사부의 모성애적이고 대가다운 가르침은 근무 시간을 제외한 그녀의 삶을 채웠다. 그의 가르침은 베티가 이른 아침 운동을 하기 위해서 외지고 한적한 곳을 찾을 때마다 영향을 미쳤다. 그녀는 유럽의 수도회에 입회할 때도 두툼하고 하얀 수건을 오른쪽 어깨에 걸쳤다. 조금만 움직여도 땀이 흐르던 여름에도 그랬다. 페트라는 언젠가 베티 왕에게 고단한 일을 마치고 천천히 몸을 식힐 시간을 충분히 가진다면, 이 세상 어느 곳이든 집처럼 느낄 것이라고 말했다.

사부는 북아메리카에서 오랫동안 이소룡의 유일한

필리핀 문하생으로 살았다고 했다. 다른 사람들은 그가 이소룡의 안마사였다고 말했다. 모든 사람이 사부를 그 영화배우의 진정한 후계자라고 생각했다. 병원 주변 지역에서 결국 사부가 정식 도장을 열고 간호사 유니폼을 걸어 둘 수 있었을 때 무술은 새로운 호황기에 다다랐다. 희망 속에서 베티도 다시 도시를 돌아다니면서 옛 친구들과 티타 이모들을 찾아다니기 시작했다. 베티는 그들과 짧은 대화를 마친 뒤에 기분이 상해서 사라지거나 정처 없이 떠돌다가, 어디로 가는지 모르는 지프니에 올라탔다. 그는 도시의 여러 구역에서 무술 도장을 발견하고 이소룡의 유일한 필리핀 제자라고 말하는 두 번째 사람을 알게 되었다. 베티는 7천 개의 섬으로 이루어진 군도에서 큰일이 벌어지기를 바라는 사람들이 얼마나 많은지 상상하고 싶지 않았다.

베티는 아버지가 사망한 후 휴일이면 도시에서 정처 없이 헤맸다. 어느 날 엄마에게서 전화가 왔다. 아버지의 부고 소식은 무자비했다. 베티가 홀로 방에 있으면 망자의 기괴한 얼굴 백여 개가 달려들었다. 얼굴들은 조용히 비명을 지르며 베티를 집에서 쫓아냈다. 베티는 이방인처럼 장례식에 참석했다. 형제자매들은 베티를 진심으로 대하지 않는 것 같았다. 그는 생각을 분명히 정리할 수 없었다. 떠나고 싶은 마음뿐이었다. 그가 가는 곳마다 모든 일이 잘못되었다. 티타 이모들의 말, 친구들의 추천, 엄마의 경고는 귀청을 찢을 뿐만 아니라 반복되는 조롱과도 같았다. 또한 베티는 사부의 과거사를 의심하기 시작한 뒤부터 더는 감히 그의 얼굴을 쳐다보지 않았다. 사부에게 과거가 진짜 어땠는지 묻는 것은 베티의 가슴을 미어지게 만드는 일일 수 있었다.

베티가 몇 차례 늦잠을 자느라 아침 운동에 빠지고 직장에서 두 가지 약을 혼동할 즈음, 그의 불안은 공황 상태로 악화되었다. 삶은 산산조각이 날 것 같았고, 차라리 베티는 벽을 향해 돌진하거나 앞에 누워 조용히 애걸하는 환자를 향해 부르짖고 싶었다. 모든 연민은 사라졌다. 가능한 한 빨리 그는 병원, 도시, 군도에서 사라지고 싶었다. 게시판의 광고가 눈에 띄었을 때, 그는 거역할 수 없는 요구를 듣고 있음을 느꼈다. 거기에는 "홍콩", "개인 병원", "호키엔 중국어 가능자 구함"이라고 적혀 있었다. 베티에게 딱 맞는 조건이었다. 그는 성룡에게 유년 시절에 썼던 사투리로 말을 붙이거나 최신식 기계를 다룰 수도 있다. 즉시 출근해야 하는 일자리였다.

6
베티의 과거 2

베티는 대양을 가로지르는 비행을 일종의 언약으로 즐겼다. 비행기에서 산과 숲이 보였다. 그가 티타 첼리아의 아파트에 있는 텔레비전 앞에서 상상했던 작은 풀밭은 명백히 잘못된 것이었다. 성룡의 초기 영화에 늘 등장하는 그 숲속의 조그만 빈터는 홍콩에 다른 풀밭이 없다는 것을 의미하지 않았다. 섬과 반도의 가는 해안가에만 고층 건물들이 빼곡히 들어찼고, 그 뒤로 가파른 산등성이가 끝없이 이어져 솟아 있으며, 덤불숲이 집들을 막 집어삼키는 듯했다. 그곳에 대련을 하거나 샌드위치를 먹거나 아침 운동을 하기 위한 천 개의 작은 풀밭이 있을 것이다. 홍콩은 마닐라처럼 옆으로가 아니라 위와 아래로 커졌다. 사람들은 공항에서 지하철을 타면 직통으로 거주하는 집 아래에 도착했다. 도착한 날 이미 도시는 몇 평방미터로 줄어들었다. 베티는 다시 창문 없는 방으로 갔다. “개인 병원”이라는 말은 거짓으로 드러났는데, 그의 직장은 단 한 사람만을 돌보는 곳이었던 것이다.

베티는 소파에서 생활하며 담당 환자가 밤에 소변을 보려 하면 즉시 일어나서 화장실 문 저쪽으로 소파를 밀어내야 했다. 환자의 늙수그레한 딸은 엉덩이 골절을 두려워했다. 그래서 베티는 밤이면 반쯤 잠든 채 누워서 에어컨 소리에 귀를 기울였다. 에어컨의 진동은 냉장고의 윙윙거리는 소리에 흥분하는 것 같았다. 방에는 더 많은 가전제품이 갇혀져 있었다. 간이 싱크대 역할을 하는 전자레인지 위의 증기 배출구. 세탁기는 가동될 때마다 찬장, 거울, 그릇, 선반을 축축하게 했다. 베티는 가끔 음식이 타 버리고 빨래가 자신의 등에서 마르고 있는 것도 보지 못했다. 그는 밤에도 내면의 불쾌한 소리를 들으며 깨어 있었고 빠져나갈 길을 찾지 못했다. 그의 상념은 그 광고에, 비행기에, 엄마와의 차가운 작별에 단단히 묶여 있었다. 광고를 확인하지도 않고, 문의조차 하지 않았다는 것을 믿지 않는 친구들에게 돌아갈 수는 없었다. 마흔두 살의 나이에 시골에서 온 얼간이처럼 사기를 당했다. 그는 화장실에서 다용도실로 들어오는 냄새에 축 처졌다. 창문 앞으로 가기까지 며칠이 걸렸다.

앞방의 탄 어른은 오랜 시간 말없이 침대 위에 앉아 있었다. 그는 베개 몇 개를 옆으로 밀어 두고 편안한 자세를 취하면서 밖을 내다보았다. 침대와 창문 사이의 간격은 거의 없어서, 도시는 통창을 통해 그에게, 그러다가 바로 옆에 앉아 있는 베티에게 곧바로 돌진했다. 집들은 고가도로와 계곡에서 솟아오른 것 같았다. 저녁이 어스름해지면, 집들은 하늘 앞에 어두운 띠처럼 서 있었다. 석양을 가로지르는 비행기 한 대가 집들 뒤에서 섬광처럼 번쩍이다가, 금세 인공 불빛만 보였다. 어두운 골짜기에서 빛들이 솟구치고, 수많은 색점들이 능선을 따라 움직이다가, 한동안 깜박임이 시작됐다. 베티는 마닐라에서는 실컷 볼 수 없었던 크리스마스 조명의 점등식을 생각했다. 그러면서 빨간 코를 가진 순록 루돌프, 크리스마스가 되면 도시의 빈민가를 휘황찬란하게 만들며 한 달 내내 꼬리에 꼬리를 무는 똑같은 선율의 노래를 만드는 산타와 황소 장난감들까지 모두 생각했다. 밤이 되자 진흙탕 길, 비가 새는 지붕, 부서진 담벼락이나 우중충한 하수구가 더는 보이지 않았다. 빛나는 흰색 동물이 꽥꽥거리고 천사가 나타나도, 모든 것은 어둠 속으로 사라졌다. 인간 세계에서 해가 져도 밝게 빛나는 것은 진짜 중의 진짜였다.

홍콩에서는 매일 저녁이면 집들이 움직이기 시작하

여, 줄지어 늘어선 빛 안으로 녹아들다가, 새롭게 나타나고, 뛰어오르기 시작했다. 그러면 탄 어른이 물었다.

"우리는 어디에 있는 거니?"

"집에 있어요." 베티가 말했다.

그는 고개를 끄덕이면서도 의심쩍을 때마다 항상 되물었다.

"집에요." 베티는 어린아이가 쓰는 중국어로 반복했다. 호키엔어는 중국 남부 푸젠성에서 쓰는 말로, 해적, 상인, 부자가 되기를 꿈꾸며 남쪽에서 살아 보기 위해 섬을 찾는 가난한 자들의 사투리였다. 탄 어른은 딸이 말하지도 못하고 이해하지도 못하는 옛 사투리를 들으며 본토에 있던 촌락을 떠올렸다. 어머니 목소리와 같은 소리가 들려야 그는 이 침대가 자신의 침대임을 확신할 수 있었다. 그러나 베티는 방음이 되고 공기도 통하지 않는 통창 뒤로 밀려난 느낌을 받았다. 베티는 말할 뻔했다. "탄 어르신, 우리는 삼라만상을 직접 구경하고 있는 거예요. 저편의 집들은 로켓처럼 수직으로 날아다니고, 다른 집들은 우리를 향해 떨어지며, 고가도로의 자그마한 불빛들은 싸움하는 모기이고, 금방 우리는 그들과 함께 날아갈 거예요."

디지털을 이용해 베티는 마닐라와 연락했다. 그녀는 자신에게 예전에 카드를 읽어 준 적이 있는 티타 로자에게 감히 첫 메시지를 보냈다. 그는 '개인 병원'이라는 말을 유지하면서 '기나긴 영혼의 밤'에 대해서 썼다. 그것은 작은 희망의 물결을 일으키기에 충분했다. 로자는 소식을 받기만 하지 않았다. 음악과 근사한 이연걸 사진을 보내 주었고, 도움을 줄 만한 수많은 사람의 이름과 전화번호를 알려 주었다. 이모들의 하늘은 섬과 중국 사이의 작은 바다 너머를 가로질러 뻗어 나가다가 훨씬 먼 곳에 도달했다. 베티는 일요일마다 도심 한복판에서 펼쳐지는 가사도우미들의 캠프에서 어느새 친구의 친구의 친구를 찾아갔다. 그는 도시에 머무르면서는 출세하고 싶어도 사기를 당하지 않을 방법이 많지 않다는 것을 배웠다. 홍콩은 디딤돌이라는 점을 베티가 잊어서는 안 된다. 벼락닫이 창과 새끼줄도 조심해야겠지만, 그녀의 직업교육과 경험으로 미루어 보건대 베티가 곧 더 멀리 여행할 것은 확실했다. 주변 사람들은 숫자를 비교하면서 베티의 임금이 평균 이상이고 지금의 기준들에 비해 쏠쏠하다고 말했다. 그는 저축할 수 있었지만, 그에 대해 아직 알지 못했다.

정말 근사한 날은 별로 없었지만 일요일 만큼은 예외였다. 대부분의 가사도우미들이 시내 한복판으로 쏟아졌다. 베티가 어느 정도 개운하게 잠에서 깨 그 무리들 틈에서 정처 없이 움직일 때면, 갑자기 손으로 쓴 쪽지를 전달받아도 놀라운 일이 아니었다. 음식 세 가지를 고를 수 있는 메뉴. 그가 속삭여 주문하면 은밀히 배달되었다. 시 당국의 감시단은 여기서 아르바이트 영업으로 음식이 판매되는 것을 눈치챌 수 없었다. 트렁크나 가방에 따뜻하게 보관된 음식이 작은 용기에 포장되어 넘겨졌다. 북적이는 지하 통로에서 마사지를 받는 사람들은 직접 돈을 지불하지 않았다. 지폐가 은밀하게 슬쩍 쥐어졌다. 베티는 등이 아프거나 밤에 잠 한숨 못 자고 관절이 불편해지면 나나위 델에게로 갔다. 나나위 델은 이모들의 하늘에 뜬 새로운 별이었다. 그는 앉아 있거나 누운 여자들보다 약간 높이 앉아 있었다. 작은 플라스틱 의자에 앉아 있는 것만으로도 그는 돋보였는데, 여기서 그는 도시를 조망할 수 있었다. 노점상들이 아프가니스탄 난민 수용소에 있는 한 여인의 마비된 팔을 치료하기 위해 델을 데려왔다. 그 여인은 전쟁 때마다 취재를 위해 전쟁에 나갔던 늙은 백인 여자에 대해서 이야기하다가 뼛속에 여전한 섬뜩함을 느낄 때면 델을 오게 했다. 델은 예전에는 아부다비나 런던을 비난했지만 이제 그 도시들에 대해 호의적으로 말하는 모든 사람들, 지치지 않는 무용수들, 신앙인들, 공주들, 교회나 정당에서 파견되었지만 타이트한 레깅스를 입고 위장한 여군들, 수많은 어머니들, 멀리 떨어져 있는 아이들조차 잘 아는 것 같았다. 꼿꼿이 가부좌를 튼 델은 안마를 받기 위해 자기 앞의 마분지 매트 위에 앉은 여인들을 응시했다.

『베티 왕의 이력』에서 나나위 델의 이름은 이소룡 문하생들의 이름과 같은 열에 적혀 있다. 그는 이모이자 사부였다. 그는 체온에 특히 민감했다. 베티는 델의 등 통증 부위에 지압을 해서 수면 부족에서 완전히 회복되는 느낌을 전달했다. 그러면 함께하는 예감, 아니 이른 아침에 하는 운동의 예감이 돌아왔다. 치료가 끝날 무렵이면 델은 조용히 손을 베티의 팔 위로 미끄러지게 했다. 베티는 양 손가락으로 당시 델의 어깨 위로 길게 내려온 머리카락의 모근을 문질렀다. 베티는 그것을 치유의 쓰다듬기라고 생각하면서 좋아했다. 그는 블라우스 아래를 쓰다듬는 손길을 그리워하다가 창문 없는 방에서 보이지 않는 모든 것이 다시 자신의 것이 되는 어둠 속의 어느 순간을 몹시 바랐다. 홍콩도 작은 방들로 나누어질 수 있어야만 하고, 여기서 베티는 부서지고 싶었다. 그리고 실제로 젊은 여인들은 정처 없이 배회하고 있는 베티에게 미소를 보내며 비밀스럽게 음식을 전달하면서 은밀하게 쪽지를 쥐어 주었다. 혹은 베티에게 환한 웃음으로 다가가 소책자를 넘겨주기도 했다. 베티는 디지털로 연락을 받아서 약속이 잡히면 나타났다. 하지만 격렬한 포옹과 장황한 고해만이 있을 뿐, 듬직한 어깨와 자애로운 조언은 없었다. 베티가 가슴을 날려 버릴 것같이 말을 더듬자, 눈물을 흘린 얼굴들은 외면했다. 그는 천 가지의 연애와 드라마에 대해 들었지만 스스로는 폐쇄적이었고, 남을 격려했지만 축축해진 허벅다리를 그리워하면서 너무 크게 뛰는 자신의 심장 소리를 들었다. 몇 번인가 그는 아릴 정도로 헛된 희망을 품었고, 자신의 그리움을 증오하기 시작했다. 언제나 화장실 앞에는 소파가 하나 있었고, 환자의 코 고는 소리, 첫 번째 동요가 끝나고 갑자기 중단된 고요하고 외로운 오르가슴이 남았다. 베티는 기도하려고 하면 하염없이 눈물이 나기 시작했다. 홍콩에 겨울이 들이닥치면, 마분지 바닥은 찬비를 흠뻑 빨아들였다. 일요일도 이제 더는 좋은 날이 아니었다.

『베티 왕의 이력』에는 다른 시험들이 나열되어 있다. 도시의 북쪽에서 불어오는 쾨쾨한 공기. 욕설과 악평들. 기침으로 베티는 거의 질식할 뻔했다. 고열은 탄어른에게 전이되어 밤새 그를 환각 상태에 빠트렸다. 땀에 흠뻑 젖은 베티는 홍콩의 모든 게 극도로 긴장되어 있고, 대기 자체는 폭발 직전이며, 특히 미세먼지는 폐 안에서 파열 일보 직전이라고 확신했다.

구원할 사부는 나타나지 않았고, 나나위 델에게는

베티의 내면에서 커지는 압박을 물리칠 힘이 없었다. 밤에는 꿈도 꾸지 않았고, 기계에서 나오는 음악은 그저 공허한 울부짖음이었으며, 이모들의 하늘은 침묵했다. 홍콩의 작은 녹색 풀밭에 대한 기억은 남았다. 베티는 그 기억을 찾기로 결심했다.

어느 청명한 일요일 아침에 베티는 탄 어른의 딸에게 작별 인사를 건네고 환자를 인계한 뒤 천천히 엘리베이터로 걸어갔다. 그는 전차를 타고 도시 외곽으로 향하다가 표지판과 화려한 옷을 입은 등산객들을 따라갔다. 베티가 숲에 들어서서 축축한 늪 냄새를 맡으며 보다 경쾌하게 걸을 때까지는 15분밖에 걸리지 않았다. 처음에는 급경사 하나만 넘는 데도 숨이 가빴다. 어느새 그는 수풀 가운데에 있는 아담한 제단 앞에 서 있었다. 신선한 과일들이 봉헌되어 있었다. 자그마한 부처가 배를 잡고 있었다. 그 옆에 마리아가 서 있다고 베티는 생각했지만, 그럴 리 없었다. 이곳은 마닐라에 있는 가족용 제단이 아니고, 여기서 의례를 진행하는 사람은 베티의 어머니가 아니었다. 하지만 베티에게는 동정녀 마리아가 예수의 엄마이든 아이를 희생 제단에 올리는 관음보살이든 자비의 보살이든 아무 상관이 없었다. 꽃으로 장식한 동상을 보았을 때, 누군가 행운의 부적을 던졌을 때, 베티의 마음은 한결 가벼워졌다. 베티는 예전에 자신에게 평화를 주었던 몇 가지 문장을 중얼거렸다. 그러고는 숲을 가로질러 걸어가다가 바다로부터 불어오는 바람에 거의 날아갈 뻔했다. 베티는 도시 저편으로 날아가 사라질 것 같았다. 저 멀리 아래에는 작은 막대 모양의 고층 빌딩들이 아름답게 수직으로 땅에 박혀 있었다. 홍콩은 키가 커졌고 산들은 도시보다 높았다. 산들은 만 위에 왕처럼 자리를 잡고 앉아서 아래에 있는 모든 것을 작은 분신처럼 보이도록 했다.

숲을 지나고 보니 풀이 자라고 있었지만 풀밭은 없었다. 베티는 거친 바람이 부는 대초원에 있었다. 그는 적을 피해 산으로 은거한 외로운 투사 이연걸이 연기한 무술 승려가 비행하듯 빠르게 갔다. 정신을 집중하고, 반격할 적당한 시점을 기다렸다.

페트라는 『베티 왕의 이력』에 베티가 수차례 도시에서 탈주했다고 적었다. 베티는 도시 앞이나 뒤에 있는 섬들의 여러 산을 올랐다. 산에 오를 때마다 그는 조금씩 수도사가 되었다. 창문 없는 방은 감방이 되었다. 베티는 방해가 되는 것들을 나눠 주기 시작했다. 그는 미래에 속하지 않는 모든 것을 버리고 싶어 했다. 그리움은 낯선 감정이어야 했다. 떠날 때, 모든 소지품은 배낭 하나에 들어갈 것이다.

자신의 방에서 혼자 질식사하는 것에 대한 두려움

은 점점 잦아들고 약해지다가 서서히 사라졌다. 베티는 이소룡의 제자들을 기억하면서 팔을 무겁게 만들었다. 그녀는 이소룡이 다른 세계에서 "모든 것은 납과 같아"라고 말하는 것을 들었다. 미국에서 외롭게 말하는 것 같았다. 그가 "모든 것은 납과 같아"라고 반복하자, 분노가 생기면서 자신의 발에서 무거운 팔을 들어 올리게 되었다. 베티는 손을 들어서 평평한 손바닥을 보았다. 마닐라의 사부는 "손바닥은 거울과 같으니라"라고 말했었다. "네 낯짝을 보거라." 베티는 그렇게 말하고 난 뒤 중지를 축으로 해서 손을 바깥으로 돌리고 코로 씩씩거리며 숨 쉬다가 양손을 딱 마주쳤다. 보이지 않는 적이 베티의 모든 분노로 찌푸린 얼굴과 그녀가 흉내 낸 사부의 거친 숨소리로 혼쭐이 났다.

방에 발 디딜 틈이 없었기 때문에 베티는 서서 연습했다. 두 다리로, 그러다가 한 다리로 섰다. 팔이 무거워질수록, 팔은 더 빨리 앞으로 퉁겨 날아간다.

긴 머리도 베티에게 과했다. 하지만 그는 머리를 완전히 밀지 않았다. 두피가 드러나서는 안 됐다. 옅은 색의 옷을 입은 수녀들이 거리에서 베티를 놀라게 했다. 우중충한 색의 수녀복은 잿빛 피부와 뒤섞였다. 중국인인지 백인인지 그들은 죄다 창백했고 대머리였다. 베티는 비단 모자를 쓴 그들을 지나가려고 했다. 베티의 까만색 모피는 촘촘하고 벨벳처럼 부드러웠다. 그는 거리에서 자신을 돋보이게 할 옷이 거의 없었기 때문에, 몇 가닥의 긴 머리를 밝은 파란색으로 염색했다.

"나는 조깅 바지를 입은 보모와 달라야만 했어요." 베티는 내게 설명했다. "남자도 여자도 아닌 조력자로 동네를 돌아다니는 일은 장기적으로 보면 자살 행위죠. 평소에는 보이지도 않던 사람이 나쁜 소문이 떠돌면 그 대상이 되는 것과 같은 이치예요. 마치 마른 하늘에 날벼락처럼요." 그래서 그는 알록달록하게 주름이 진 까만색 바지와 푸른색 비단 상의를 입고 다녔다. 때에 따라 비옷도 걸쳤다. 베티는 말괄량이 중국 여자 행색을 했다. 그래서 입만 열지 않는다면 그런 사람으로 인식되었다.

야영지에 돌아와서 그는 산에 대해 보고할 수 있었다. 나나위 델은 지하도에서 란타우섬에 소풍 갔던 이야기를 했다. 홍콩에 온 지 열 번째 되던 해에 그곳에 갔다. 옛날에 가 본 곳 같았다. 그곳 산 위에 왕처럼 앉아 있는 거대한 부처 앞에 맨발로 서자 신비한 기분에 사로잡혔다. 추방되었다가 갑작스럽게 받아들여진, 마치 선물을 받은 것 같은 기분. 그는 란타우에서 집에 돌아오고 난 뒤 며칠 동안 한 마디도 하지 못했다. 델이 돌보는 아이들은 한동안 그의 손짓으로만 살아야 했다. 그 뒤 그가 다시 말을 하면서 손으로 치료를 하는 새로운 힘까지 갖게 되었다고 했다.

베티는 델이 어느 젊은 여인의 어깨를 주무르면서 하는 이야기를 듣고 있었다. 델이 두 눈을 감으니 남방 지역으로 변한 거리에서 지하도로 흘러 들어가는 여인들의 바다에 빠진 것 같았다. 루손섬, 비사야 군도, 민다나오섬이 홍콩상하이은행과 간낙도(Connaught Road) 사이에 새롭게 모였고, 루손 산맥 출신의 무용수들은 원을 그리면서 땅을 쿵쿵 밟다가 다정하게 웃음 지으며 <바빌론의 강가에서>를 노래했다. 모든 것보다 높은 곳에 영국 성공회 교회가, 그보다 훨씬 높은 곳에 가톨릭 교회가 있었다. 교회에서 바다로 이어지는 도로는 수직으로 떨어지고, 신자들은 비좁은 차단벽 안에서 위아래로 서로를 밀어 댔다. 그들 옆으로 차량들이 굉음을 내며 질주했다. 젊은 여자는 너무 피곤한 나머지 눈을 감고서 델의 허벅다리 사이에서 혼수 상태에 빠졌다. 그러다 자칫 압박이 느슨해지기라도 하면 넘어질 뻔했다. 그것은 나나위 델을 괴롭히지 않았다. 델은 란타우섬의 가정신(神)에 대해 이야기했다. 이 신은 온 지역을 다스리면서 새의 비행과 등의 통증과 라틴어로 하는 기도를 하나로 연결했다. 델은 몇 년 전 소풍을 다녀온 이래로 만물의 연관성을 보고 있다고 말했다. 묻지도 않았는데

델은 분쟁 중에 사망한 베티의 아버지에 대해 말했다. 베티의 죄는 명백히 제때에 화해하지 못한 점에 있었다. 그래서 베티는 용서를 빌기 위해 이곳의 늙은 탄 어르신의 소유가 되었다는 것이다.

베티는 감히 반박하지 않고 일어서서 자신의 까만색 바지 정장을 곧게 폈다. 그리고 정중히, 하지만 말없이 고개를 끄덕이고 서둘러 자리를 떴다. 그는 홀로 지내던 산을 그리워했다. 베티는 예언이나 조상에 대해서 알고 싶지 않았다.

그 사이에 베티가 홍콩에서 우연히 페트라를 만난 것은 아니라는 소문이 수도회에 퍼진다. 페트라의 삶 전체가 베티와의 만남과 수도원 설립으로 향했다는 것이다. 수간호사 베티는 특히 신입 회원들로부터 숭배에 가까운 존경을 받는다. 베티도 강조했듯이 필요 이상으로. 운명의 힘을 그는 믿지 않는다. 우연을 상상하지 못하는 사람은 핵폐기물의 주인이 되지 못한다. 가장 최악의 사건은 사전에 절대로 예상할 수 없으며 상상할 수 없는 자연재해나 오래 간과했던 일상의 하찮은 장애에서 비롯된다. 신입 회원들이 입회하고 난 뒤에 진행한 첫 수업들 중 하나에서 베티는 되풀이되는 '기이한 사건들'에 대해 말했다. 기이한 사건들은 예상할 수 있는 것들이었다. 진짜 사건은 갑작스럽게 등장해서 이상하게 진행된다. 지진은 가장 격렬하게 내린 눈과 예기치 않게 결합하고, 물은 흐르지 말아야 할 곳으로 흐른다. 어느 엔지니어의 과대망상증은 아직 전혀 고려되지 않았다. 큰 영향력을 행사하는 그의 광증에 맞서는 시대정신이 만들어져야 한다. 조장된 두려움을 막을 수 있는 방조제. 그리고 아름다운 일상이 창조한 조용함 속에서도 정신은 움직일 것이라고 우리에게 말했다. 그러면 정신은 특히 외부의 변화를 잘 받아들여서 모든 것을 생각할 수 있게 한다.

또한 베티는 큰 원탁 모임에서 '절차적 기억'에 대해 말했다. 자동화에 대해서. 나는 아직 페트라가 『베티 왕의 이력』을 쓰기 전에 탄 어른의 이야기를 들었다. 베티는 이름을 잊어버리고 점점 더 많은 장소와 사건들을 뒤죽박죽으로 만들다가 곧 낯선 사람들에게 둘러싸이는 노망난 사람들에 대해서 말했다. 탄 어른은 일요일마다 자신을 돌보는 딸을 가끔 알아보지 못했다. 그러던 어느 아침에 탄 어른은 다용도실을 침대 및 창문과 연결하는 문에 서 있었다. 그는 베티가 팔로 공기를 가르는 모습을 지켜보다가 그 동작을 따라 했다. 이미 몇 번의 동작만으로 그는 베티의 일상에서 벗어나 자신의 몸에 깊이 밴 친숙한 일상으로 빠져들었다. 탄 어른은 자신의 내부에서 마치 젊은 전사가 깨어난 것처럼 침대 옆에서 체조를 했다. 아주 느리게.

금세 베티는 탄 어른과 함께 밖으로 나가려 했다. 그들은 함께 이른 아침마다 노인들이 모이는 작은 공원으로 갔다. 노인들은 각각 그리고 단체를 이루어 따뜻하게 근육을 쓰다듬거나 천천히 검을 휘두르거나 명상을 했다. 탄 어른은 매일 나무 사이에 굳건히 서 있었다. 그는 활을 잡고 있는 것처럼 팔을 팽팽히 하다가 몸통을 움츠리고 얼굴을 손으로 감싸며 조심스럽게 오른발을 앞으로 밀었다. 두 팔로 머리를 감싸며 일어나더니 주먹을 날렸다. 팔뚝이 갑자기 높이 솟구치다가 적의 뼈가 부러지는 위에서 순간 멈추었다. 베티는 노인 뒤에 서서 그의 모든 동작을 따라 했다. 자신이 아직 알지 못하는 몸짓을 흉내 냈다. 그렇게 연습을 확장했다. 곧 그들은 하나가 되어 절대적인 정적 속에서 운동했다.

베티의 나날은 약동하기 시작했고 시간은 압축되었다. 탄 어른이 점심 식사 후에 잠에 들면, 베티는 더 이상 졸지 않았다. 그는 읽고, 약의 성분을 복습하고, 자신의 어린 시절 표준 중국어를 망치게 했던 오래된 교과서들을 주문했다. 밤이면 노트북이 그에게 옛날의 싸움터, 미래의 은하계, 궁전의 거실로 향하는 문을 활짝 열어 주었다. 환상의 세계에서 그는 불과 공기와 땅 사이, 금속과 물 사이의 끝나지 않는 싸움을 발견했다. 베티는 불사조, 일각수, 늙은 거북이, 호랑이, 용을 따라 거친 미래로 갔다. 이연걸은 이제 영어 대신에 표준 중국어로 말했다. 베티는 그를 이해하려 했다. 문자를 공부하는 것은, 서 있는 것보다 훨씬 적은 공간으로도 충분했다. 종이에 두 번 짧은 획을 그리면 사람(人)이 있었다. 거기에 세 번째 획을 그리면 사람은 '큰(大)'이라는 단어로 확장되었다. 가장 작은 사각형 안에 '하늘', '칼', '마음', '산', '눈'이 적혀 있었다. 중국어는 베티에게 고상한 만화 글자처럼 보였다. 밭과 비단 뭉치가 작은 농부를 위에서 누르는 모양은 '지친'을 말했다. 베티는 점점 더 촘촘해지고 정확한 획으로 인간에게 식물, 용, 먼지, 비단을 덧붙이면서 하나의 세상을 축조했다. 그는 이미 존재했고 항상 아름다웠던 견본을 찾았다. 마치 그가 몇백 년 동안 자신을 기다린 게임에 입장하는 것처럼. 대답은 그 안에 있으며, 그는 골똘히 생각하거나 글자에 대해서 심사숙고해서도 안 되었다. 글자를 오래 관찰하다가 옆으로 치웠는데, 불현듯 그 글자가, 아니 왜 글자가 그렇게 정확했어야 하며 항상 그렇게 머물고 있는지에 대한 설명이 있었다. 이제부터 그는 이 글자를 더 이상 잊지 못한다. 세상은 그가 종이에 옮겨 놓은 모든 움직임과 더불어 성장했다. 베티는 대륙을 열었다. 언젠가 그는 대륙에 발을 들여놓을 것이다. 외로움이 자신의 숨을 짓누르려고 하면, 베티는 홍콩보다 더 높은 창공으로 치솟은 도시들을 상상했다. 그는 동료와 회사와 육지를 원했다. 도약의 순간이 지척에 있다는 확신이 생겼다.

새로운 시대의 질서는 어머니의 부음에도 저항했다. 마닐라에서 어머니는 관에 안치되어 밤을 새는 조문객들 앞에 누워 있었다. 빨래가 더 이상 마르지 않을 정도로 홍콩의 대기는 너무 축축하고 뜨거웠다. 탄 어른이 창문 앞에서 완전히 옷을 벗어도 베티는 막을 수 없었다.

베티에게 2주간의 휴가가 주어졌다. 그는 바다를 지나 날아가면서, 끝도 없는 불빛의 양탄자 위에 서서히 가라앉았다. 티타 이모들과 친구들이 장례식장에 왔다. 사람들은 지난날에 대해 말했다. 홍콩에서 있었던 일은 제외되었다. 흐느끼는 사람은 그 이유에 대해 말할 필요가 없었다. 눈물을 글썽이다가도 웃고 포커도 쳤다. 베티는 언니와 동생들이 손님을 위해 탁자에 차려 놓은 뷔페에서 밥을 먹었다. 그는 노예선을 타고 온 사람처럼 먹고 또 먹었다. 잠잘 시간은 없었다. 장례식이 끝나고 그는 홍콩으로 돌아갔다.

"집으로 가는 거야." 베티는 낮게 혼잣말했다. 그는 항상 되묻던 탄 어른이 된 것처럼 그 말을 반복했다.

일요일에도 베티는 도심에서 체조하기 시작했다. 찌는 듯한 더위와 바람과 궂은 날씨에도 그는 만을 지나 구룡반도의 마천루를 바라보았다. 별말 하지 않았는데도 베티를 따르는 여제자들이 생겼다. 그들은 단순히 베티의 모든 동작을 따라 하다가 심호흡을 해야 했다. 그러다가 숨을 내쉬었다. 납처럼 무거운 팔.

7
추가 합류

셀린이 도착했을 때, 본사의 정원에는 이미 첫 번째 채소가 익어 가고 있었다. 16년 6월에 그가 합류함으로써 다섯 명의 완전체가 처음 만들어졌다. 그는 마을에서 저택에 이르는 마지막 1킬로미터를 걸었다. "잔디가 우리의 머리 위로 자라고 있다." 페트라는 그 주에 기록해 두었다. "열매들은 덤불에서 사라지고, 백피병이 만연하여 잎과 어린 열매 위에 검은 반점을 만든다. 곰팡이는 땅에서 비를 맞으며 자라다가 교차로를 뒤덮는다. 갈퀴덩굴은 여린 하얀 꽃을 피우다가 집의 딱총나무를 시들게 한다."

셀린과 함께 화창한 날씨가 찾아오고, 형형색색의 꽃가루가 날렸다. 그는 바퀴 달린 트렁크를 끌고 산비탈을 오르면서 땀에 가려진 시야로 소 목장과 옥수수밭을 보았다. 그는 이메일을 출력해 손에 들고 있다가 의심스러운 듯 빙퇴석 언덕 전체를 뒤덮은 숲으로 다가섰다. 다른 일이 오고 있다는 것을 몰랐던 사람은 이 길이 수도원 안뜰로 가는 길이라고 생각하지 않았다. 셀린은 머뭇거리며 키 큰 너도밤나무 아래의 어둠 속으로 발을 내디뎠다. 그는 눈의 자극을 한동안 누그러뜨려 주는 그늘을 즐겼지만, 몇 걸음 떼자마자 다시 햇빛이 그대로 얼굴을 비추었다. 그는 눈이 부신 채 숲속의 빈터에 다가갔다. 오른편으로 듬성듬성 자란 소나무와 자작나무 언덕이 완만한 경사를 이루고 있었다. 나무들 아래 큰 풀에 쳐진 거미줄 위로 물방울이 맺혀 반짝였다. 왼편으로 바위가 탑처럼 우뚝 서 있고, 벽은 밝은 황토색으로 빛났으며, 그 아래로 경사면이 삼각주처럼 만들어지다가, 미끄러져 내린 황토가 원뿔 모양을 만들었다. 원뿔은 계단식이었다. 이곳에 어느 미친 사람이 돌담을 쌓고 자루에 좋은 흙을 담아 가져와서 테라스 위로 기운차게 들어 올려 온갖 종류의 녹색 식물이 보이는 밭이랑을 만들었음에 틀림없다. 셀린은 가슴에서 휘파람한 소절을 들으며 가능하면 어서 낯선 집 안으로 들어가야만 했다.

상쾌한 햇빛을 받으며 셀린은 테라스 옆을 지나, 어둠으로 이어진 작은 길을 걸었다. 그곳에 반원형의 암벽으로 둘러싸인 오래된 채석장이 있었다. 채석장 바닥에는 골풀이나 갈대류의 풀만 자라고 있었지만, 어느 미친 작자가 이 구멍에 기계실을 지었기 때문에 아주 조금밖에 자라지 않았다. 짙은 잿빛의 골판지 함석 지붕과 창문도 없는 갈색의 검은 벽으로 이루어진 거인. 셀린에게 이 창고는 육중한 크레인에 의해 숲 위로 들어 올려졌다가 떨어진 것처럼 보였다. 이제 기계실은 비대한 고철 조각처럼 여기 땅에 박혀 있었다. 창고의 대문은 작업 바지를 입은 한 사내를 삼켰다. 그 외에는 아무도 보이지 않았다. 동물 한 마리도 보이지 않았다. 창고 오른편으로 난 작은 길은 완만한 경사면을 따라가다가 중간층에 닿았다. 거기서 암석의 그림자가 마구간으로 떨어졌다. 조금 더 위쪽 태양 광선이 비치는 곳에 단독주택이 있었다. 오른쪽, 키 큰 풀밭에 한 여인이 보였다. 그녀는 얼굴을 빛 쪽으로 향하고 있었다. 셀린은 가까이 다가가 헛기침을 하려 했지만, 그만 목이 가쁜 기침을 뱉어 냈다. 여인은 화들짝 놀라 돌아보았고, 셀린은 그 얼굴을 알아보았다. 시원한 아침 대기 속에서 그 얼굴은 모니터에서보다 젊어 보였다.

몇 주 전부터 그들은 원거리에서 채팅을 했다. 슈투트가르트-수도원-클레르몽페랑-수도원-슈투트가르트. 페트라는 새로운 형제자매를 찾으며 다른 시간대에 약속을 잡고 불안정한 관계에 노출되었기 때문에 근무

시간을 망치고 잠을 설쳤다. 한쪽이 이른 아침에 전한 이야기를 상대방은 늦은 저녁에 듣게 되는데, 그는 이것이 기술적으로 동시에 소통되고 있는 말이라는 것을 신뢰하기 어렵다는 것을 깨달았다. 상파울루에서 모든 것이 교통 체증에 갇히고 모든 사람들이 문자 메시지를 주고받아도 아무것도 변하지 않았는데, 대체 동시란 무엇인가? 바마코*의 도로들이 차단되어도 마닐라의 자정은 지나가고, 약속은 취소되었다. 침묵하는 모니터. 그런 침묵을 빨리 대체할 수 있는 것은 없었다. 상파울루라고 해도 마찬가지였다. 페트라는 단지 반짝이며 나타나거나 아니면 픽셀로 등장하고 늘 다시 사라졌다가 기발하고 가슴을 따뜻하게 만드는 메시지를 남기는 사람들에 대한 사진을 찍고 싶었다. 한번은 페트라가 채팅에 열중하고 있는데, 화면 가장자리에 창이 하나 떴다가 발신자를 알아차리기도 전에 사라졌다. 그런 메시지들은 종종 분실되었다. 페트라는 월요일 저녁 식사 후 9시에 30분 정도 얘기를 나누자는 셀린의 편지 한 통이 도착하기 직전 거의 낙담한 상태였다. 셀린은 그 사이에 깊이 생각하고 싶다고 적었다. 페트라는 세 번째 월요일을 며칠 동안 고대했다. 페트라는 셀린의 소리 변

* 말리의 수도

화에 대한 관심이 남프랑스 중부 산맥의 어느 부엌에서 시작하는지 듣고 있는 것 같았다. 눈물이 많은 소녀는 봄과 초여름에 꽃가루가 극성이던 바깥으로 나가기보다 집 안에 머물며 가사 일을 도왔는데, 더 주의 깊게 듣고 많은 독서를 했던 곳의 소리 변화를 따라갔던 것이다. 마을 사람들은 셀린을 '혼란스러운 교수'라고 불렀는데, 그 호칭은 불쾌한 의미는 아니었다. 그런 식으로 셀린의 삶은 이미 결정된 것처럼 보였다. 그는 공부했다. 부모의 들판이나 부엌에서 완전히 물러난 셀린은 수집한 소리 속으로 빠져들었다. 조부모의 발음과 자신이 사랑했지만 결코 사용하지 못한 단어 몇 가지, 라디오에서 지역 축구팀의 경기를 해설하는 스포츠 기자의 숨가쁜 말소리로. 셀린은 읽고 있는 시에서 매우 낯선 조부모의 목소리를 들었다고 생각했다. 그렇게 클레르몽페랑 대학에서 여러 해를 보내고 라이프치히로 학교를 옮겼다. 여기서 그는 논문을 쓸 뿐만 아니라 소리를 내기 시작했다. 그가 놓친 트랙터 소리, 흥분하다 멈추고 그러다가 다음 정적의 순간에 무심코 수다를 떠는 스포츠 기자의 박자 때문에 이해할 수 없는 언어들. 그는 점점 더 많은 공간을 차지하는 장비 한 대를 구입했다. 큰 기계와 바퀴 달린 트렁크를 들고 셀린은 저녁마다 레코드판을 돌리기 위해서 클럽에 갔다. 이에 열광하는 사람은 극소수지만, 몇몇은 전자적으로 커진 날카로운 소리를 듣기 위해서 계속해서 클럽에 왔다. 셀린은 슈투트가르트로 이사했고, 새로운 클럽을 찾다가 종종 사랑에 빠졌으며, 집에서는 여전히 혼란스러운 사람으로 치부되었다. 셀린은 결코 교수가 되지 못할 것을 깨달았다. 앞으로 몇 년 박사후 과정을 하면 끝이었다. 페트라는 셀린에게 수도회에 오면 무한정 연구해도 된다고 약속했다.

그러고 나서 쿠어트, 아나톨, 베티도 모니터 앞에 앉았는데, 그들은 셀린이 프로방스 지역의 옛날 말로 찬가를 서글픈 요들송으로 바꿔 부르자 웃음을 터트렸다. 머지않아 셀린은 작곡에 필요한 것은 노트북 한 대뿐이라고 했다. 기계는 줄어들고 있지만 그는 확장되었다고 했다. 인생이 불확실한 때부터 자신은 버섯이나 암석에 관심이 갔다고 했다.

"확률이요? 연쇄 반응이라고요?"

"물론 그런 것도 고려해야죠."

이제 여기 셀린이 서 있다. 배낭과 바퀴가 달린 푸른색 트렁크에 밀짚모자를 쓰고 있는 셀린. 기대한 것보다 훨씬 자란 키에 어깨 길이의 빛바랜 머리카락과 눈물로 그렁그렁한 눈을 가진 셀린.

"이제 구원하소서."

"안녕하세요."

"방은 준비되어 있어."

정식 입회 면접은 진행되지 않았지만, 셀린은 즉시 이들의 일상을 눈치챘다. 기상해서, 졸린 눈으로 집 앞으로 나와서, 베티 왕 뒤에 서 있기. 목 근육을 스트레칭하고, 한쪽 다리로 서 있다가, 양발로 휴식하고 난 다음 주먹을 펴고, 번개처럼 빠르게 뒤로 당기기. 부엌에 있는 일과표는 일목요연했다. 셀린은 누가 요청하지도 않았는데 주간 근무에 이름을 기입했다. 부엌에서 아침 식사를 하고 함께 거실로 갔다. 안락의자에 모여 대화를 나누곤 하는 영국인 교수실 같았다. 각각은 태블릿을 들고 있으며, 빔프로젝터는 책장에 은밀하게 놓여 있었다. 마치 무에서 유가 창조되는 것처럼 그래픽과 표가 벽에 나타났다. 우리는 서로 가르치고 배웠다.

'몰(Mol)'은 물질의 양을 나타내는 단위 명칭으로, 핵 시설이 위치한 벨기에의 몰(Moll)과 혼동해서는 안 되었다. 몰은 채집한 지역의 버섯이나 신맛이 나는 식물들의 변종에 붙인 이름이었다. 쿠어트는 모두가 보는 앞에서 강철 드릴을 분해했다가 원래대로 조립했다. 페트라가 연금 계산용 사망률 도표를 발표하기 전에, 베티는 인간의 혈액 순환에 대해서 말했다. 언젠가 수도회는 강제하지 않고 자유롭게 행동해야 했다. 아나톨은 이를 위해 필요한 엉성한 규칙과 공식을 전달했다.

그들이 미래의 사람들에게 남길 문건에 대해 골몰하는 동안 일상의 대화는 한계에 부딪혔다. 그래서 오후 근무시간은 단축되었고, 어학 강좌가 추가되었는데, 온라인으로 각자 따로 공부했다. 토요일 모임은 그들이 다른 사람들보다 더 많은 어학 시간이 절실히 필요하다는 것을 분명히 보여 주었지만 아무도 감히 발설하지 않았다. 예를 들면 쿠어트는 영어에, 베티는 독일어에 애를 먹었다. 셀린도 모두가 좀 더 영어와 독일어를 잘해야 한다는 점에 이의를 달지 않았다. 저녁마다 셀린은 프랑스어 억양이 살짝 들어간 독일어를 구사하는 베티와 연습했다. 오후에 그들은 정원에서 나란히 일했다. 언제 먹을지는 항상 분명했다. 하루가 언제 끝나는지도.

수도회 규칙은 분명 임신을 금지했다. 셀린은 성관계도 금지되는지 묻고 싶지 않았다. 그렇지 않았다면 그는 이런 질문도 했을 것이다. 형제에게 느끼는 부드러운 애착은 무엇인가? 누군가를 좋아해도 되는가? 누군가 사랑에 빠진다면 그것은 에로틱한 것인가 플라토닉한 것인가? 아니, 사랑은 중요한가? 사랑은 문제가 되는가?

첫해에는 아무도 그런 물음에 대한 답을 알지 못했

던 것 같다. 각각의 조직원은 당연히 자신의 방에서 지냈고, 공유 침실에 대한 아이디어는 한 번도 논의되지 않았다. 욕실 앞에 길게 서서 보풀이 있는 수건을 엉덩이에 두르거나 엉덩이와 가슴을 가리는 일을 멈추기 위해, 쿠어트는 예전의 마구간에 샤워실과 화장실을 추가로 설치했다. 배수구는 이미 거기에 있었다.

페트라는 가끔 알몸으로 방 안에 서서 어떻게 해야 할지 몰랐다고 적었다. 봄이면 진드기가 깨어나 라즈베리 덤불이나 아네모네 꽃잎의 끝 혹은 인도에 불쑥 솟은 풀잎 끝에 앉았다. 살인 진드기들은 페트라 특유의 체취에 집착하는 것 같았다. 그가 몸을 완전히 가리고 끔찍한 냄새의 스프레이를 사용해도 소용없었다. 숲을 산책하거나 정원 일을 할 때마다 페트라는 진드기에 쏘였다. 진드기들은 허벅지와 골반 사이의 사타구니, 둥근 가슴 주위, 배꼽 안, 특히 등의 부드러운 부위를 물어뜯었다. 핀셋으로는 그 부위에 닿을 수 없었다. 페트라는 거울 앞에서 시험해 보았지만 검은 점을 찾을 수도 없었다. 거울을 통해 왼쪽부터 진드기 쪽으로 핀셋을 향하고 있는 오른손도 보았지만, 그 조그만 괴물을 잡으려 하면 뇌의 무언가가 자제력을 잃고 말았다. 핀셋은 늘 빗나갔기 때문에 페트라는 화를 내며 고래고래 소리쳤다. 그가 주위의 권고를 듣지 않고 진드기 몸통이 손톱에 낄 때까지 긁고 긁어도, 박테리아로 그득한 조그만 진드기 대가리는 여전히 등 피부에 달라붙어 있었다. 진드기는 죽었지만 박테리아가 여전히 살아서 혈관으로 들어갔기 때문에 위험했다. 그때 수도회 조직원들은 스피로헤타 감염병의 확률을 다르게 계산했다. 아나톨은 진드기의 위험성이 부풀려졌다고 주장했다. 그래도 어떻게든 진드기는 제거되어야 했다.

페트라는 가슴을 드러낸 채 베티 앞에 서 있는 장면을 상상도 할 수 없다고 일기장에 적었다. 그는 자신의 취향을 '섬세하게 균형 잡혔'다고 말했는데, 실오라기라도 걸치는 것이 취향의 일부였다. 종종 페트라와 베티는 말없이 저녁 시간 함께 집 앞에 앉아 있었다. 홍콩에서 맺고 수도원 안뜰에서 더 성장한 신뢰를 바탕으로 둘 사이에는 갖가지 상념들이 자유롭게 떠다녔다. 페트라는 결코 존재하지 않았던, 베티와 함께 살던 집을 회상했다. 어른거리는 기억 속 베티는 알몸이었고, 공상에 등장하는 침실은 어두웠다. 페트라는 상상한 이별, 화해, 오르가슴으로 이어지는 드라마에서 미동도 없이 가만히 있었고, 베티도 아무 일도 없다는 듯 그 자리에 앉아 있었다. 모든 일은 이미 벌어졌다. 폭동은 가라앉았고, 더 이상 접촉할 필요가 없는 우정은 소중해졌다. 불필요한 말이나 호감으로 관계를 위태롭게 하고 싶지 않은 페트라는 가만히 앉아 있는 것만으로도 충분하다고 생각했다. 그러니까 베티에게 자신의 방으로 와서 진드기 한 마리를 제거해 달라고 부탁하는 것은 생각도 할 수 없었다.

그때 아나톨이 막 입주했다. 페트라는 그와 어떻게 대면해야 할지 난감했다. 아나톨은 너무 작아서 거의 보이지 않는 미세한 생물을 더듬어 찾기 위해 모두가 그러듯이 손으로 페트라의 피부를 만져야 했다. 페트라는 아나톨의 손이 진드기를 흥분시킬 수도 있다는 점을 배제하지 않았다. 아나톨은 짧지만 재미있는 섹스를 하는 유형, 순조롭게 시작하고 있는 수도회에 예기치 못한 결과를 불러올 무언의 습격자처럼 보였다. 수도회를 흔들어서는 안 되었다.

쿠어트는 더 침착하고 전적으로 동료다운 인상을 풍겼다. 때때로 그의 아재 개그가 어떤 상황을 구해 내면, 페트라는 서서히 오후의 느긋한 친교 상황을 상상했다. 쿠어트에게 꽉 짜인 일정표는 확실히 방해물이었다. 오후가 되면 혼자 혹은 둘이서 방으로 돌아가는 사람은 없었다. 처음으로 맞이하는 봄에 페트라는 등에서 진드기를 서투르게 긁어내면서 아나톨이 감염이 안 될 확률을 정확히 계산하기를 바랐다.

셀린이 6월에 도착하고 나서야 좀 더 나은 개선책이

생겼다. 페트라는 목욕 가운을 입고 셀린의 방으로 가서 도움을 요청했다. 페트라가 옷을 벗자 셀린은 그의 목이 햇빛에 탄 것을 알아차렸다. 셀린은 목을 문질러 진드기를 제거하고 곧바로 차가운 연고를 발라 주었다. 페트라도 셀린이 블라우스를 벗고 목과 등을 드러내자 똑같이 해 주려고 했다. 그때 브래지어 바로 밑에서 시작해서 허리를 한 바퀴 돌아 바지 속으로 사라지는 흉터가 눈에 띄었다. 그 흉터는 힘줄로 끊겨 버린 뒤 단단한 물집, 아니 흰색과 분홍색의 얇은 피부가 차오른 것처럼 보였다. 셀린은 문신이 새겨진 상체를 설명하면서 대략 열 살쯤이었다고 말했다. 부엌에서 산딸기 잼을 절이고 있을 때였다. 육중한 냄비에서 끓고 있던 잼이 그를 덮쳤다. 넘어진 냄비를 피하기 위해 움직였지만 어리석었고, 그 자그마한 몸은 잼에 데었다. 페트라는 그 흉터 위로 조금 올라가 셀린의 목을 힘껏 어루만졌다.

셀린은 '서기관'직을 맡았다. 그는 어떤 서적을 고전 목록에 포함해야 하는지를 제안하고 수도회가 시대를 초월한 문서를 준비하는 데 도움이 될 만한 모든 지혜를 수집했다. 그는 어디에서나 통하는 원초적인 문법의 기본 개념들을 아나톨의 방대한 공식 모음집 증보판에 삽입할 것을 주장했다. 아나톨은 결국 셀린의 제안을 따랐고 그 대가로 셀린은 프로그래밍 언어를 배웠다. 아나톨은 베티가 공식 모음집에 도교의 다섯 가지 요소에 대한 가르침을 추가하고 싶어 하자 당황했다. 베티는 용과 늙은 거북에 대해 말하면서 여러 원과 화살을 종이에 그려 아나톨에게 다양한 상호작용을 보여 주려고 했지만, 아나톨은 사양했다. 그러나 아나톨은 베티가 마찬가지로 제안한 '연구자' 칭호를 불평 없이 받아들였다. 수도회가 5개 부서로 구성되어야 한다는 것은 베티의 발상이었다. 쿠어트는 '기계공' 칭호를 받았다. 베티는 자칭 '간호사'다. 페트라의 칭호는 오랫동안 불분명했다. 유서 깊은 수도원에서 가사를 돌보고 관리하는 일은 카메라리우스(Camerarius), 즉 출납관이자 체임벌린(Chamberlain)이 맡았다. 페트라는 회계인이나 재무관이나 총독을 고려하기도 했다. 하지만 이런 명칭들에 만족하지 않다가 베티와 15년 가을에 나눈 짧은 대화 중에 베티가 우연히 사용한 '아테'로 남았다.

수도회를 조직한 첫 주, 작은 먼지 덩어리들과 금방이라도 죽을 듯이 발악하는 매우 작은 모기들이 공중에 떠돌았다. 어느 날 저녁 페트라는 시름을 떨쳐 버리기 위해 숲속을 거닐었다. 나무들 앞으로 걸어갔을 때, 안개 위로 거대한 노란색 원반이 보였다. 페트라는 그것이 해인지 달인지 궁금했다. 다시 숲으로 돌아가 두 번째로 나무들 앞에 발을 디뎠을 때, 안개는 사라지고 그 원반이 훨씬 밝게 빛났다. 선명하게 드러나는 표면에서 그것이 달이라는 게 뚜렷해졌다. 달은 페트라에게 아주 가까이 다가왔다. 페트라는 베티를 찾아가 가쁘게 숨을 쉬면서 말했다. 맡겨진 과제가 엄청나고, 자금 조달은 안전하지 않은데 계획은 없다고. 베티는 그를 안심시키다가 처음으로 '아테'라고 말했다. 아테는 따갈로그어로 '큰언니'를 뜻하며, 이름 앞에 붙는 명예로운 호칭이었다. 페트라는 그 호칭을 감사하게 받아들이는 듯했고 더 거리낌 없이 말했다. 아테가 따갈로그어이든 독일어이든 상관없이 방향을 결정해야 하는 점에서 같은 뜻이라고.

사실 페트라는 수도원 안뜰로부터 멀지 않은 도시에서 장녀로 성장했다. 어머니는 종종 기력이 모자랐는데, 세 명의 자식을 둔 워킹맘이었고, 일찍 남편을 잃었다. 페트라는 이것을 일기의 어느 대목에서 회상했는데, 그 점이 그가 수도회에 대해 쓴 글에서도 나타나고 있다. "큰언니는 권한이 없지만 책임을 지고, 그의 계획은 언제든지 좌절될 수 있으며, 모든 결정은 장성한 동생들이 달리 지시할 때까지만 효력이 있다. 어린 여동생들은 압제 아래에 있어야 하며, 그렇지 않으면 아테는 마지막 남은 통제력을 잃게 된다. 언니들은 일찍부터 기분이 상할 위험이 있으며 쉽게 평정심을 잃는다. 그들은 여러 사건들을 미리 세심하게 그려 보고, 다양한 변수를 깊이 생각하며, 다양한 참가자들의 입장이 되어 본다. 그러면 적당한 시점에 오류의 원인을 파악할 수 있다. 이것은 더 높은 힘이 개입하지 않는 한 계속되며, 이에 주목한 사람은 모든 상황에 대해 생각했다는 것을 알게 된다. 그러나 규칙처럼 보다 높은 결정 권한이 전혀 지켜지지 않고 실제적인 결정의 결과를 거의 생각하지 않으면, 모든 것은 통제 불능 상태가 된다. 그러면 큰언니가 즉석에서 결정해야 하는 순간으로 몰리는데, 그건 그의 일이 아니다."

매일매일의 수업과 활동에서 최초의 5인은 칭호에 익숙해졌고, 가상실험장치, 부엌, 정원 일을 하면서 서로를 거들었다. 마을 밖에서는 양파를 킬로그램당 2유로 50센트에 살 수 있는데 직접 양파를 재배하는 일은 정말 우스운 일이었다. 하지만 마을에 가게가 항상 있지는 않고, 고속도로도 마찬가지다. 앞으로 수만 년 후 언젠가 철도 운행이 중단될 것은 뻔했다. 베티는 수도원이 모든 비상사태에 대비해야 하며 자급자족할 수 있어야 한다고 말했다. 비상사태가 없는 한, 정원 가꾸기는 운동으로 이해되어야 한다. 베티가 테라스에서 바로 옆의 높은 테라스로 쉽게 점프하는 모습에 모두가 놀라워했다. 그들은 잡초를 없애고 계산을 하다가, 어느새 첫 오이를 수확했다. 여름의 열기가 후끈 달아오르면서 모기가 무는 일도 줄어들었다. 태양이 테라스를 묵직하게 내리쬐어 돌담을 뜨겁게 달구었다. 돌담은 정오와 오후에도 여전히 빛을 받도록 조성되어 있었다. 심지어 낮이 가장 긴 날에도 옅은 태양빛이 기계실로 비쳤다. 조직원들이 여름밤에 가장 높은 테라스에 앉아 있으면, 구겨진 함석 지붕에 등을 대고 앉은 셀린은 괴물을 생각했다. 암벽 바로 앞 어둠 속에서도 태양을 즐길 수 있었다. 조직원들이 정원 탁자에 둘러앉아서 포도주 한 병을 딸 때도 돌은 여전히 따뜻함을 발산했기 때문이다.

이런 저녁들이 이어지던 어느 날 쿠어트는 미래에 대해 이야기하기 시작했다.

지하동굴 약탈

16년
어느 온화한 여름 저녁에
기계공 쿠어트가 이야기한 시나리오*

40년이 흐른 뒤 이곳 정원에 노인들이 앉아 있다.
내가 아직 살아 있으면, 그들, 손발을 떠는 노인들
사이에 앉아 있을 거다.
그들은 젊은 수도승들이 말하는 단어들을 알아듣지
못한다.
치매 때문만이 아니라, 말이 점점 복잡해지기 때문이다.
스크류(screw, 나사)라고 누구나 발음할 수 있다. 우리가
얼마 전에 스크류드라이버(SKRUDRAIVER)†를 마셨지만,
우리는 여전히 그 맛없는 술이 나사와 관련된 것인지
몰랐다. 만일 알았더라면 다른 술을 선택했을 거다.

---

* 이 대목에서는 수도회의 문서가 40년이 흐른 뒤에 특히 언어적으로 후세에 제대로 이해되지 않는 에피소드가 이어진다. 화자 쿠어트는 스위스 베른에서 독일어와 외국어가 다양하게 변화하는 상황을 말한다. 예를 들면 수도회는 문서에 나사(screw)라고 적어 놓았지만 언어 변화를 거쳐 후세는 술(SKRUDRAIVER)로 받아들인다.

† 영어 screwdriver(드라이버)가 변한 결과

목 안의 스크류(SKRU)는 좋은 생각이 아니었다. 나는 럼콜라(RUMKOLA) 같은 걸 주문했을 거다.

먼 미래에 노인들은 여전히 볼트와 너트가 간단한 이름을 가지고 있었다고 회상할 것이다. 작업, 나사의 홈, 회전축, 망치 자루 구멍, 밸브, 모든 손잡이, 가톨릭 스크류드라이버, 그 사이에 있는 맥주까지도. 그러나 그 단어들은 서서히 변화하는데, 사람들은 모음 'i'가 점점 짧아진 것을 거의 눈치채지 못했다. 모음 'i'는 두 개의 'e', 즉 베넨호니히(BEENENHONIG)*처럼 쓴다.

이 이야기는 나사, 밸브, 기계 조립에 관한 것이다. 아니 더 정확히 말해, 수도회의 미래에 필요한 번역에 대한 이야기다. 말보다 더 나쁜 것은 어딘가에서 왔는데 무엇인가 수리를 해야 하는 물건들이다. 물건들은 어딘가로부터 와서 수리되어야 하는데 더는 잘 조립되지 않는다. 수도회 규모가 매우 커졌어도 그런 일은 매우 까다롭다. 일등 기계공 수하에 이등 기계공과 삼등 기계공이 있다. 저 바깥 마을의 저장소 근처에 더 많은 집들이 있고, 북쪽에 지점 한 곳이 있다.

하지만 본부는 여전히 여기, 우리의 낡은 채석장 안, 중심지에서 멀리 떨어진 곳에 있다.

---

* 독일어 Bienenhonig(벌꿀)이 변한 결과

정원은 낡았고 수목들로 빽빽하게 뒤덮여 있으며,
테라스 벽은 고즈넉해 보인다. 많이 심을 필요가 없고 그
수를 많이 줄일 필요도 없다. 굵은 줄기의 장미, 무거운
접시꽃, 울창한 개암나무는 매우 고상하게 보인다.
하지만 전 세계가 망했고, 어쨌든 국가들로 이루어진
세계는 파멸했다.
우리는 독립 지역사회 연합체(VEZ)에 속해 있다.
수도회는 지역사회 연합체보다 훨씬 독립되어 있다.
자체 수도, 전기, 기계를 운영하고 있지만 예비 부품이
없으며, 이것이 큰 골칫거리다. 장치들의 제어 박스는
인공위성으로 조종된다.
그렇다면 인공위성을 소유하는 일이 실제로 최후의
목표가 될 것인데, 그런 일은 소규모 연합체들도 할
수 있다. 왜냐하면 소규모 연합체들은 굵은 케이블을
설치할 돈이 없기 때문이다.
사용권을 구매했을 뿐, 인공위성은 어떤 마피아, 즉
모든 지역사회를 사들여서 싸구려 제국을 설립하는 미키
마우스 회사의 소유가 된다.
여러 제국 중의 한 제국,
보통 새틀라이트(SATELAIT)*라고 말한다. 그러면

* 영어 satellite(인공위성)이 변한 결과

치매에 걸린 두 명의 늙은 형제가 몇 년 동안 돌봐 온 테라스를 샅샅이 뒤지며 묻는다. 라이트(LAIT)? 혹은 라테(LATTE)?
그들은 지역의 형제다. 너희가 내가 의미하는 것을 알고 있다면, 그들은 여기서 모든 것이 세 가지 언어로 적혀 있는 것을 체험한다. 그들은 프랑스어와 이탈리아어를 먼저 배우고 난 뒤 독일어를 읽었고, 지금은 다시 그렇게 생각한다. 그들이 냉장고 앞의 차가운 타일 위에 맨발로 서 있으면 옛날의 우윳빛 세 언어가 그들의 뇌에서 윙윙거린다. 이제 새로운 시대가 오니 문제가 생겼다. 인공위성이 고장 났기 때문이다. 이제 장치들은 미친 듯이 작동하고 기계공들은 닭처럼 마당을 가로질러 달린다. 왜냐하면 정원 호스가 베텐(Beeten)* 위에서 춤추고 있기 때문이다. 베텐의 중모음 'ee'는 'eh'로 바꾸어 베텐(BEHTEN)으로 써야 한다. 그렇지 않으면 모두가 비텐(BITEN)으로 말하기 때문이다.
베텐에는 중모음 'ee'가 있지만 하나의 'i'가 있는 비텐은 바이텐(BAITEN), 즉 바이센(beißen)†일 수 있다. 그렇게 단어들은 통제 불능 상태가 되고, 그것은 너를 완전히 돌아 버리게 한다.

---

* '화단'이라는 뜻의 독일어
† '물다'라는 뜻의 독일어

덩그러니 있다가 갑자기 공중에서 저절로 춤을 추면서 주변을 휘저으며 타원을 만드는 정원 호스처럼. 만일 정원 호스의 쇠 주둥이가 머리라도 맞히는 날이면 위험할 수 있다. 우리는 그 움직임을 계산할 수 없다. 또한 장치들이 제멋대로 움직이고, 인공위성이 틀린 데이터를 전송하거나, 고장 나거나, 해킹을 당해도, 운 좋게 모든 것이 극도로 조용한 제어 박스에서 색깔로 표시되어도, 도무지 계산할 수 없다. 제어 박스는 수도꼭지에 연결되어 있다. 그러니 한 형제가 벽으로 달려가서 최대한 빨리 호스를 분리해 급히 처리해야 한다.

누군가 그에게 '드 무어'*라고 외친다.

그러면 "무"†라고 메아리가 울리듯이 정원에 있는 치매 환자들의 소리가 들린다.

"드 무어."

정원에 있는 노인들은 "무, 무"라고 다시 한 번, 두 번 말하는데, 바삐 작업하는 사람들이 화단을 향해 "입 닥쳐!"라고 외치기 전까지 계속한다. 이 짧은 명령은 언어에 상관없이 언제나 작동한다.

그러나 바삐 작업하는 사람들이 옳다. 지금 문제에

---

* DE MOUER: 영어 the mower(제초기)의 베른식 발음 표기

† MOU: 독일어 ja(그래)의 베른식 사투리

대해 머리를 맞대야 한다. 모든 제어 박스가 분리되고, 벌초기가 더 이상 어딘가로 미쳐 날뛰지 않으며, 불판은 더 이상 달구어지지 않고, 커튼이 그저 걸려 있을 때까지. 모든 일이 잠잠해지고 조종되지 않을 때에야 비로소 사람들은 화단에서 정말 겁에 질려 밖을 내다보는 노인들을 보며 다시 미소 짓는다.

“무, 무.” 한 자매가 달래자, 그 노인들의 눈에서 불안은 사라지고, 노인 하나는 미소를 짓기도 한다. 모두 천천히 다시 말을 시작하고 낭독조의 노래를 부른다.

이 노래에는 베른*이 아직 있고, 베른 지역의 독일어도 있고, 어쨌든 많은 것을 묶어 주던 국가가 있던 예전을 회상하게 한다.

국가는 적어도 많은 것을 묶어 주었다.

이를테면 오랫동안 전력망을 유지했다.

옛날에는 두 종류의 가정용 전압, 볼트와 너트의 국제 규격, 슬롯이 있는 셀프 태핑 나사에 관한 규정이 있었는데, 지금 들으면 웃기다. 일등 기계공이자 형제인 제바스티안은 너트에 맞지 않는 볼트를 얻을 때마다 화를 낸다. 왜냐하면 모든 미키 마우스 회사가 제국을 건설하면서 규격에 맞지 않는 예비 부품들을 없애려고

* 스위스의 수도

했기 때문이다.

'각자에게 어울리는 규범을'은 세계전쟁이자 제네바를 초토화시킨 태평양전쟁 이후의 모토였다. 베른도 파괴되었다. 수많은 국가들이 사라져 갔지만, 사람들은 어떻게든 서로 돕고, 자신을 팔면서, 회사가 있는 북적이는 수도로 이주하거나, 연합을 설립했다. 몇 번의 나치 동맹과 대학살이 있었다.

수도회는 운이 따른다. 지역사회 연합체는 기술적으로 최고 수준은 아니지만 그 밖의 것은 상당히 합리적이다. 할 수 있는 것을 한다.

핵폐기물 최종 저장소를 건설한 컨소시엄들은 전쟁의 대혼란 속에서 파산했기 때문에, 어느 시점에서 수도회는 그 시설에만 책임을 지면 된다. 파국은 왔건만 유감스럽게도 모든 핵연료봉이 지하에 있지 않다. 원재료는 용기에 포장되어 마을 뒤 작은 숲 사이에 세워 둔 화물열차에 있는데, 그 용기들을 조립 격납고의 거대한 선반으로 옮기고 있다. 누군가 다음의 작업을 재개해야 한다. 완전 자동화된, 완벽하게 차폐된 격납고에서 포장을 풀어 새로운 용기들을 지하로 운반하는 일을.

컨소시엄들이 활동하던 시절 이곳에 70명이 고용되었다. 그들은 전적으로 자신을 위해서, 마을에 등을 돌리고 자신들의 격납고와 사무실에서 일했다. 마을 사람들은 그들을 군대라고 했고, 작업반장들은 식구라고 불렀다. 지하에는 일주일 24시간 내내 가동되어야 하는 공장이 있었다. 몇 주마다 한 번씩 새로운 핵연료봉들이 열차로 도착해서 전용 선로의 수레에 실렸다.

작업반장들은 '스터프(stuff)'라고 말하는데, 이 말은 포장을 풀어서 다시 봉인하라는 뜻이다. 공장에는 자체 전력 공급망이 있고, 바로 비울 수 없는 자체 특수 폐기물 창고, 시설 관리부서, 매점이 있다. 그러나 임금이 더는 지불되지 않자 모두 사라졌고, 지역사회 연합체는 수도회가 있는 것에 기뻐해야 했다.

우리는 북쪽 출신의 사람들을 끌어내고 대신 열심히 새로운 사람들을 모집했다. 지역사회는 우리가 직원들에게 줄 돈을 어디에서 구하고 있는지 몰랐다.

우리는 음식과 예비 부품들도 조달해야 했다.

비록 법적으로는 모든 것이 불확실했지만 우리는 계속 일했다.

어쩔 수 없었다.

임시 저장소는 재처리된 목센(MOXen)을 포함한 원재료를 계속해서 전달했는데, 여러 해 더 냉각되어야 하는 다루기 까다로운 재료였다. 밖에서 보면 그 시설물은 예전처럼 계속 작동했지만, 이제 형제자매들이 화면 앞에 서서 각각의 셀에서 모든 것이 계획대로 돌아가고 있는지 감독했고, 그 일이 꽤나 지루했기 때문에 그들은 졸지 않으려 애썼다.
핵연료봉이 노출되어 사람을 피폭하고 다시 곧 새롭게 포장되는 상황을 상상하는 것이 도움이 된다. 용접해서 이은 부위는 제바스티안 형제의 악몽으로 남는다. 그는 이곳에 파손이 있었다고 호소한다. 약 오백 년 안에 지하에 누수가 있을 수 있다.
지하수가 돌 틈을 통해서 흘러 들어올 수도 있다.
재앙은 훨씬 더 일찍 시작될 수 있다. 예를 들면 제멋대로 춤을 추는 정원 호스처럼, 제어 장치는 인공위성을 통해 해킹되었다. 제바스티안 형제는 이 점을 눈치채고 얼른 용접 부위를 생각한다.
정원에 있는 어느 노인에게 그는 아주 조용히 말한다.
"일과 시간이 끝났네요."
그런 다음 그는 서둘러 퇴근한다.
제바스티안은 글라이더를 타고 채석장 위 창공으로 높이 올라간다. 그는 유압식 쿠션과 노즐, 무음 날개를 장착한 글라이더를 손수 조립했다. 내부는 엉망이고, 외부는 판자들을 잇대어 만들어 알록달록했다. 글라이더는 숲과 마을을 넘어 아담한 두 숲 사이에 있는 최종 저장소의 입구에 도달했다. 전용 선로를 옆으로 두고 비행한 것이다.
제바스티안은 공중에서 한 번인가 수동으로 조종하다가 마음을 진정시킬 수 없었다. 지나치게 빨리 비행하다 보니 무엇이 잘못될 수 있고, 장치에서 무슨 일이 벌어지는지, 무슨 일이 인공위성과 사물 사이에서 등장하는지 생각하거나 숙고하지 못했다. 또한 누군가 산에 앉아 있거나 섬에 웅크리고서 건성으로 일하는지 은밀히 작당하고 있는지를 알아채는 데도 도움이 되지 않았다.
어떤 경우든 서투르게 용접된 물건이 지하로 사라지기 전에 공장의 자동 장치는 멈춰야 한다.
제바스티안 형제만이 걱정하는 것은 아니다.
공장에 있는 모두가 잘못되어 가고 있다는 것을 눈치챘다. 이미 그들은 목센 냉각을 완전히 자체 전력으로 전환했으며 용접 작업은 멈추었다.
"아무것도 땅속에서 사라지지 않아요." 제바스티안 형제가 현장의 기계공들에게 말하지만, 이미 그들은 알고 있다.
그때 갑자기 제복을 입은 한 무리의 사람들이 종종걸음으로 다가온다. 아무도 그들의 얼굴을 모른다. 빠른 걸음으로 다가온 사람들의 제복은 반짝이는 붉은 포도주색 원단으로 만들어졌는데, 이곳에서는 보지 못한 새로운 스타일의 방호복이다. 아담한 숲 뒤의 어딘가에 분명 버스나 대형 글라이더가 착륙했을 것이다. 그렇지 않으면 갑작스럽게 50~60명이나 되는 사람들이 나타날 수 없다. 그들은 이곳에서 촌각이 문제인 것처럼 달려온다.

“엑스피 안전!” 제일 먼저 도착한 사내가 외친다.

제바스티안 형제는 빠르게 달려온 사람들의 목 주위로 유별나게 높게 올라온 큰 옷깃을 보고 나중에 얼굴 위로 올려 쓸 수 있는 호흡 보호 마스크라고 추정한다. 반짝이는 붉은 포도주색의 제복은 방사선으로부터 사람을 보호할 수 있다. 이미 말한 대로, 수도회는 지역사회 연합체가 대부분의 미키 마우스 회사들을 거부한 이래로 최신 발명품들과 단절되었다.

엑스피는 수십 년 전에 패키징 셀을 생산한 회사지만 사라진 것으로 간주되었다. 이미 오랫동안 이 회사는 예비 부품을 더는 납품하지 못하고 어떤 메시지에도 응답하지 않았다. 그런데 갑작스럽게 이 안전 직원(safety staff)이 정렬하여 서 있는 것이다.

이 지역에서 스태프인지 스터프인지는 늘 분명하지만은 않다.

“우리는 머지않아 관할권을 넘겨받을 거요.” 낯선 지휘관이 말한다.

그러더니 그는 다시 똑같은 말을 외친다. 왜냐하면 모두가 알고 있는 지휘관의 두 번째 부대가 도착하고 있기 때문이다. 그는 마을의 민방위대를 이끌면서 이미 지역사회 연합체에 지원군을 공공연하게 요구했다. 시설물이 자체 경보를 울렸을 수 있다.
지원군이 자전거, 글라이더, 방울 달린 자동차를 타고 도착한다. 그들은 제복을 입지 않고 그저 민방위대의 밝은 노란색 모자, 굽 높은 장화, 빨간색 조끼만 입고 있다. 지역사회 연합체의 시민들이 낯선 안전 직원들보다 분명히 말끔하게 면도가 되어 있다.
여자들의 얼굴은 더 곱게 보이고 어깨는 더 기운차 보인다. 지역사회 연합체 시민들(VEZER)이 제바스티안 뒤에 선다. 그는 이방인들의 음산한 얼굴 쪽으로 시선을 돌린다.
안전 직원의 얼굴은 최근 유행하는 제복과 어울리지 않는다. 특히 여자들의 얼굴은 너무 고약한 느낌을 준다. 겉늙어서 주름진 얼굴, 치아 없는 잇몸, 움푹 들어간 뺨은 오래전부터 음식을 씹지 못한 것 같다. 모반보다 크고 기형적인 얼굴의 점이나 왠지 모를 쇠약함이 아직 늙지 않았음에도 소진된 듯한 육체를 타고 기어 올라간다. 남자들의 얼굴에도 검푸른 반점이 있으며, 눈은 조금 돌출되어 있다. 반면에 자발적인 민방위

대원은 세련된 느낌을 준다. 마을 지휘관은 극도로 친절하게 말한다. “이곳은 우리 땅이오.”

제바스티안은 그에게 말할 기회를 주고 표정을 감춘 채 뻘쭘하게 서서 언제 그 푸른 반점을 보았는지, 또 언제 그 얼굴을 대면했었는지 생각했다. 옛날, 까맣게 숯덩이로 그을린 거리에서 감자 수확은 쉽지 않았다. 정원 테라스를 덮어야 했다. 그래야 정원 테라스가 갑작스럽게 중독되지 않을 수 있었다. 마을의 모든 것이 불타 버렸는데, 조립 격납고만큼은 예외였다. 왜냐하면 여기에 사용된 콘크리트는 아주 단단했고 당시 전용 선로에는 여전히 국군이 주둔하고 있기 때문이었다.

국군은 최선을 다했으며 어느 시점에 최후의 전투가 벌어졌다. 그 뒤 작은 패거리들이 어딘가에서 무기를 들고 와서 주위를 어슬렁거리다가 원하는 것을 약탈하고 자신들과 어울리지 않는 사람들을 쏴 죽였다.

그림자 동굴은 더 잘 보호되었고, 사람들은 부랑자(HOBOS), 버러지 같은 인간, 불량배(SINDEL)*에 대해서 말했다. 아주 다양한 패거리들이 주위를 어슬렁거리다가 점점 줄어들고, 우리는 부주의해졌다.

어느 날 홀로 떨어진 한 부랑자(TUNTSCH)†가 우리

* ‘깡패, 불량배’라는 뜻의 독일어 ‘Gesindel’로 추정

† 독일어 방언으로 추정

정원의 창고에서 잠자리를 펴려고 했다. 제바스티안이 그를 발견하고 뭔가를 말하려 했다. 그러자 상대방은 총을 쐈고 제바스티안을 맞추지 못했다. 부랑자는 곳곳에서 피를 흘리고 있었다. 제바스티안이 그의 머리에 총구를 들이대자, 그는 도망쳤다.
제바스티안은 분명 그가 출혈로 죽었을 것이라고 생각하다가 말쑥한 제복을 입은 낯설고 수다스러운 일꾼의 명령 소리를 들었다.
제바스티안은 지나치게 복잡해진 일(SCHISCHI)*을 생각한다. 새로운 원재료가 더 버틸 수 있을지 누가 알겠는가? 그때 제바스티안은 반박하는 민방위대 동료의 말을 별로 새겨듣지 않는다. 그는 "여기에서 아무것도 빼앗기지 않을 거요", "약간의 혼란은 있을 수 있어", "드라마 같은 일은 없을 거야"라고 말한다. 머지않아….
다른 사람은 더 가혹한 대처에 익숙해져 있으며 말할 때 거의 헐떡이고 똑같은 명령만 반복한다. "새롭게 용접된 모든 핵연료봉 운송 준비 완료되었습니다… 격납고를 닫습니다… 끝났습니다."
그때 지역사회 연합체의 시민들이 조립 격납고 앞에서

* '거드름, 과장된 태도'라는 뜻의 영어 'chichi'의 독일어 변화로 추정

철로를 막고 있으니, 누군가 밀어내고 거칠게 부딪쳐야 했다. 이미 지나치게 복잡하게 생각하는 보스는 지역사회 연합체의 시민들도, 제바스티안도 이해하지 못하는 명령을 외친다. 이미 그들은 모두 총구를 뚫어져라 바라보고 있다.
나는 화염을 뿜을지 레이저를 뿜을지 알 수 없는 거대한 물체를 상상한다.
부랑자 무리는 지나치게 복잡한 마스크로 어디서 그러한 무기와 제복을 얻었는가?
"엑스피와 상관없어." 제바스티안은 중얼거린다.
"빌어먹을 마피아들이 우리 핵연료봉을 원하고 있어."
"이곳에서 불타 버린다는 것은 무슨 의미인가?" 섬이나 산이나 빌딩 어딘가에 있는 마피아 단원이 독백하면서 인공위성을 해킹한다.
"아직도 방사능 물질을 방출하는 것은 양자(陽子)로 생산할 수 있어." 그는 혼잣말한다. 어쨌든 경기가 호황인 수도를 가진 제국들이 있다. 제국들은 대규모 공장, 직원, 대학, 군대, 부러워할 만한 장치들을 마련할 돈이 있다. 제국들은 그림자 동굴 속 습기 찬 핵연료봉 주인이 되기 위해서 천 가지의 나사를 모으고 오십 가지의 빌어먹을 컴퓨터 언어를 배울 필요는 없다.
핵연료봉을 포장하고, 포장된 핵연료봉을 지하로

운반하는 일은 한동안 그림자 동굴에서 진행된다.
영원처럼 느껴지는 한동안,
제바스티안 형제는 일부 제국이 다른 제국에서 쓰레기로 부르는 물질로 폭탄을 만들려는 생각에 이를 것을 너무 잘 안다. 다른 제국은 어떻게 작은 연방국가가 굼뜨게 일하면서도 핵연료봉을 잘 묻어서 더 이상 지하로부터 끄집어내지 않는지를 보면서 머리를 긁적인다.

솔직하게 말하면, 나도 여러 차례 머리를 쥐어짠다.
그런 다음 재차 우리는 안전함을 깨닫는다.
우리, 오늘, 수도회는 안전하다는 것이다.
우리는 언제나 최악의 상황을 생각하면서 벽에 악마를 그린다.
제바스티안 형제도 육신의 탈을 쓴 악마가 앞에 서서 울부짖는 일이 있을 수 있다고 생각할 것이다. 그의 뒤에는 짧은 집중 훈련 과정을 거친 어설픈 부랑자들이 있다. 그들이 할 수 있는 건 충돌뿐이라고 제바스티안은 생각한다. "너희는 모두 죽을 거야." 그는 떠들썩하게 일하는 사람들을 지나 권총의 총구에 대고 말한다.
"우리 말고 새롭게 봉인된 핵연료봉 때문에."
그러나 포효 속에서 그의 말은 들리지 않고, 부랑자들은 이제 조립 격납고로 몰려가 민방위 대원을 때려눕힌다.

한 기계공이 그 사이로 지나가다가 어느 부랑자의 손을 쳐서 권총을 떨어트리게 한다. 그러자 불량배가 총을 마구 쏘아 댔고, 기계공은 완전히 갈기갈기 찢겨서 바닥에 쓰러졌다. 주위는 죽은 듯이 잠잠하고, 제바스티안 형제는 형제자매들에게 가만히 머물러 있으라고 명령한다.

마을 지휘관은 마을 사람들을 위해 같은 명령을 반복하지만 이미 모든 일은 지나가 버린 뒤다.

수도회는 50명의 멍청이들이 행진하고 그림셀 지역사회들이 적절한 무기를 갖고 있지 않다는 이유만으로도 말을 듣지 않을 뻔했다.

우리는 상황이 다르게 끝나기를 원한다.

제바스티안 형제는 자신들 앞에 군인이 아니라 얼굴에 푸른 반점을 한 부랑자만 서 있는 걸 알아챘다. 그가 총에 맞고 거의 죽을 뻔했던 시절에 알던 사람들이었다.

그리고 그는 안다. 사람들이 아사 직전에 다다르면, 예감도, 만물에 대한 두려움도 사라진다는 것을.

그래서 제바스티안은 적절한 순간에 쥐들을 풀어 놓는다.

그러니까,

먼저 그는 용감하게 나서서 이방인 보스를 조립

격납고로 안내한다. 그 뒤로 다섯 명의 부랑자들이 제바스티안의 머리에 무기를 대고 따른다. 격납고에서 제바스티안이 묻는다. "당신들은 모조리 죽을 것을 알고 있죠, 그렇죠?"

화면에 용기들이 보인다. 용기들을 즉시 기계로 집어 올려서 패키징 셀로 옮겨야 했다.

"당신들은 용기들이 노후화되어 새고 있다는 걸 알고는 있나요?" 제바스티안이 연달아 묻지만 사람들은 계속 반응하지 않으며, 화면에는 용기들이 덩그러니 놓여 있다.

"당신들은 용기들을 정말 가져가려고 하나요?"

지나치게 복잡하게 생각하는 보스는 조금 덜 단호하게 고개를 끄덕인다.

보스는 화면을 통해 쥐들이 벽 안에서 어떻게 나오는지 본다. 어느 구멍에선가 나온 이 생물들이 갑작스럽게 용기를 향해 달려가 그 위로 기어오르자, 제바스티안은 "나는 당신들에게 이 장면을 직접 보여 주고 싶어요"라고 말한다.

보스와 제바스티안 뒤에 있던 부랑자들이 아무 말도 하지 않고 근처 큰 유리창이 있는 공간으로 간다.

그들은 창을 통해 직접 격납고를 보면서 실제로 쥐들이 용기 위에서 뒤섞이고 서서히 색이 변하는 것을 본다.

용기들은 점점 밝은 색을 띠다가, 빛나고, 용기들이 화면에서 벗어나는 것처럼 보인다. 용기들의 색은 굉장히 눈부시고, 그곳을 기어오르는 쥐들의 털은 발광하는 분홍색으로 변한다.

"쥐들은 바로 죽지 않아요." 제바스티안은 말한다.

방사능은 그렇게 강하지 않기에, 쥐들은 천천히 암에 걸려 죽는다.

쥐들은 털이 방사능에 반응하도록 사육된다.

"저것들은 아름다워 보이지 않아요." 제바스티안은 말한다.

"당신의 제복은 제대로 검사를 받았나요?"

제바스티안이 근심스럽게 묻는다.

보스는 아무 말도 하지 않았고, 제바스티안은 머리를 누르는 압력이 느슨해지고 있음을 느낀다. 누군가 총을 뒤로 빼자, 다른 사람도 따라 했다.

부랑자는 속아 넘어가는 걸 별로 좋아하지 않는다는 것을 제바스티안은 가볍게 깨닫는다. 이미 총부리는 지나치게 복잡하게 생각하는 보스를 겨냥하고 있다.

부랑자들이 그를 격납고 앞으로 끌고 가서 쏴 죽인다.

그들은 순수한 절망감에 민방위 대원 두 명을 총살하고, 이해할 수 없는 말을 내지르고, 그중에 부랑자들로 이루어진 분대는 행글라이더나 자신들이 타고 온 버스가 있는 곳으로 걸음을 재촉한다.

제바스티안 형제는 제복들을 팔아먹을 수 있을지 궁금해한다.

8
수도회의 일상

쿠어트는 우리에게 이상한 장치를 가져다주었다. 그것은 그 오래된 저택을 기억나게 한다. 하루 종일 그 장치는 인덕션 위에 있다. 알루미늄 재질의 에스프레소 메이커는 두 부분으로 되어 있다. 물을 데워서 증기를 만드는 하단은 폭이 넓어, 가냘픈 상단에 비하면 훨씬 컸다. 스틱에서 꺼낸 다크 커피가 가벼운 거품으로 화환 모양을 만들며 상단에서 흘러나온다. 매일 우리는 기계공들에게 어떤 이유로 이 작은 괴물을 만들었는지를 물어볼 수 있다. 하단을 물로 가득 채우면, 어느 시점에 맛없는 연한 커피가 가장자리에서 흘러넘치면서 뚜껑이 덜컹거린다. 캠핌용 전기 인덕션 열판들 중 하나에서는 멀건 커피가 거품을 일으키다가 쉿 소리를 내며 끝내 증발한다.

아마도 쿠어트는 우리가 흩어져서 지금 인원의 몇

배가 되어 다른 대륙으로 퍼질 것을 예측했던 것 같다. 예를 들어 나는 다른 세 명과 같은 직원실에 살면서 새로운 수도원의 핵심이 된다. 이곳에서 낮은 느리게 흐르고 밤과 구별할 수 없으며, 인덕션 위의 그 괴물은 우리에겐 환영할 만한 광경이 된다. 그 괴물은 좋은 시절을 회상하게 한다.

우리는 활동을 재개한다. 왜냐하면 저택 한 채가 우리를 기다리고 있기 때문이다. 그때까지 우리는 술을 한 모금도 마시면 안 된다. 술은 우리를 침울하게 하여 우리의 추진력을 앗아 갈 수 있기 때문이다.

술이 문제가 되지 않았던 옛 채석장에서는 달랐다. 하루의 업무를 마치고 들이켜는 한잔의 맥주는 아테 페트라와 쿠어트에겐 고역이었다. 우리 신입 조직원들이 도착했을 때 우리는 먼저 외양간을 완공해야 했다. 조직원들은 열 명씩 왔다. 마침내 이곳에 오게 돼서 모두 기뻐했다. 집단 시설이었지만. 그런 다음 우리의 작은 방들은 금세 모양새를 갖추어 나갔고, 공부방은 사람들로 북적였으나 아무도 서로를 방해하지 않았다. 셀린은 하룻밤 사이에 새 침대들을 만들었고, 우리는 기계실에서 춤을 췄으며, 저 바깥의 바위 틈에서 웅웅거리는 사이렌의 낮은 소리는 어린 소나무들을 떨게 했다. 아테 페트라는 아나톨이 정기적으로 보드카를 서비스할 수 있도록 보물 상자를 열었다. 해산 직전에 기계공 쿠어트는 "술이 활동을 방해하는 것이라면 해롭다"는 수도회 규칙을 작성했다. 모두가 동의했다.

이 규칙은 쿠어트가 모셨던 장인(匠人)의 원칙에서 나왔다. 장인은 전기공이었으며 매달 이른 아침에 여러 차례 "폭음할 수 있는 사람이 일을 해낼 수도 있다"고 중얼거렸다고 한다. 그러더니 그는 화학 용액, 실험실, 폭발성 공기 냄새를 맡았다.

쿠어트가 16년 여름에 지역사회 연합체에 대해 설명하고 나자, 정원에서는 격렬한 토론이 벌어졌다. 수도회에 최종 저장의 의미와 무의미를 평가할 권한이 있는지에 대한 최초 5인의 의견이 일치하지 않았다. 하지만 그들 모두에게 다음 날 아침 여섯 시에 기상해서 밖에서 체조하는 일은 분명했다. 그들은 아침을 먹으면서 서로의 냄새를 맡고 마음껏 샤워하고 공부방에서 수업을 시작하기 전에 원기를 회복했다.

"우리가 결정하지 못하는 질문은 수도회와 관련하지 않는 것이다"라고 그들은 결정했고 그것에 우리도 따랐다. 우리는 근본적인 토론을 할 여유가 없다. "우리는 지식을 보존한다"고 스스로에게 말한다. 본래 저장소 한 곳을 운영하는 일이나 긴급구조는 취미에 불과하다. 우리는 한 번인가 그런 일을 하겠지만 그것을 계속

보장하지는 못한다. 우리의 과제는 평온을 유지하는 것이다. 이 순간 우리는 세계 여러 곳에서 새로운 언어를 다시 배우고 있다.

계단식 정원에서 토론하던 중 아나톨은 '중대한 결함'에 대해 말했다. 기술자, 지질학자, 엔지니어, 프로그래머들이 아예 참여하지 않았고, 아나톨은 원예와 언어학의 수준에 대해서도 비난했다. 아테 페트라는 수도회가 금방 확장될 것이라고 안심시키려 했다. 그도 성장을 원했기에 우리와 연결된 것이다. 우리는 곧 이사하여 외양간을 증축할 것이다. 만취해서 하는 토론은 수도회에 해를 입히지 않았다. 페트라의 일기에 이렇게까지 적혀 있었다. "수도회 정원에서 모두 거나하게 술에 취하면 우리가 기적과 같은 일을 할 수 있다는 희망이 굳건해진다. 우리는 기적에 의존한다."

페트라의 일기를 읽으면 새 저택 짓는 일을 너무 직설적으로 상상해서는 안 된다는 것이 명확해진다. 우리는 참아야 한다. 이 일기를 읽는 것은 위안이 된다. 직원실의 인공 조명 아래에서 일기를 읽으면, 그곳은 버섯이 산보객을 놀라게 만드는 숲이 된다. 버섯은 가을이면 땅에서 엄청나게 빨리 올라왔다. 잿빛이고 윤기가 나고 끈적거려서 마치 애벌레에서 막 튀어나왔다가 하루 만에 완전히 자란 동물처럼 보인다. 본부의 성장도 그랬다. 수업을 마치고 난 뒤에 자연은 완전히 다르게 보였다. 물체의 경계는 정의(定義)의 문제가 되었다. 돌이든 노란 꽃식물이든 혹은 아나톨이든, 전 세계는 분자의 열(列)로써 표현된다. 분자는 명확하게 경계가 없는 원자들로 형성되어 있다. 원자는 전자, 양성자, 중성자로 구성되어 있다. 전자, 양성자, 중성자는 엄청나게 빨리 움직이고, 그런 입자들 안으로 더 많은 입자들이 더 깊이 날아간다. '깊이'든 '안으로'든 '날아간다'든 적절한 용어가 아닐 수 있다. 모든 단어가 잘못된 은유가 되지만 효과는 진짜이며 계산하지 못할 뿐이다. 세슘-137이 간세포에, 요드-129가 손톱에 어떤 영향을 미칠까? 수백만 가지의 다양한 반응을 고찰해야 한다. 우리는 원자 한 개가 어떻게 진동하고 소립자들이 어떻게 나타나는지 상상해 본다. 물체 자체의 가장 깊은 곳은 비어 있고, 이것은 명백하다. 이 공허에서 전자가 원을 그린다. 대부분 분자가 빽빽하게 서로 달라붙어 머물러 있는 것이 기적처럼 느껴졌다. 벌써 나는 인력(引力)이 사라지고 모든 것이 서서히 떨어져 표류하고 있다고 상상했다. 내 몸은 안개 속에서 녹아내렸다. 빈 공간은 안으로부터 밖으로 뒤집어졌고, 공기 중의 미세한 입자들이 어느 끔찍한 영화에 대한 인상을 강화시켰다.

6월 1일에 더 이상 자초지종을 알 수 없게 되자, 아테 페트라는 비를 맞으며 산책했다. 빗물이 두피와 단단한 두개골로 흐르다가 작은 개울을 만들었다. 물은 머리카락 사이와 목 아래를 지나 척추와 엉덩이뼈를 따라 속옷으로 흘러갔다. 팔에도 물이 흘렀다. 아테에게도 분명히 한계가 있었다. 나는 그가 이런 비를 어떻게 즐겼을지 쉽게 상상할 수 있다.

쿠어트는 달랐다. 그는 일찍부터 보이지 않는 힘을 다루는 법을 배웠다. 그는 이 분야에 종사하지 않는 신입들에게 좋은 기술이 전수되었음을 가르치려고 노력했다. 기술은 세세히 알지 못하더라도 신뢰할 수 있었다. 파란 전선과 빨간 전선, 플러스와 마이너스를 구별하고, 다른 전선이 무엇을 하는지 정확히 아는 것은 주술이 아니다. 다만 정확하게 모방할 준비가 되어 있지 않으면 위험해진다.

가벼운 감전이 주는 고통은 견습생인 그가 치사량이 얼마인지 상상하기에 충분했다. 즉시 그는 어떤 물질이 전도성이 있고 어떤 것은 아닌지 잘 알 수 있었다. 고무와 철은 모든 물질을 새롭게 분류하는 데 대립항이 되었다.

쿠어트는 어렸을 때 몇 년 동안 교실 창문에서 도시를 내다봤다. 지붕 위에서 건설 크레인이 움직였고, 날씨에 따라 언덕이 보다 가깝게 느껴졌으며, 가끔 눈 덮인 산이 바짝 그 뒤에 서 있었다. 그는 갈매기가 호수에서 도시로 이동하다가 고층건물 사이에서 저공으로 날면서 굴뚝 사이로 돌연 나타나게 하는 것이 무엇인지 궁금했다. 학교를 졸업하고 나서 그는 창문 앞 저 멀리에 등장한 새로운 크레인이 어디에 서 있는지 알고 싶었다. 그는 모든 건물의 웅덩이, 즉 나중에 독립되어 나타날 집들 사이의 지하 연결 고리를 알았다. 그는 재료를 분해하고 깨트리고 박살 내면서 재료를 배웠다. 인부들을 조심해야 했다. 일요일이야말로 골조만 드러낸 건축물을 내부에서 볼 수 있는 최적의 날이었다. 금지된 장소에서 길을 잃으면 위험해졌다. 그는 찢어진 절연 매트의 안감에서 작은 양탄자를 엮을 수 있었다. 때때로 일이 그를 더는 놔두지 않을 거라는 생각이 중독처럼 엄습했다. 절연 매트의 작은 실이 손가락 안쪽 끝에 꽉 걸려 있기 때문에 다른 사람이라면 화가 치밀어 소리를 지를 수 있는데도, 쿠어트는 주름진 엄지 손가락의 피부에서 아주 천천히 작은 고리를 풀고 가닥을 꼬아 완전히 매끄럽게 만들고 계속해서 땋았다. 그렇게 극도로 집중하다 보니 다락층의 바람은 잠잠해졌고 전차의 소음이나 일요일이면 간헐적으로 감독하러 오는 작업반장의 발걸음 소리가 더는 들리지 않았다. 이는 위험했다. 쿠어트의 부모는 아들이 찢은 절연 매트 비용을 내기 위해 빚을 져야 했다.

그때부터 부모는 마지못해 쿠어트를 집 밖으로 내보냈다. 그러자 섬세한 손놀림 실력이 늘었다. 쿠어트는 엄마의 카세트 녹음기와 드라이어에 전념했다. 드라이어가 왜 푄이라고 불리는지 그는 분명히 알게 되었다. 푄은 남쪽에서 불어오다가 속도가 붙으면 온화해지는 바람을 일컫는다. 시뻘겋게 달아오른 작은 전선이 소년에게 구경거리가 되자, 금세 그는 그런 전선을 녹여서 구부리려고 했다.

에스프레소 메이커에 물을 채워서 데우고 커피가 완성되기 직전에 향을 맡으면 기분이 좋았다. 에스프레소는 작은 우리 방에 퍼진 모든 냄새들보다 진했다. 우리는 새 콘센트를 설치하기 위해 전선을 까는 법을 쿠어트에게서 배웠다. 우리는 얼마나 많은 전기가 흐를지 계산하고, 장치들을 세며, 가능한 약점을 예측하고 피했다. 우리는 대연회장의 오락용 전자장치를 위해 자체 전기 연결을 가능하게 했다. 침실에서는 캠핑용 인덕션과 수중 가열 장치를 금지해야 했다. 밤이나 오후에 홀로 커피를 마시고 싶은 사람은 주택 안으로 들어가야 했다. 밤에 부엌에서는 종종 소곤거리는 소리가 들렸다. 그곳에 혼자인 사람은 거의 없었다.

어느 날 밤 쿠어트는 자신이 학교에서 항상 신발 옆

에 있었다고 이야기했다. 그는 자리에서 일어나 먼지투성이 실내화를 벗고 그 옆에 섰다. 그런 다음 마치 그것이 모든 것을 설명하는 것처럼 실내화를 가리켰다. 여자 선생님들은 항상 그쪽, 실내화 너머 빈 공간을 바라보았다. 그는 젊은 여성들이 그의 얼굴을 빤히 보기 시작할 때 이것을 알아차렸다. 그들은 쿠어트가 자만하지 않고, 갈매기에 대해 이야기할 수 있고, 고압 전류에 대해 알고 있지만 으스대지는 않으며, 어둠 속에서 아주 천천히 브래지어를 풀 수 있기를 원했다. 마치 그가 전희의 일부 대목을 특히 마음에 들어하는 것처럼. 쿠어트는 가능한 모든 지퍼와 바지 단추를 세심하고 세련되게 다루었다. 그런 일은 차분하지만 신속하게 진행되었다.

쿠어트는 여전히 실내화 옆에 양말을 신고 서 있었다. 그는 술을 마시려고 부엌에 왔다가 우리 차에도 술을 약간 부어 주었다. 우리는 그가 혹시 누구를 그리워하고 있는지 궁금했다. 최초의 5인 중에서 유일하게 딸이 하나 있던 사람이 쿠어트였다. 딸은 열일곱 살이고 가끔 들르곤 했다. 아이의 엄마는 보지 못했다.

내가 『쿠어트 E.의 이력』을 써야 한다면 핵발전소를 그의 가정교사라고 설명할 것이다. 핵발전소가 그 뜨내기를 파산과의 싸움에서 구해 냈다. 그가 지금까지 일했던 작은 기업들은 경기가 좋았던 적이 없었다. 다시 새 직장에 들어간 그는 둘째 날부터 사장을 미워하기 시작했는데, 그때부터 새로운 것을 원했다. 딸이 태어났기에 벌이가 있어야 했다. 금세 딸은 집 안을 기어다니다가 곧장 콘센트 쪽으로 갔다. 쿠어트의 애인은 겁에 질려 아이에게 몸을 던지면서 비명에 가까운 소리를 지르기도 했다. 쿠어트는 진정시키려고 애썼다. 작은 아이가 저 구멍에 무엇이 꽂혀 있는지를 알고 싶어 한다는 것은 그에게 이상한 일이 아니었다. 어머니의 새된 목소리는 모든 상황을 훨씬 흥분시켰다. 갑작스럽게 불빛이 탁자를 비추고, 검은 콘센트에서 둔탁한 소리가 들리자, 가냘프고 조그만 아이의 몸이 섬뜩하게 경련을 일으켰다. 쿠어트는 이 딸을 위해 많은 돈을 벌려고 했다. 그래서 그는 발전소에 지원하고 다시 학교에 갔다. 그에게 학업 비용을 댄 것은 발전소였다. 그들은 쿠어트를 멍청이로 생각하지 않았다. 발전소에서는 모두가 항상 강좌를 들어야 했고, 그런 점이 쿠어트의 마음에 들기 시작했다. 그러나 그는 집의 전기 콘센트에 대한 딸의 강한 호기심을 어떻게 없애야 할지 알 수 없었다. 한동안 쿠어트는 집에 오면 인형을 가지고 놀았다. 그들은 바다로 여행하고 에베레스트산에 동굴을 팠다. 이 모든 것은 발전소와 관련이 없었다. 이곳에서 새로운 시대가 시작되었다. 이 시대는 명확하게 정의된 단계 중의 하나였다. 그들은 쿠어트가 의심을 피력해도 그의 말을 새겨들었다. 짧고 정확히 말하는 한, 어떤 말도 허용됐다. 신중히 생각하는 것이 모토였다. 섣부른 결론을 내려서는 안 됨. 실수를 조기에 알아채야 함. 그것이 쿠어트가 여전히 10의 거듭제곱으로 계산하기 시작했을 때의 방식이었다.

발전소의 직원 조직은 쿠어트에겐 또 다른 기계, 아니 기술과 말끔하게 상호 작용하는 아름다운 시스템으로 보였다. 각 부품은 최고 품질을 자랑했고, 완벽하게 나사로 조이고 기름칠을 했으며, 세척할 때에도 과학적인 지식에 바탕을 두었다. 그렇게 되어야만 했다. 쿠어트는 밝은 미래 속에서 일하고 있다고 느꼈다. 그러나 그의 애인은 현재에 함몰되었다. 그는 쿠어트가 전공한 열역학, 원자로 보호판, 핵연료봉에 대해 알고 싶어 하지 않았다. 그녀가 딸을 데리고 집을 나가자, 쿠어트는 한동안 넋이 나갔다. 그러고 나서 그는 자신이 그녀를 별로 그리워하고 있지 않다는 사실에 놀랐다.

하지만 딸이 그의 집에 없다는 것은 완전히 다른 일이었다. 핵발전소에서도. 몇몇 일상생활이 제대로 굴러가지 않기 시작했고, 아침 보고 중에 집중하기 위해 그는 애를 써야 했다. 친절하게 문의해 오는 동료의 소리도 점점 더 공허하고 긴장되고 연습된 것처럼 들렸다. 여러 번 그는 소음을 잘못 들었다. 귀를 멍하게 하는 기계실의 윙윙거리는 소리에서 선명한 울음소리가 들리는 것 같았다. 귀청을 찢는 듯한 제어실의 기계 소리는 언제부터인가 인간의 신음 소리, 혹은 여자아이의 소리로 들렸다. 누군가 '시설의 심장'이라고 명명한 원자로도 그를 괴롭히기 시작했다. 강좌를 이수하면서 쿠어트는 그런 소음에 완전히 익숙했었다. 그러나 예전 경험들과의 비교는 종종 오해로 이어지기도 했다. 비교를 해도 여전히 계속해서 이해하지 못하는 진짜 원자로가 있기 때문이다. 어려운 질문에 답하기 위해 서둘러 달려오는 엔지니어들을 믿어야 했다. 쿠어트는 또 어느 사장과 싸움이 붙었다. 갈등은 실수로 이어질 수 있기 때문에 싸움은 위험했다. 쿠어트는 특별 상담이나 고통스러운 토론을 해야 했다. 그럴 때마다 그는 차라리 발전소 해체 방법을 배울 수 있는 프랑스 파견 근무를 바랐다. 그런 일은 충격적이었다. 쿠어트는 전기의 플러스와 마이너스가 무엇인지조차 이해하지 못하는 사람들을 훈련시켜야 했다. 우주복을 입고 진땀을 흘리는 사내들이 깨끗한 청소를 위해 빈 원자로로 보내졌다. 쿠어트도 그곳에서 조사하고, 실수를 경험하며, 면도하고, 자신의 씩씩거리는 숨소리와 다시 삐 소리가 나면 심장이 뛰는 소리를 들었다. 괴물 같은 톱과 크레인이 작동 중이었다. 한때 고급스러운 주방처럼 빛났던 곳이라도, 매일 여러 번 청소하면 거기에 없어야 할 작은 기름 한 방울도 바로 눈에 띌 수 있다. 모든 벽, 선반, 파이프, 유리창은 가차 없이 갈라졌고, 순식간에 변색되다가 더러워졌다. 철거 과정에서 시설물은 갑작스럽게 심하게 낡고 노후화한 것처럼 보였다.

쿠어트가 집에 돌아왔을 때, 그는 더 이상 관대하지 않았다. 그는 인간 사이의 일을 점점 덜 믿게 되었고, 반짝이는 발전소 표면은 그에게 통조림, 녹슨 괴물이 숨어 있는 값싼 껍질일 뿐이었다. 쿠어트는 몇몇 재택 정보처리사가 성난 메시지를 보내고 발전소 전체가 혼란에 빠졌을 때도 놀라지 않았다. 정보가 유출되었다는 보안상의 허점들과 하청업자들에 대한 이야기가 돌았다. 쿠어트는 '전체 회신'에 함께하지 않았다. 그는 일말의 의심도 하지 않았다. 그러나 그의 얼굴은 과묵했고, 모든 것이 가능하다고 여겼으며, 잘못된 순간이면 늘 입을 비죽이며 웃었다. 감독관은 그것을 위험신호로 보았다. 거대한 기계에 대한 자신감이 있어야 했다. 이미 쿠어트는 대화에 참여하고 있었고 자신이 나쁘게 평가되는 것을 알았다. 불충분하다는 것이다. 그러면서 그는 원자로를 이해하기 시작했다. 자기만의 방식으로.

그는 그것을 말로 표현하지 못했고, 조용히 평가를 듣고만 있었다. 쿠어트는 선택 앞에 섰다. 선택지는 임금 삭감을 받아들이고 새 지점의 건물관리인이 되거나 해고되는 것이었다.

쿠어트는 지불해야 할 양육비를 고려해 자신이 종종 그림자 동굴이라고 부른 오래된 채석장으로 이사하기로 결정했다. 그는 놀랍게도 그곳에서 여자들을 만났다. 베티는 정말 좋아했던 성룡이 등장하는 오래된 영화를 원했다. 베티는 끈기 있게 기름난로 작동에 대해 설명을 들으면서 조심스럽게 쿠어트의 태도를 '긴장'이라고 불렀다. 그 말을 쿠어트는 이해하지 못했지만, 베티가 좋은 뜻으로 한 말이라는 것은 분명했다. 베티가 단어를 천천히 그리고 명확하게 표현했기 때문에 쿠어트는 그녀와 영어로 말하는 것을 좋아했다. 쿠어트가 쿵후 연습을 시작하자, 그의 자세는 몇 주 안에 좋아졌다.

원자로는 쿠어트의 관심에서 멀어졌다. 그는 더 이상 모든 것을 꾸준히 감시하고, 시스템을 조율하고, 아침 보고서를 읽고, 의심스러운 점을 다른 사람과 공유할 필요가 없었다. 쿠어트는 남기로 결심했다. 그는 더 시간을 두고 적응하기를 원했다. 긴급한 위험이 그를 탈진하게 했다. 즉각적인 결정이 필요한 회의에서 그는 낡은 연료봉이 원자로에 비해 친근한 것이라고 말했다. 문제를 조용히 처리할 수 있으며 자신이 그에 대해 의무감을 느낀다고 했다.

그는 모든 기술 관련 시설물의 최종 결정권자였다. 어느 날 밤 그는 부엌에서 승진하는 것은 큰 가치가 있다고 말했다. 놀라운 말이었다. 우리 대부분은 좋은 임금을 포기했고 이제 자신의 방에서 차도 끓일 수 없었기 때문이다.

아나톨도 쿠어트의 기계공 지위를 존중했다. 가상 실험장치는 일요일이면 그들의 공동 건축 부지가 되었다. 사람들은 일하면서 온전히 자신을 잊어버릴 수 있었다. 수도의 확장과 함께 아나톨보다 핵 기술을 더 잘 아는 형제 둘이 새로 들어왔다. 그들의 경험은 아나톨에게 새로운 아이디어를 주었다. 그들은 일본에서 일한 적이 있었고 특허받은 생산 설명서를 가져왔다. 그들은 고준위 방사능 유출에 연연하지 않고 움직이는 로봇에 대한 뚜렷한 구상이 있었다. 원격으로 전신 제복을 제어하는 데 익숙한 그들은 쿠어트에게 새로운 연결, 운반, 관측기구를 소개했다. 우리 기계공과 연구자들은 미래의 지하 동굴에 들어가기 위한 가상 터널을 개발했다. 우리는 모두 그 안으로 이사했다. 아나톨은 시설물로 돈을 벌었다. 많은 연구소와 소규모 대학에는 미래의 과제를 일상에서 연습할 수 있는 모델을 프로그램으로 만들 만한 기계와 지식이 부족했다. 자신이 고안해낸 세계에 진정으로 들어갈 수 있는 사람은 극소수였다. 그래서 그들은 기계실에서 시간을 벌고 우리 전문가의 도움을 받았다. 전체 직원이 그림자 동굴로 들어왔다가 기계실로 사라진 다음 높이 자란 풀 사이를 비틀거리며 지나서 멍하니 정원의 가장 낮은 테라스에 앉았다. 우리는 그들을 거의 눈치채지 못했다. 그들이 우리 시설물에서 테스트한 모델은 핵폐기물과 아무 관련이 없었다. 그들은 우리 임무와 거리가 멀었다. 그러나 그들은 돈을 가져왔다. 그래서 아테 페트라도 가상실험장치가 제대로 작동하는 것에 기뻐했다.

그러나 쿠어트는 자신의 삶, 어쩌면 우리의 삶과도 씨름했다. 그것은 그가 실내화 옆에 서 있던 그 밤에 확실해졌다. 그는 뭔가를, 누군가를, 무척 많이 그리워했다. 프랑스에서 마지막으로 일어난 일은 이른 아침 갓 구운 과자의 향내가 지친 그의 뇌를 때린 것이다. 당시 그는 기진맥진하고 지친 상태였지만 냄새는 자극적이었다. 미숙하고 어리석은 젊은이들과 함께 보낸 밤에 경험한 민감한 기억이 그를 붙들고 있었다. 쿠어트는 그들이 당구대 위에서 길길이 날뛰는 모습을 조용히 지켜볼 수 있었다. 그는 그들이 만취 상태에서 바지를 내려 재빨리 엉덩이를 드러내며 무릎을 꿇고 웃는 것을 좋아했다. 그때 잘 모르는 여자 한 명이 그의 옆에 앉아 있었다. 그녀는 다른 사람과 다르지 않았고 제일 어리지도 않았다. 그들은 함께 일어서서 작은 길로 향하던 중 어느 강가에서 갓 구운 과자의 냄새를 맡았다. 꿈 같았다. 갑자기 그들 앞에 모텔이 나타났다. 쿠어트는 프랑스어를 그럭저럭 했기 때문에 그녀가 원하는 것을 매우 정확히 이해했다. 그들은 싸구려 침대 위에서 심하게 취한 소년들처럼 바지를 내렸다. 딸꾹질을 하며 그녀는 그의 남근을 입에 물었다. 모텔에는 모든 것이 제자리에 있었다. 베개, 패드, 빌어먹을 손가락. 수도회에서 쿠어트는 큰 사건을 그리워했다. 그는 여기에서 여태껏 한 번도 매트리스에 곯아떨어진 적이 없었다.

나는 셀린의 프랑스어가 쿠어트의 불안을 가중시켰을 것이라고 짐작한다. 그녀의 음색은 그에게 친숙했지만 그녀가 공부방에서 설명한 내용에는 관심이 없었다. 늘 정형화된 말의 순서는 그를 졸리게 했다. 주어든 술어든, 어떤 단어들이 불변하는 단어로 분해되고 새롭게 어느 단어와 연결되는지는 그에게 중요하지 않았다. 그는 이 수업에서 아나톨이 그에게 던진 은밀한 시선만을 존중했다. 그들은 이곳에 함께 있었다. 그래서 둘은 아침마다 저음으로 웅얼거리도록 유혹당했다. 셀린이 말한 5음 음계의 토대로서. 겹겹이 쌓인 다섯 가지 소리의 묶음. 금속성 소리, 잔물결 소리, 화내는 음성, 통나무 소리, 중얼거리는 소리. 페트라는 북을 쳤고, 셀린은 기계들이 낮게 소리 내고 지저귀도록 내버려두었다. 그렇게 함으로써 셀린은 새들에게 마치 예정이라도 한 것처럼 갑자기 노래하는 순번을 마련해 주었다. 셀린이 가장 아름답게 노래했다.

쿠어트는 셀린과 함께 집안일이나 제초 작업을 하면서도 거리를 유지했다. 아침에 셀린의 알토 음을 들을 때 그의 얼굴에 나타난 멍한 표정은 우리가 기계실이나 정원에서 알던 그 사내와 어울리지 않았다. 쿠어트가 오늘 아침에 숨긴 감정들은 짧고 매혹적이거나 짧고 지루한 선율에서 나왔다.

페트라와 셀린이 저녁 식사를 끝내고 모두 함께 고전을 읽어 보자고 제안했을 때, 쿠어트는 기뻐하지 않았다. 그런 저녁을 두 번 보내고는 불만을 토로했다. 베티와 아나톨이 쿠어트의 의견에 동의했기 때문에 연습은 중단되었다. 그때부터 고서적을 선별하고 해석하는 일은 서기관의 전문 영역이 되었다. 저녁이면 쿠어트는 혼자 작업실로 돌아갔다. 오작동하거나 결함이 있는 작은 물건을 조립하는 일은 그에게 큰 즐거움을 주는 것 같았다. 그의 만족은 전염성이 있었다. 누군가 가짜 에

스프레소 메이커에 물을 채우고 난 뒤, 그 뚜껑이 가볍게 위로 올라가면서 옅은 커피가 흘러넘치는 걸 보면서 우리도 미소를 지었다.

“별일 아니야.” 신입 자매가 말하면서 잠시 컴퓨터 모니터 위로 고개를 든다.

“그렇게 나쁘지 않아.”

“한 번쯤 있을 수 있어.”

쿠어트는 술이 깨자 우리에게 말하는 것처럼 조용하고 쾌활하게 다음과 같은 말을 했다. “불안해하지 말아!”

포도주와 석양을 즐기던 첫여름에 쿠어트가 섬뜩한 시나리오를 소개한 것은 놀라웠다. 그에게서 다른 4인은 더 많은 확신을 기대했었다. 쿠어트는 올바른 예방책을 내놓기 위해선 최악의 가능성도 생각했지만 그때 모순을 보지 못했다. 이것만이 확신을 키울 수 있다고 본 것이다.

“겁먹지 마.” 아테는 말하면서 페르세우스 유성이 임박했음을 알고 기뻐했다. 모든 방송 채널에서 별똥별 비가 예고되었다. 최초의 5인은 8월 중순의 어느 밤 11시 30분에 그림자 동굴을 떠나 숲 가장자리를 따라 평야로 내려갔고 나무 한 그루 없는 작은 언덕에 도착했다. 거기서 그들은 담요를 펼치고 나란히 드러누워 하늘을 바라봤다. 창공에서 완전히 어두운 곳은 천정(天頂)뿐이었다. 그 주변 가장자리는 대도시가 둘러싸고 있는 평야처럼 밝았다. 한동안 머릿속의 풍경이 최초의 5인이 함께 면밀하게 관찰한 뒤틀린 세상에서 돌고 있는 것처럼 보였다. 한참 동안 최초의 5인은 누군가 낮게 환호성을 내지를 때까지 기다렸다. 셀린은 빛의 흔적을 보았다. 그것을 본 사람은 그녀 말고 없었다. 왜냐하면 예상 방향을 보지 않은 사람이 그녀 하나였기 때문이다. 비로소 별똥별이 모든 사람의 눈앞에 나타났다. 지구 가까이에서 별빛이 거의 꺼지면서 노란색으로, 그리고 빨간색으로 바뀌자 모든 사람이 자신이 특별한 것을 체험하고 있다고 믿었다. 쌍둥이 별똥별이 휙 지나가면서 더 많은 빛이 창공에서 움직일수록, 최초의 5인은 더 조용해졌다. 두 별똥별 사이에는 숨을 고를 만한 충분한 시간이 있었고, 별똥별은 느슨하고 불규칙한 순서로 등장했다. 시점도, 장소도, 방향도 예측할 수 없었다. 아나톨은 따끈한 차와 과자를 나누었다. 베티는 따갈로그어 'nahuhulog naa bituin(별똥별)'은 영어 'falling star'를 번역한 것이라고 추측했다. 한동안 그에게 스페인어 표현 'estrella fugaz'가 더 나은 것 같기도 했다. 스페인 사람들이 아직 필리핀 군도에 상륙하지 않고 말레이족 선원들이 산속으로 원주민을 우겨다

짐으로 몰던 때에 별똥별이 어떻게 불렸는지 알고 싶었다. 아마도 그들은 대형 카누에 앉아 번개 같은 별, 춤추는 별, 우주를 관통하여 발사된 화살, 길을 잃은 하늘의 물고기에 대해서 말했을 것이다. 밤은 서늘했지만 아무도 집에 가려고 하지 않았다. 그들은 담요를 몸에 더 단단히 감싸고 아테 페트라에게 행복한 미래의 이야기를 해 달라고 졸랐다.

비밀 증식형 원자로

16년
어느 서늘한 여름밤에
움직이는 별하늘을 바라보면서
아테 페트라가 이야기한 시나리오

도시는 우호적일 것이고, 시의회는 끝나려 하지 않는 여름에도 수도회에 물을 배급할 것이다….
몇 년 동안 그랬던 것처럼….
7월에 바람은 신선함을 잃어버린 채 대지를 건조하고 거칠게 만들며 그루터기 밭에서 먼지를 날린다. 흰 솜털과 꼬리 깃털이 잡동사니처럼 숲길에 널려 있는데, 새들이 끊임없이 쥐어뜯기거나 둥지가 약탈당한 것 같았다. 아주 가까이에 있는 새끼 수리들이 우리에게 경고라도 하듯 비명을 질러 댔다. 그 새들은 절망 속에서 생쥐들에게 덤벼들고, 작고 굼뜬 지빠귀들을 사냥할 것이다….
모든 일이 나쁘지는 않으며, 매년 그렇게 지나간다.
여름의 뜨거운 한 주가 사막의 폭풍을 예감하게 할지라도 물은 지붕에서 도시의 계단식 가옥으로 흐른다. 도시는 유일한 분지형 빌딩이 되었다. 교량과 타워 건축물로 이루어진 도시는 물을 빨아들인 숲에서 솟아오른 것 같다. 발코니에서 물방울이 똑똑 떨어져 화단에 얼룩무늬를 찍는다. 물은 악취 나는 다리들이 모인 욕조를 떠나 흐르고, 땀으로 축축해진 상체와 겨드랑이도 떠나 흐른다. 물은 사람 피부로부터 나오는 소금기를 흡수해도 끄떡없이 견디는 식물을 적신다. 식수는 모두에게 충분할 정도로 흐른다….

수도회에도 물이 공급된다. 오래전부터 수도회는 도시 변두리의 어느 동굴에 정착해 왔다. 수도회는 도시가 여전히 많은 소도시와 마을로 이루어져 있을 때부터 존재했다. 도시가 농지 주변으로 팔과 촉수를 감싸지 않았을 때, 도로 주변으로 아직 지붕이나 집이 건축되지 않았을 때도 이미 수도회는 있었다. 건축 개발 가능 지역이 그림자 동굴 근처로 확대될수록 수도회는 땅속으로 더 깊이 파고들었다. 수도회의 작업실은 땅 밑에 있다. 다만 다른 사람들에게는 숲속 말뚝 위의 오두막집만이 보인다. 지붕은 짚으로 되어 있고, 소박한 미닫이문이 실내 공간을 테라스와 연결한다. 우리는 그림자 동굴 위로 훌쩍 자란 키 큰 소나무들 사이에서 수업을 위해 야영을 한다.

당시 건축물들은 바위처럼 단단하거나 아니면 깃털처럼

가벼웠다. 건축물들은 각종 악천후와 화재를 이겨 낼 수 있도록 육중했다. 그렇지 않으면 아주 가볍게 무너져 순식간에 화염에 휩싸였다. 그런 일은 아무도 놀라게 하지 않는다. 며칠이 채 지나지도 않아 오두막은 재건된다. 수도회는 여름이면 깃털처럼 가볍고 은밀한 일상을 누린다. 수도회는 헐거운 건물 돌출부 같은, 아니 누구나 이용하는 보행자 다리와 인공 동굴과 우리가 마시는 수도망에도 연결된 주말농장 부락과 같은 도시의 일부다. 서른 개의 입. 우리는 해먹, 매트, 비좁은 침대에서 갈증을 느끼며 일어날 것이다. 우리는 시의회에 물이 맛있다고 알린다. 따로 전기를 공급해 주어서 진심으로 감사하다는 말도….

시의회는 우리를 계속해서 계획에 넣을 것이고, 수도회의 측정 장치와 모든 다른 기계들은 앞으로 3년 동안 방해받지 않고 가동될 것이다. 우리는 지하에서 최종 저장소의 모든 일이 잘 돌아가고 있다는 소식을 읽을 것이다. 동굴의 열기가 서서히 약해지고 있고, 오팔리누스톤은 더 마르지 않으며, 열은 오팔리누스톤을 부수지 못한다는 소식을. 그래도 측정은 계속 진행되고, 도시 곳곳의 수도회 형제자매들이 강물, 우유, 버섯 샘플을 보낸다. 우리 수도회의 연구실은 땅에 묻혀 있거나 물에 녹아 있거나 감자를 이루는 모든 요소를 알고 있는 마지막 남은 시설이다. 하지만 시의회는 비난한다. "그들에게 특혜 아닌가!" "낭비다…!" 시의원들은 수도회의 위상이 애매해지면서 구식으로 전락했다고 말한다. 왜냐하면 낡은 프랑스어가 의회 언어에 자주 등장하고, 속담이 다른 언어에 적용되어 새로이 창조되고 있고, 시의회는 스스로를 항구 도시의 최고 결정 기구라고 생각하기를 좋아하기 때문이다. 시의회는 자신이 바닷가에 있다고 착각하면서 그림자 동굴 주변의 땅을 베니스, 라구사, 함부르크, 베이루트, 제노바, 싱가포르, 뉴욕, 아카풀코, 상하이와 연결하는 가계도를 축하한다. 이 도시는 항상 허브였다….

"폐기물이라고?"

"쓰레기?"

"네놈들은 맹장이야, 네놈들은 제거되어야 해"라고 폭도들이 의회에서 말한다. 다행인 것은 그들이 한때 위원회로 불렸던 수뇌진에 실제 업무를 맡긴 점이다. 그 말은 쓰레기를 떠올리게 해서, 곧 직원이라는 명칭으로 바뀌었다.* 왜냐하면 한때 위기 대처 직원이 있었는데, 그 직원이 좋은 인상을 주었기 때문이다….

"주의 지팡이와 막대기†가 나를 위로해." 오래된 경전을

* Ausschuss에는 '위원회' 이외에 '쓰레기'라는 뜻도 있다.

† 성경 잠언에 나오는 구절. Stab은 직원이나 스태프 외에 막대기라는 뜻도

잘 알고 있는 형제자매들이 놀린다….

그들은 실무자의 권위를 인정한다. 직원이 도시의 공공 생활을 이끌고 집행 기관을 지휘한다. 집행 기관은 물, 전기, 뉴스, 생산 요소를 하나의 네트워크로 온전히 유지한다….

수도회는 단체로 인정되었고 대부분 자체 재원을 모을 수 있다. 단지 대부분일 뿐, 전기와 물은 더 이상 돈으로 살 수 없다. 수도회는 많은 기계들과 출장소들 때문에 상당히 높은 할당액을 필요로 한다. 그래서 살림과 기업 경영을 맡는 큰언니는 시의회에 친절해야 하고 직원에게 항상 매우 감사해야 한다….

수도회 밖에서 그는 아테로 불리고, 이 호칭은 계속 유지된다….

그러니까 나의 다음, 다음, 다음 후계자는 아테로 불릴 것이다. 때때로 아테는 소나무 아래에서 하는 아침 체조 시간에 결석한다. 몽유병을 꾸다가 수도회를 벗어났기 때문이다. 아테는 형상이나 근심에 시달릴 때면 많은 공간이 필요한 반(半) 몽유병 여자들 중 한 명이다….

이런 미래에 푹신한 잠자리에 들거나 깜박 조는 것보다 좋은 일은 없다. 숙면은 가장 큰 재산으로

있으며 위의 맥락에서 일종의 패러디로 쓰인다.

통한다. 이 세상의 모든 도시, 항구, 섬에서 깊은 잠은 축하를 받는다. 깊은 잠을 위협하는 일은 네트워크를 단속하기 위해 전 세계적으로 연결된 위원회들에 의해 억제된다….

좋은 밤을 보내는 미래의 아테는 몸을 긁다가 캡슐 안에 들어가서 서서히 팔다리를 편다. 꿈속에서 머나먼 과거까지 도달한 그가 유연하게 또는 격렬하게 육신을 뻗으려면 침대 하나만으로는 부족하다. 그가 숙면에 들기 위해서는 도시 깊은 곳에 있는 베개들의 바다가 필요하다. 그곳에서 잠자는 여자들은 멀리 흩어져 있고, 매트는 펼쳐져 있으며, 이 동굴은 항상 따뜻하다….

겨울이 오면 시의회는 밤마다 수도회에 바닥을 떠나 온열 침대에서 혼자 자지 말라고 압력을 행사한다. 그러면 동굴 안은 비좁아질 수 있는데, 그런 밤이면 아테는 차라리 수도회에 머물다가 기계실 근처의 침실로 돌아가서 증기선을 떠올리게 하는 조용히 덜거덕거리는 진동 속에서 곤하게 잔다….

시의회는 초등학교 아이들이 과거의 방식을 배울 수 있도록 소나무 숲으로 보낼 것을 수도회에 요구한다. 길을 잃은 밤, 나침반과 시계, 별이 빛나는 창공에 훈련된 시선으로만 무장하고 탁 트인 대양을 항해하여 섬을 발견한 말레이 선원들과 카누를 기억하는 것이다.

아이들은 방향을 잡고 집으로 향하는 길을 찾아야 한다.
여태껏 그들은 그런 일을 항상 해냈다. 수도회에 보낸 아이들은 튼튼하고, 서로 잘 어울린다. 그들은 평온하게 방황할 수 있다. 그러면 아이들은 백조와 큰 곰 사이의 용을 바빌론어로 부르면서 영웅에 의해 둘로 조각난 거대한 뱀을 본다. 그 조각들 중 하나는 천구(天球)가, 다른 하나는 지구가 된다. 집으로 돌아오면 그들은 영원히 살아남은 것이며 여태까지 그렇게 일찍 즐기지 않았던 아침 식사를 하러 달려든다….

그들이 자라날 세상에서는 수면은 강제로 뺏지 않는다.
누가 풍요로운 수면을 악의적으로 줄이려 하겠는가?
재산은 죄다 통풍이 잘되는 침실, 바위나 물가의 서늘한 침실, 모든 종류의 과도한 침구, 해먹, 매트, 요를 구비하는 데 쓰인다. 잠들기 어려운 사람들과 쉬운 사람들 사이에 다툼이 벌어진다. 시의회는 수면 부족 문제를 가지고 노는 젊은이들을 미심쩍게 본다.
젊은이들은 낮에도 느닷없이 졸려고 하고, 낮에 밤을 구하려고 한다. 그들은 선잠을 쾌락적 고통으로 즐긴다.
시의회는 선잠을 잘못된 방법이라고 규정하면서 불규칙한 심장 박동을, 아니 자다가 숨이 가볍게 멎는 것을 본래의 상태로 돌릴 수 없다고 경고한다. 모든 도시와 섬에서 잠은 깊고 편안해야 한다. 그러면 아침에 눈이 반짝인다. 아이들은 밤에 일어났던 일을 떠들려고 한다. 그들은 아침 식사 자리를 한 편의 연극무대로 바꾼다. 모든 아이가 최선을 다해 뭔가를 해낸다. 그것을 우리는 감수하면서 말한다. "하루를 온전히 활용하기 위해 일찍 기상하는 것도 좋다." 그들은 당황하면서 약간은 불쌍하다는 미소를 짓는다….

내가 여기에서 이야기하는 미래의 우리 형제자매들은 잠자리에 일찍 들거나 일찍 일어나고, 깃털 뜯긴 짐승처럼 항상 되는 대로 살면서 허공을 때리고, 담배 연기를 들이켜다 토하는 일을 포기하지 못하는 노쇠한 말이 될 것이다. 아이들이 그들에게 최신 유행어들을 전해 준다. 그러면 그 유행어들은 섬의 언어, 이 만족할 줄 모르는 분주함에 흡수된다….

도시에는 실제로 교역로들이 교차하고, 항상 많은 물건들이 모이고, 멀리에서 오는 단어들로 가득 찬다. 큰 호수가 북쪽에 있는 도시와 접해 있으며, 시의회는 그것을 대양으로 미화한다. 항구에 사는 사람은 떠나려 하며, 다른 곳에 있는 사람은 섬, 먼 산, 새로운 항구, 아마도 이 항구를 꿈꾼다. 그런 식으로 우리는 지형, 의복, 차로, 급행열차, 여객선의 부활을 설명할 것이다. 그곳에는 증기선이 외로이 대양을 항해한다. 객차가 정차하는 경우를 제외하고 가만히 있는 것은 없다.

왜냐하면 상인들과 차량 운전자들이 잠을 으뜸으로
여기고 좋은 매트 위에 누우려 하기 때문이다.
유스호스텔 업으로 꽤 많은 돈을 벌 수 있고, 이런 일이
수도회에도 약간의 돈을 보태 준다. 소나무 숲속에
있는 잔디 지붕을 갖춘 오두막은 한여름에 매우 인기
있는 그림자 동굴로, 문의가 많은 유스호스텔이다.
손님들로부터 우리는 아직 유행하기 전의 새로운
단어들을 듣는다. 우리는 프랑스어의 어근을 말레이어로
변화시킬 수 있고, 일본어와 페르시아어의 합성어를
만들 수도 있다. 우리가 후세에 전달할 오늘의 지식에는
게임 매뉴얼이 포함되어야 한다. 이 매뉴얼을 가지고
미래의 사람들은 항구에 쏟아져서 돌아다니는 말을
해독할 수 있다. 우리는 할 일이 많아서 하루를 촘촘하게
만든다. 저녁이면 사방이 적막해지고, 대륙과 바다는
컴컴해지기 때문이다. 학교에서 아이들이 배우는 "섬과
항구가 창공의 별처럼 반짝이네"라는 말은 우리에게
낯설게 느껴진다. 그들은 세계연합을 군도(群島)로
부르면서 밤하늘에 비친 세계연합을 본다….
아이들은 세상을 사랑하고 감탄하면서도 부적절한
은유로 세상을 노래한다. 그런 은유가 언젠가
수도회를 팔아치우고 의회에서 폭도들이 날뛰는 것을
의미하는데도. "원료를 땅에 몰래 묻는다면? 그래도

모든 것은 어쨌든 사용할 수 있어!"

도시에서 아이들은 더 이상 아무것도 버리지 않으며 순환의 관점에서 생각하지도 않는다. 그런 생각은 굉장히 단순하다. 만물은 고리로 연결되어 계속해서 감기고, 복잡하게 얽힌 행동들이 전 세계의 도시를 연결한다. 수천 가지로 갈라지는 교역 루트와 생산 사슬의 벨트에서 정제되고, 변형되고, 발효되고, 뒤섞이고, 결합되고, 얇아진다. 그러면서 부속품들이 배송되고 연마되고 새롭게 납땜된다. 그림자 동굴 주변의 도시는 수많은 제련소를 운영하지만 그 할당량 또한 논란이 있다. 유통되는 원료는 시 및 섬 의회의 세계연합에서 승인을 받아야 한다. 힘이 막강한 군도의 관청이 원료가 고리에 적당한지, 원료가 영원히 움직이는지를 결정한다. 한번 승인되면 그 이후는 예측하지 못한다….

전설적인 관청의 구성원들은 스스로를 철도원으로 부른다. 대리석으로 만든, 원시적인 단어. 그들은 전 세계 최고의 학교에서 교육을 받고 검사소를 이끌고 전철기를 설치한다. 그들은 한 장소에서 불과 몇 년만 근무하다가 서로 연대하지 못하도록 하기 위해 다른 곳으로 파견된다. 어디에서나 그들은 손님으로 머문다. 그들은 그림자 동굴에 오면 수도회로 내려가는 것을 좋아한다….

무법자들의 수도회와 철도원 사이에 의심스러운 제휴가 맺어졌다. 우리는 둘 다 근무지를 옮겨 다니며 살고 있는데, 생산재를 감독하는 순회 검사관들도 대부분 가족이 없으며 전적으로 업무에 전념한다. 전 세계의 유스호스텔에서 정신적 동반자로 살아간다. 핵 쓰레기를 재활용할 수 없다는 데 철도원과 우리의 생각은 같다. 우리가 시의회에 화물이 고리에 활력을 불어넣기는커녕 위험하게 만든다고 설명하면 철도원은 우리 편이 된다. 너희가 원료를 더 오래 덮어씌워서 희석할 수도 있다. 그러면 뭔가가 항상 분리될 위험이 있고, 미세한 실수도 등장한다. 이미 문제는 더 이상 선박 엔진이 아니라 건축 자재에 있는 것이다. 벌써 곰 인형이 그만두라고 말하면서 환하게 웃고 있다. 핵 쓰레기는 자신의 이름을 떨쳐낼 수 없으며, 그런 쓰레기를 너희는 유통되게 할 수 없다….

계량기의 경고음이 울리지 않아야 할 곳에서 울리면 도움이 된다. 수도회에 보낸 샘플에도 도움이 된다. 가끔 경고음은 울려야 하고, 그러면 갑작스럽게 사람들은 그것이 무엇인지를, 아니 과거에 방사능 원료를 대규모로 생산했다는 것을 떠올린다. 그러니까 핵발전소는 수도회에 엄청난 할당량을 요구했는데,

그것을 위해서는 여러 도시가 공동으로 예외를 인정해야만 했다.
아이들은 그런 일에 관심이 없고 새로운 고리를 발명하고 싶어 한다. 그들은 도시가 물놀이, 새로운 손잡이와 번역, 나노 입자, 새로운 식물과 연결, 세계 전역에서 느껴지는 미세한 진동이길 원한다. 단순한 힘이 배가된다. 어느 아이가 미래의 아테에게 "곤충은 가장 현대적인 동물"이라고 말한다. 아테는 곤충은 원시적이라고 말하며 진화를 설명하고 아이를 가르치려 한다. 그러자 아이는 "상관없어요"라고 말한다. "누구도 그렇게 높이 뛸 수는 없어요. 우리가 그렇게 할 수 있다면, 우리도 메뚜기들처럼 현대적인 거죠."
아이들은 성장하자마자 부모들이 이곳에서 생산했던 용해제와 주스의 흔적을 따라갈 것이다. 사라진 아이들은 여러 해 동안 항구에서 항구로 여행하고 어딘가에서 머물거나 돌아올 것이다. 일부는 이탈하여 부자가 되려고 한다. 그들은 자신들 소유의 큰 배에 대해 꿈꾼다. 땅이 허락되지 않기 때문에 부자들은 바다로 퍼져 나간다. 그런 부자들은 한 폭의 볼거리가 된다.
정말로 큰 항구 앞, 쪽빛 바다에 기적의 폐선(廢船)들이 보인다. 항구의 소년들이 그 장관을 구경하기 위해 쪽배를 타고 저 밖으로 간다. 기적의 배들은 낡은 선체나

뱃머리가 높은 배처럼 넓기만 한 것이 아니라 마치 파도 위에 상륙한 것 같다. 떠다니는 성은 조선소처럼 솟아 있고, 작은 탑은 금빛으로 빛나며, 주인들은 눈에 띄지 않고 돌아다닌다. 그들은 에덴동산을 만들고 의회의 목소리나 자유민의 잠에 관심이 없는 사람들의 시중을 받는다. 시종들은 돈을 벌기 위해 악착같이 일하며 기적의 정원에서 일하는 하녀가 되어 전 세계를 누빈다….

항구 저 밖에서 부자들과 그들의 하녀와 시종들은 넘쳐나는 물, 단백질 가루, 탄수화물을 하역한다. 그곳에서는 과일, 채소, 극락조, 체조 기구, 범선, 예술가와 곡예사, 건강식품, 송신기와 수신기를 살 수 있다. 그들은 기적의 폐선에서 따분하지 않을 것이다. 대기업들은 상공의 지배를 받는다. 명령은 우리 도시의 직원들에게도 도달한다. 직원들은 폐선과 수도회가 같은 세상에 속하고 있는 것처럼 도시 복도에서 형제자매들을 만날 때마다 미소를 짓는다….

미래에 수도회 재정을 관리할 큰언니는 폐선과 연결되어 있다고 느끼지 않는다. 큰언니는 수도회가 도시에서 무척 번영할 것이라고 상상했다. 그가 볼 때 수도회가 도시에 있는 것이 외딴곳에 있는 것보다 나았다. 그는 가능하면 즐거운 미래에 속하고 싶어 한다….

그리고 16년, 우리가 이곳에서 가벼운 추위를 느끼며 별똥별 아래에 누워서 뭔가를 소망하는 지금, 나는 그런 미래에 무기들이 사라질 것이라고 이야기하려 한다.
군도가 무기를 금지했다….
만사가 수포로 돌아가기 전에 사람들에게 더 이상 총을 쏘아선 안 된다는 점은 분명했다. 그렇지 않으면 우리는 모두 서로를 죽이고 말 것이다. 숱한 사람들이 몰려들어 곳곳에서, 아니 모든 주에서 거의 동시에 무기고가 털렸다고 들었다. 불꽃놀이용 화약이 미친 듯이 낭비되면서, 마지막인 것처럼 숱한 밤을 화려하게 밝혔다. 그들은 마치 이 세상에서 영구히 전쟁, 악당, 민병대를 사살하려는 것처럼 아직 남아 있는 탄약을 모조리 쏘아 댔다. 그들은 떼를 지어 다니며 개인 무기고를 포함하여 모든 무기고를 비웠다. 수도회는 세계 전역의 핵폭탄 뇌관을 제거하여 해체하였고, 지하로 옮기기 전까지 보관했다. 많은 군인과 경찰들은 그 일에 질렸다. 아무도 우물을 정복하고 땅을 차지하고 사람들의 잠을 강탈해서는 안 됐다. 위원회는 무기들이 녹고 개조되어 번영의 강력한 새로운 구성 요소로서 고리로 이송되는 기간 동안만 통치할 수 있었다.
그런 다음 눈부신 번영이 시작되었다. 집과 마을들이 결합하여 다양하게 구획되는 도시를 만들었으며, 그 사이에 식물이 번성하고, 도시에서도 채소와 숲이 자라고, 모든 섬은 새로운 품종의 작물을 경작했다. 막대한 양의 과일을 재배하고, 과즙과 브랜디 위스키가 흐르며, 이곳이야말로 게으름뱅이 천국이 되었다. 기적의 폐선을 능가하기 위해 모든 노력을 기울였다. 새로운 섬과 도시들도 결국 떠다니기 시작했다, 최악의 상태에서. 벵골만(灣)에서 수백만 사람들이 파도를 피해 도망쳤지만, 아무도 그들을 받아들이려 하지 않았다. 그러자 난민들은 항공모함 씬 티안 산(Xin Tian San)을 점령하여 생명을 불어넣었다. 점령군은 금지에도 불구하고 헤엄쳐 온 사람들을 수용했으며, 이에 더 많은 조난자와 절망한 사람들이 왔다. 그들 사이에는 시골 농부, 건축가, 기술자, 철물공도 있었다. 필요한 사람들은 더 날아왔고, 그 소식은 전 세계로 퍼졌다. 씬 티안 산은 스스로를 섬으로 선언했다. 여기서 새로운 연합이 출범한다. 섬은 담수와 부식토를 생산하며, 이곳은 미래를 위해 쓰인다. 현명한 사람들이 이곳에서 일하면서 모든 것을 새롭게 만들고, 섬 의회는 떠다니는 평화와 함께하는 도망자들을 위하여 곧 여권을 승인한다. 이런 상황은 항공모함의 수용 능력이 제한되어 있기 때문에 오래가지 못한다. "너희는 어디에 있든지 너희의 섬을 건설해야 한다! 새

항구를 열어라!" 그런 외침이 들린다. 아니 그런 소리를 기대했다. 항공모함에는 앞장선 사람들과 위원회가 있었고, 그들의 접촉도 있었다. 그러나 클럽, 여성 합창단, 팬 커뮤니티, 군인 위원회, 경직된 지부, 이단 결사는 변질되기 직전이었다. 이미 무장 해제에 경험이 있는 사람들이 있었다. 전 세계적 격변은 오래가지 않으며, 이미 곳곳에서 인내의 문제로 바뀌고 있었다. 계속해서 그런 일은 일어날 수 있었다. 최종 저장소를 갖춘 수도회도 어느 항구의 아래에, 처음으로 사람들이 넘쳐났을 때 섬이라고 불렀던 어느 도시의 아래에 있다. 홍수를 어떻게 피할 수 있는지 나는 상상할 수 없다. 그런 일은 여유롭지 않은 일이고, 청년들은 따분한 것을 싫어한다. 고리 경제란 발명품, 위원회의 격렬한 소동, 유명한 법정 사건에 의존한다. 왜냐하면 항상 새로운 질문이 제기되기 때문이다. 수도회는 긴장 관계가 있어야 한다는 사회 전반에 걸친 신념을 공유한다. 소란과 안정, 싸움과 통일, 구조와 무질서는 서로 영향을 미치며, 세상을 동요하게 하고, 생산을 독려한다. 그러면 아무도 굶어 죽거나 얼어 죽지 않는다.

하지만 아테가 마음 편히 잠자리에 드는 경우는 드물다. 그는 시의회와 토론할 때마다 신경이 곤두선다. 한번 시작된 갈등은 그의 내면으로 밀려 들어온다. 그는 매번 직원과 협상을 몇 날 며칠 동안 준비하면서 발생할 수 있는 여러 상황을 생각해 본다. 그러면 침대에서 뒤척이게 된다….

그러나 아테의 잠을 모조리 빼앗은 것은 언젠가 배달된 샘플이다. 실험실에서는 샘플이 스트론튬-90을 함유하고 있다고 말한다. 우리가 알다시피 스트론튬-90은 빅뱅 과정 중에 사라져서 실제로 존재한 적이 전혀 없으며, 따라서 원시의 늪에도, 원숭이가 숲에서 열대초원으로 훌쩍 뛰어올랐을 때도 없었다. 이후 폭탄과 원자로에서 스트론튬-90이 생산되었지만 상당히 빨리 붕괴했다. 미래에 다음의 숫자들은 수도회에서만 암기할 것이다. 28년 78일이 지나면 그중 절반이 사라진다. 그리고 대략 290년이 지나면 남는 것은 거의 없다. 그러나 그때 우리는 살아 있지도 않다. 평신도가 염소 치즈에서 스트론튬-90을 측정했다는 보고를 미래의 아테가 받는 것은 140년이 지난 뒤다. 그러면 아테는 지하 동굴이 새고 있거나 아니면 아마도 기적의 폐선 위에서 누군가 새롭게 변하기 시작했다는 것을 알아차릴 것이다….

세 번째 가능성은 수도회의 외곽 숙소인 암벽 사이의 비밀스러운 지역으로 이어진다. 하지만 아테는 결과가 끔찍하기 때문에 그 가능성은 생각하려고 하지 않는다….
생각하고 싶지 않은 것을 아테는 밤마다 잔디 지붕이 있는 오두막에서 떨쳐 내려고 한다. 그는 오래도록 깬 채로 누워 있는 일에 익숙하다. 그런 상태가 그를 항상 괴롭히지는 않으며, 여러 번 그는 체내에서 감미로운 전율을 만끽한다. 체내의 파동이 파문을 그리기 시작하다가 소용돌이를 일으키면 금세 잠에 들 것 같은 유쾌한 예감이 든다. 그 소용돌이는 영원히 지속될 수 있고 아테도 그 안에 있기를 즐기지만 이런 예감의 욕구, 아니 부드러운 소용돌이에 내맡겨진 잠에서 벗어난다….
아테의 생각을 궁지에 몰아넣어 잠에서 깨게 하는 상념만큼은 고통스럽다. 단검처럼 상념이 소용돌이 속에 떨어진다. 수도회의 말로가 염소 치즈와 함께 시작됐다는 의심이 그를 예리하게 찌르고 있다….
아테는 알람을 울렸어야 했다. "신사 숙녀 여러분, 베타선을 방출하는 방사성 동위원소 하나가 검출되었습니다…!"
직원들이 멍하니 바라본다. 그들은 핵분열과 방사선을 미시적 차원이나 우주적 차원에서 그저 조금, 그러니까 이론으로만 배웠을 뿐이다. 태양은 거대한 수소폭탄이며, 우리는 모두 방사선 덕분에 산다. 그것은 말로는 쉽지만, 아무도 우리가 하는 이 말의 뜻을 자세히, 그러니까 결정적인 차원에서는 알고 있지 않다….
아테는 이 직원에게 스트론튬은 칼슘처럼 작용하고 뼈를 찾는다고 설명하는 데 어려움을 겪는다.
스트론튬의 미세한 핵종(核種)은 신체의 유액을 통과해서 정말로 오래 체내에 머무를 수 있으며, 거칠게 말해 멀리 방사되는 대신에 분자를 강렬하게 산산조각 낸다. 그러면 원자는 변형되는데, 하필이면 피가 형성되는 골수의 DNA 변화를 자극하면서 예를 들어 백혈병을 유발한다. 그 외에는 아마도 병과 연관하지 않을 것이다. 수뇌부는 수도회의 어디에서 무슨 일이 일어나는지, 무엇이 다시 치유되고 치유되지 않는지, 누가 운이 있고 없는지 정확히 예측할 수 없다는 것을 주의하지 않는다. 분명히 불운이 몇몇 사람들을 덮치는데, 그중에 아이들이 있을 거라는 가능성을 고려하지 않는다….
직원들은 자유로운 공상에 잠긴다. "테러야! 누군가 모두에게 공포심을 퍼뜨리려고 하는 거예요…!"
"아닙니다." 아테는 말한다. "아마도 무관심에 가깝죠. 하지만 우리는 염소들을 조사하고, 풀, 나무딸기, 염소들이 먹어 치운 모든 양상추, 뿌리를 거쳐 땅에서 나온 물도 조사할 겁니다. 그것이 비였는지? 혹은 지하수였는지? 우리는 경고해야 합니다…."

직원은 머뭇거린다. "쓸데없는 걱정 마세요! 이 정도의 불안이면 충분해요, 아직 시의회에 알리지 마세요. 먼저 확실한 팩트가 있어야죠…."

아직 어둡고 도시는 잠들어 있다. 아테는 자장가를 들으러 작은 방을 떠났다. 센서들이 숨을 쉬고 음악을 재생하는 도시의 배 속에 침대들이 있다. 호흡과 음악은 점점 느려져 동일한 리듬으로 섞인다. 이것은 정교하게 처리되며, 예민해진 두뇌도 더 평온해져야 한다. 가장 사랑스러운 침대에는 벌써 다른 사람이 누워 있다.

동침자라는 말은 미래에 새로운 의미를 갖게 되었다. 사람들은 함께 똑같은 자장가를 듣거나 활기가 넘치는 홀과 구석, 다른 매트 위에 모여 있다. **"왜냐하면 그것은 새싹이자 탄식일 뿐만 아니라 심장이자 배, 가슴이기 때문이다…"***라고 아이들은 학교에서 배운다. 하지만 아테는 쉴 수 있는 잠자리를 선호한다….

자장가가 제대로 효과를 발휘하면서 아테는 꿈을 꾼다. 꿈에서 그는 발가벗은 채로 어두운 통로를 가고 있다. 모두 잠을 자고 있지만 그는 고통스러울 정도로 옷이 필요하다. 그가 제일 원하는 것은 살갗을 유지한 채로

---

* 에리히 프리트(Erich Fried)의 시 「단단한 결심」의 변형-원주

사라지는 것이다. 똥이 그의 한 손에 달라붙어 있다. 그는 곧 불이 켜지고 잠자던 여자들이 둥근 창을 통해 자신을 뚫어져라 바라볼까 봐 구역질이 난다. 그들은 손가락, 깨끗한 손가락으로 가리킨다. 이 장면을 아테가 꿈꾼 것은 이번이 처음은 아니고 그 혼자만 부끄러운 것도 아니다. 이런 꿈은 수도회에서 아침 식사를 하는 아이들도 꾸지만 오늘 밤 손에 묻은 똥은 유달리 역겹다. 똥이 커지기 시작하다가 거품을 만들고, 독한 냄새를 풍기는 무스케이크, 바로 터져 버릴 것 같은 거품 모양이 된다….

아테는 탈출구가 없다는 기분을 느끼며 깨어난다. 여름의 무더위가 만물을 짓누르는 나머지 아침 체조를 할 때 땀도 흐르지 않는다. 음산한 예감이 군도의 생산 사슬처럼 얽혀 있다. 아테가 예전에 떨쳐 낸 줄 알았던 걱정거리가 다시 돌아온다. 걱정거리는 사라지지 않았으며, 본인에게 책임이 있다는 독촉장이 몇 분마다 인사하는 듯하다….

아테는 일정에 없는 회의를 즉시 소집해야 했다. 그는 "염소 치즈에 스트론튬-90이 있다"고 말해야 하며, 그 위험을 모든 사람이 알고 있을 것이다. 아마도 수도회의 출장소 한 곳이 폭발했을 수도 있다….

누구에게 먼저 알려야 하는가? 도대체 누구에게…?

차례로 물어볼 질문은 다음과 같을 것이다. 어디에 협력체가 있는가? 누가, 무엇이 지금 우리를 구할 수 있을까…?

수도회는 여전히 위원회와 좋은 관계를 유지하고 있다. 몇몇 도시의 외곽에서 사람들은 난동자들의 폭력을 참아 내면서 그들을 조금은 놀라게 한다. 왜냐하면 난동자들은 위험한 재산, 즉 저장 공간인 재생기가 달린 데이터 저장장치를 보호하기 위해 자발적으로 긴 수면을 포기했기 때문이다. 사람들은 교육을 위해 아이들을 난동자들에게 보낸다. 그들은 그림자 동굴의 소나무 숲에서 열역학 제2법칙을 연구한다. 그에 따르면 모든 자연현상은 그 자체에 맡겨 두면 무질서로 가는 경향이 있다. 무질서에 빠지지 않으려면 모두 청소해야 한다. 이 점을 아이들은 신(新) 가정경제 표어인 "무질서는 아무도 해치지 않는 한 아름답다"를 통해 배운다. 너무 많이 청소하는 사람은 최고의 아이디어를 놓친다. 실컷 자고 난 아이들은 여전히 가장 작은 볼거리에 빠져든다. 그리고 놀기 시작한다. 또한 아무도 수도회가 뭔가를 시험했다고 해서 나무라지 못한다. 발명은 계획할 수 없으며 여태껏 아무도 죽지 않았다. 그러나 사람들은 새로운 정직성을 찾아내야 한다….

수도회가 공익의 차원에서 출장소를 운영하는 것이

아마도 시의회의 합리적인 부분에 들어맞을 것이며, 전체 시의회는 아마도 정책을 변경할 것이다….
방사선 측정은 단순하지 않다. 측정 장치들의 눈금을 정확히 조정해야 한다. 그리고 결과치가 신뢰를 받기 위해서 수도회는 비교 대상, 즉 샘플을 필요로 한다. 측정할 소량의 핵종. 핵종은 땅에서 모조리 사라져서는 안 된다. 스트론튬-90도 남아야 한다. 그러니까 스트론튬-90을 생산해야 한다.
직원들은 공범이 아닌가? 직원들은 수도회를 매년 점검하지 않았는가? 장치들을 들여다봐도 어찌할 줄 모르는 풋내기들을 보낸 것은 직원들이 아닌가? 그들은 한 번도 출장소를 시찰하지 않았다. 물론 심각한 상황이 벌어지지 않은 바위 사이의 틈도 들여다보지 않았다. 훨씬 더 크고 더 낡고 말할 수 없을 정도로 볼품없는 원자로가 오래전에 불타 버렸을 때도 아무도 죽지 않았다. 수도회가 지금 운영하는 시험용 원자로는 그에 비하면 미미한 것, 말하자면 장난감이다.
첫 조치는 무엇이어야 하나? 직원과 직접 대화해야 할까? 아니면 먼저 수도회를 소집해야 할까? 아테는 형제자매들에게도 세부 사항을 공개했어야 했다….
아테가 창의적인 회계 업무를 맡으면서 이해한 것은….
전기 할당량은 항상 증가하였고, 장치들은 작동했으며,

아무도 아테가 계산한 것을 보다 정확히 알려 하지 않았다….
그러나 어떤 이탈도 허용되지 않았다….
"멍청이들!" 아테는 수요일, 목요일, 금요일 회의에서 목청을 높일 것이다. 그는 사활이 걸린 문제라고 기계공과 연구자에게 거친 욕설을 쏟아 내며 설득할 것이고, 이들은 즉시 그에 대한 믿음을 철회할 것이다….
그러나 숫자 앞에서만큼은 아테는 모든 것을 완전히 달리 생각한다. 아마도 직원들은 대부분 신중할 것이고, 아마도 스캔들을 원하지 않을 것이며, 다수는 먼저 질문을 할 것이다. 누가 할당량을 검토했는가? 누가 풋내기들을 보냈는가? 누가 결론을 끌어내야 하는가…?
혹시 풋내기들이 공동으로 왜곡해서 직원들이 비밀리에 모든 것을 알게 했을 수도 있다. 어쩌면 어딘가에서 미래를 준비하는 비밀 프로젝트가 나올 때 그를 허용하는 법령이 있을 수 있다….
아무도 불평하지 않고 가식적이지 않다면, 법적 절차는 아테와 직원들이 소망하는 마지막 단계일 것이다….
국회인 시의회를 통과하는 길은 지옥 같겠지만, 난동자들이 친구로 증명되면 결국 성공으로 이어질 수 있다. 난동자들은 핵폐기물이 쓸모없다고 생각하지 않는다. 그들이 옳아야 한다! 수도회는 초소형 폐쇄

원자로 한 대를 대학에 선물할 수 있었다. 대학이 고리에 적합한 원재료를 개발해야 한다…!
그렇다면 아테는 철도원들을 잘 설득했어야 했다.
아테는 그런 일을 위한 수도회의 적당한 위치에 있다. 왜냐하면 그곳에서 매우 청렴한 수호자들이 밤을 지새우면서 원재료를 관리하고 있기 때문이다. 그들이 어딘가에서 교제한다면, 형제들과 자매들이 있는 잔디 지붕 오두막일 것이다….
많은 도시에서 난동자를 반대하는 사람들이 움직이고 있다. 그들이 방사능에 대처할 준비가 되어 있는 한 5년 안에 군도를 소유하게 될 것이다….
그러나 5년은 너무 길고, 스트론튬-90은 어제 측정되었다. 그것도 실험실에서….
아테는 누가 실험실에 앉아 있는지를 떠올리면서 전율한다. 한 신참 자매. 그는 "측정은 측정이 아니다"라고 수업 초반에 배웠다. 신참은 책임 연구원을 찾아가서 그와 함께 측정 장치가 있는 곳으로 간다.
거기에도 다른 신참이 앉아 있다.
"당신이 T.에서 나온 염소 치즈를 측정했나요?" 아테가 상냥하게 물어본다.
"네."
"그러면 측정을 반복할 건가요?"

"아니오."

아니오라고 한다.

"그럼 다시 함께 측정해 보죠."

단계적으로 치즈 한 조각을 세척하고 건조시켜서 가루로 만든다. 아테는 그 어린 자매가 지나치게 서둘러, 특히 결정적인 순간엔 산만하게 작업한 것을 알게 된다. 그는 어떤 물질을 깨끗하게 측정하는 데 필요한 실습을 아직 거치지 않았다. 그 자매가 혼자 하도록 내버려두어서는 안 된다. 희망이 커진다. 물질을 추출할 때까지 세 시간이 걸린다. 그런 다음 그래프의 곡선이 모니터에 나타날 때까지 다시 몇 시간이 걸린다. 아테는 한눈에 Z자형 직선이 눈에 띄지 않고 있음을 알아차린다. 책임 연구원도 지친 미소를 지으며 머리를 흔든다. 신참 자매는 곡선을 줌렌즈로 들여다보았지만 아무것도 발견하지 못한다. 아테는 그의 어깨를 그저 가볍게 어루만지면서 아주 짧게 웃음을 터트린다.

"아무 일도 없군요." 그가 말한다….

어디에도 스트론튬은 없다….

난동자들은 다시 제 맘대로 야비하게 굴고, 아무도 직원들을 겁주지 않으며, 수도회의 임시 회의는 필요하지 않고, 아테는 철도원의 마음을 바꾸려 하지 않으며, 법원도 철도원을 두려워하지 않는다….

어쨌든 잠시나마, 아니 하루 밤 동안….

흥분 뒤에 아테는 베개의 바다를 필요로 한다. 먼 기억 속 아름다운 순간을 회상한다. 태양이 상념의 구석구석을 부드럽게 비추면 상념은 편안하게 돈다. 오래전 돛을 올리고 거친 바다에서 보낸 시간들. 최고급 생선을 먹으며 달아오른 뺨 위에 냉담하고 서늘한 손을 갖다 댄다. 이런 일은 항상 다시 일어나 가슴에 소용돌이를 일으킨다. 지금 잠에 드는 일은 치욕일 수 있다. 누가 이 태양을 식히고 안도감을 끝내 아테가 날씬한 배에서 느끼는 간지럼을 없애고 싶겠는가? 날씬한 배에는 정체를 알 수 없는 공포가 숨어 있다. 그러나 아테는 어느 시점에 감미로움을 내버려야 한다. 자장가들은 가슴을 안정시키는 위로의 노래다. 자장가들은 조용한 약속을 한다. 너는 이 밤에 살아남을 것이고, 내일 등골이 오싹할 일은 없을 거다. 어쩌면 비가 내릴 수도 있다.

9
수도회의 성장

하루는 꽤 일찍 시작되는데, 모두 너무 피곤한 나머지 즉시 컴퓨터를 켜지 못한다. 잠에 취한 우리는 제복 바지와 티셔츠를 입고 침대에서 일어나 비틀거리며 방을 지나가면서 운동을 시작한다. 팔을 흔들자마자 우리는 땀에 젖고, 배고프다는 첫 신호가 온다. 하지만 아침식사를 하기 전 우리의 발걸음은 새로운 소리를 낸다. 우리는 땅에서 껑충 뛰었다가, 가볍게 다리의 위치를 바꾸어 착지하고, 두 번이나 쿵쿵 걷고, 그러다가 모든 것을 처음부터 다시 반복한다. 그것이 박자를 정한다. 우리는 리듬을 타는 집단이 된다.

수도회가 뿔뿔이 해산한 뒤인 17년 여름에, 우리 중 몇몇은 1층 직원실에 묵었다. 아무도 감히 여기서 크게 노래하거나 소리 지르려고 하지 않는다. 쿵쿵 걷다가 잠시 쉬는 중에 누군가 카세트 플레이어를 켠다. 셀린이 새롭게 녹음된 낡은 테이프를 보내온다. 우리는 계속해서 낮은 비트, 빠른 맥박에 맞추어 쿵쿵 걷는다. 게다가 우리는 레치타티보*처럼 전 소절을 똑같은 화음으로 중얼거린다. 우리가 단어를 약간 다르게 말하면 4분의 1음 영역에서 마찰이 생기는데 셀린은 그것을 음악이라고 부른다.

해산은 일종의 세포분열이었다. 우리는 증식하기 위해 작은 무리를 만들어 떠났다. 나는 베티 왕과 함께 새로운 세포의 기초를 닦는 행운을 누리게 되었다. 우리 네 명은 직원실에 산다. 곧 우리는 저택 한 채를 인수한다. 지금 여전히 우리를 억누르는 비좁은 상황에서 쿠어트의 에스프레소 메이커 향은 그림자 동굴을 회상하게 한다. 향은 우리를 그대로 되돌려 놓는다. 우리가 카세트에서 듣는 셀린의 목소리도 소나무와 빙퇴석 언덕을 떠오르게 한다. 최근 입회한 자매에게 우리는 모든 것을 들려주고 베티 왕이 홍콩에서 본사가 있는 유럽으로 이주했던 초기 시절에 대해 이야기한다.

처음에 베티 왕은 섬뜩한 정적에 빠졌다. 마치 플러그가 빠진 것처럼. 모든 사람이 죽은 것처럼. 이미 가을이었기 때문에 그는 새소리를 못 들었다. 그는 알프스

---

* 오페라 등에서 아리아와 아리아 사이에 배우들이 부르는 낭송조 노래

산을 보지 못했다. 베티의 머리에 설산의 이미지가 있었다. 그가 홍콩에서 관람했던 단편영화에서 수리 한 마리가 얼음 위를 선회했다. 이제 베티는 중간 높이의 언덕 지역에 왔다. 가을 나뭇잎은 곧 흩날렸고, 나무들은 우중충하게 서 있었으며, 비가 오면 경사면은 질어졌다. 마을을 품은 계곡을 페트라는 평지라 불렀다. 그곳에서 베티는 소음의 원음을 듣기 시작했다. 그것은 고속도로와 30분 간격으로 지나가는 기차 소리였다. 셀린은 나중에 소음을 녹음했고 그 소리가 셀린을 혼란에 빠트렸다. 이제 소음은 우리 방에서 진동한다. 그런 다음 트랙터 행렬의 둔탁한 소리가 난다.

15년 11월, 농부들은 뙤약볕이 내리쬐는 날씨에 순무를 땅에서 뽑았다. 트랙터 소리는 종일 들리는데, 베티는 성인 남성 키 높이의 바퀴와 어두운 유리창 뒤로 아무도 보지 못했다. 금세 들판에 순무가 쌓여 산맥을 이루었다. 여러 차례 말발굽 소리가 들렸다. 누군가 말을 타고 있었다. 쿠어트는 “조기연금 생활자일 거야”라고 말했다. 농부들은 더 이상 마을이 아니라 자신들의 밭 밖에 있는 정착지에서 살았다. 마을에 있던 그들의 낡은 집에는 이주민들이 살았다. 처음으로 드론 한 대가 떠들썩하고 요란한 소리를 내는 것을 들었을 때 베티는 깜짝 놀랐다. 그 장비는 마을에서 숲의 가장자리로 날아 들어왔다가 목책을 직전에 두고 방향을 틀어 다시 사라졌다. 쿠어트는 "장난감일 뿐이야"라고 말했다. 지금 셀린의 비트 음악에서는 고통스러운 소리들을 빼놓을 수 없다. 그 소리들은 갑작스럽게 침입하여 모든 리듬에 맞선다. 베티는 수십 번 자전거를 타고 마을로 갔을 때, 괴물같이 비명을 지르고 싶었다. 장갑을 껴도 손은 축축하고 마스크를 썼지만 얼굴 피부는 얼얼했다. 자전거 핸들에 시장바구니가 매달린 채 흔들렸다. 마을에는 인적이 없었다. 주민들은 낮에 차를 타고 떠났고, 그래도 남아 있는 사람은 베티가 마을 상점에 들어서자 뻣뻣하게 인사했다. 주민들은 최종 저장소를 거부하고 수도회를 적진의 선발대로 봤다. 베티는 두 들판 사이의 아무것도 없는 곳에 있는 무인 농장 점포에서 장보기를 선호했다. 그곳엔 채소와 과일뿐만 아니라 통조림과 훈제 소시지도 진열되어 있었다. 베티는 필요한 것을 가져가고 돈을 계산대에 넣었다. 아마도 어느 농부가 커튼 뒤에 앉아서 그 낯선 여인이 농장 점포에 들어왔다가 나가는 것을 지켜보고 있었을 것이다. 개가 짖었지만 가까이 오지는 않았다. 인사나 수다 없이 베티는 다시 차를 몰고 떠났다. 작업장에서 그는 뒷바퀴에서 나는 짜증스러운 소음을 없앴다. 그는 쿠어트에게서 자전거의 변속기를 분해하고 고치고 다시 조립하는 법을 배웠다. 그 이후로 베티는 더 수월하게 비탈길을 올랐다.

더 멀리 여행하기 위해 페트라는 픽업트럭 한 대를 구입했다. 그는 아나톨과 셀린의 방을 확장하기 위해 건축 자재를 샀다. 그림자 동굴은 메아리가 울리는 작은 방이었다. 선반 위에서 각목 한 개를 바닥에 떨어트리면 부딪히는 소리가 최소 두 번은 공명한다. 셀린은 도착 후 며칠 전부터 점점 약해지기는 했지만 암벽면에서 숲으로, 그러다가 거꾸로 되돌아오는 음파를 들을 수 있다고 생각했다. 셀린은 고물 처리장에 대해 들었을 때 즉시 가고 싶어 했다. 고물 처리장은 한 지역사회 노동자가 운영하고 있었다. 주말이면 그가 BMX 자전거를 타고 몸을 꼿꼿이 편 채로 들판을 달리는 모습이 보였다. 입에는 담배를 물고 다른 손에는 작두나 우유통을 들고 있었다. 곡예사이자 사나운 사람. 봄과 가을이면 그는 국가 소유의 녹지에서 제초 작업을 했다. 그러면 며칠 동안 제초기 소리나 육중한 가지치기 가위로 변신한 트랙터 소리가 들렸다. 나뭇가지들이 부딪히는 소리가 포효하는 기계, 즉 필사적인 공회전 소리와 섞이는 순간들이 있었다. 그 지역사회 노동자는 고물 처리장에 갈 때 쿠어트와 잡담을 즐겼다. 그 주위로 널려 있는 철제 컨테이너들은 어느 때라도 가득 차면 트럭에 실렸다. 갈색 유리, 고철, 배터리, 부피가 과도한 물건 등 모든 것은 처리장의 거대하게 쩍 벌린 구멍으로 들어갔다. 앞마당의 식물 쓰레기는 인공적으로 썩는다. 종이와 상자들은 모든 사람들이 들어갈 수 있는 화물 컨테이너에 쌓였다. 그렇게 쌓아 올린 더미들이 꽤나 높아서 넘어질 위험이 있을 때 그 지역사회 노동자만 몇 번인가 초대되었다. 아무도 묶인 폐휴지들과 함께 버려져서는 안 된다. 떨어지는 종이가 땅에 부딪혀 소리가 났다. 고물 처리장은 일주일에 두 번만 잠깐 열었고, 이곳에 마을의 고물 절반이 모였다. 몇몇 아이들은 병들이 파편 더미와 부딪혀 조각조각 부서지면 비명을 질렀고, 아버지의 어깨너머로 부서진 소파, 유아용 소형 침대, 전선 뭉치들을 보았다. 잘 정돈된 난장판. 공식적으로 저지르는 일. 다른 사람들은 자동차에 숨어서 부서진 조각들을 보려 하지 않았다. 충격으로 경직된 한 소녀가 어머니의 자전거를 꼭 붙잡았다.

우리가 15년 12월에 베티에게 지진 청음기가 무엇이고 소리가 어땠는지 묻자, 그는 지진에 대해 말했다. 흔들림은 분명 매우 약했지만, 충격을 주기에는 충분했다는 것이다. 잠시 베티의 발 아래에서 땅이 무너지는 것 같았고, 그런 느낌은 더 커졌다. 그 느낌은 진동이 멈추고 더 이상 심해지지 않을 거라는 점이 확실해져도 여전히 지속되었다. 베티는 아테 페트라, 쿠어트와 함께 들판을 바라보기 위해 숲 앞으로 달려갔다. 그곳에서 그들은 농사와 전혀 관련 없는 하얀 기계들의 수송 차량을 봤다. 창살, 방호책, 돌출 케이블이 설치된 날렵한 기차였다. 기차가 아주 서서히 국도를 따라갔다. 쿠어트는 인공 곤충들을 떠올렸다. 그에게도 지진은 섬뜩한 것으로 다가왔다. "저 기계는 통제 불능이야." 그가 말했다. 쿠어트에겐 인공 곤충들 사이의 어딘가에 불균형이 있는 것 같았다. 지구 내부에서 무엇인가 완전히 잘못 돌다가 땅을 움직이게 만드는데, 이는 점점 심해질 것이다. 그러나 진동은 일정하게 유지되었다가 멈추고 다시 시작되었다. 아테 페트라는 스타워즈, 즉 흰 제복을 입은 기계를 생각했다. 그 기계가 은하계의 높은 곳에서 내려왔다. "균형이 안 맞아." 페트라는 스마트폰에서 정보를 찾기 시작했고, 베티는 당황스러웠다. 페트라는 컨소시엄이 무슨 일을 계획하는지 알았어야 했다. 페트라는 안테나이자 라디오 방송국이자 위임자와 중대한 연결고리다. 발전소를 운영하고 지하 동굴을 계획한 컨소시엄만이 여기 스타워즈 행렬을 해체할 수 있는 수단을 가지고 있었다. 다시 땅이 흔들렸다. 베티는 매번 깜짝 놀랐다. 무릎에 잠시 힘이 풀리자 그는 쿠어트를 꼭 붙잡았다. 쿠어트는 깜짝 놀라서 베티를 바라보았다.

아테 페트라가 지역사회의 웹사이트에서 베티의 의심을 가중시킬 만한 정보를 찾아냈다. 컨소시엄이 오팔리누스톤을 조사했다는 것이다. 흔들리는 돌의 소리를 들었고, 조사 차량 행렬에 지진 청음기가 있었다. 지진 청음기는 지하 동굴이 위치한 암석층이 심층에 얼마나 단단하게 있는지를 측정하기로 되어 있었다. 이에 대해 페트라는 알았어야 했다고 베티는 물론이고 쿠어트도 생각했다. 컨소시엄의 책임자는 도대체 왜 편지 한 통도 쓰지 않았단 말인가? 책임자는 페트라의 오랜 지인이 아니었던가? 그는 어지럽게 얽혀 있는 집행부에서도 현명한 정신을 가진 사람이 아니었던가? 어떻게 그가 갑자기 침묵할 수 있는지? 쿠어트가 조사 차량 행렬에 동승해야 할 필요는 없었나?

아테 페트라는 일기장에 그날 들판 위에 낀 안개를 묘사한다. 안개가 조사 차량 행렬을 삼키는 바람에 부르릉하는 소리가 더 크게 들리는 듯하다. 안개가 그림자 동굴로 밀려 들어가면서 지프차 한 대를 뱉어냈다. 남자 둘이 집에 들어서서 편지와 증명서를 보여 주었다. 그들의 사투리에서 이곳 사람이 아니라는 것을 알 수 있었다. 그들은 기계실과 주택의 옹벽을 조사하기 위해서 프리슬란트에서 왔다. 그들의 제복은 조사 차량 행렬의 겉모습과 똑같이 하얗다. 페트라가 아무 정보를 듣지 못했다고 해도 그들은 어깨만 움찔할 뿐이었다.

"지역사회에 문의하세요."

"우리는 최종 저장소에서 왔을 뿐이오!"

그러자 이방인들은 마치 죽은 다람쥐가 자신들의 발 앞에 떨어지기나 한 것처럼 쳐다보았다. 이방인들은 자신들이 최종 저장소를 좋아하고 있는지 아니면 끔찍한 것으로 생각하는지 확신하지 못했다.

"수도원이요?" 그들은 페트라가 설명하려 들자 미심쩍게 물었다.

"우리의 임무는 집 벽의 균열을 측정하는 거요"라고 그들은 사과했다. 그중 한 사람이 조금 서둘러 기계실로 향했다. 책임자는 더는 닿을 수 없는 곳에 있었다. 컨소시엄 본부에서 페트라는 자신을 옛 지인의 상관과 연결시키는 어떤 목록도 찾을 수 없었다. 기술자들은 가 버렸다. 구멍까지 메아리친 폭발음에도 불구하고 건물에 손상은 없었다. 페트라는 베티의 손을 눈에 띄지 않게 잡으려고 그녀의 시선을 찾았지만 헛된 일이었다. 그의 친구는 길을 잃은 것 같았다.

베티 왕은 마치 괴물이 수도회에 들어간 것처럼, 탱크 행렬이 벌써 살육전을 준비하고 있는 것처럼 지진 청음기에 대해 설명했다. 그는 예전부터 늘 폭발을 증오했다. 지금도 그는 큰 소리를 거부한다. 그래서 셀린의 카세트에는 낮은 볼륨에서도 충분히 전율의 느낌을 주는 저음이 다수이다. 저음은 아침마다 그날 필요한 불안을 몰고 온다. 항상 같은 박자의 통제된 저음. 베티는 누군가가 흥얼거리고 다른 사람이 대꾸할 때만 견딜 수 있다. 그의 노래는 낮고 신중하게 유지된다. 그녀는 차라리 낭송조의 노래를 선호한다….

그것이 네가 내 안에서 듣는 바다인가,
바다의 불만족?
혹은 공허의 목소리, 그것은 너의 광기였나?*

15년 12월에 건물이 흔들렸을 때는 모든 것이 갈라져서 무너질 뻔했다. 동료들, 지질학자들, 수도원이 여러 흙덩이 위에서 이리저리 내몰리고, 아테 페트라는 저녁 식사를 하면서 모두를 진정시키려고 했다. 그게 상황을 더 악화시켰다. 베티는 페트라가 '오해', '고장', '법인'에 대해 말한 것을 믿지 않았다. 페트라가 뱉은 한마디 한마디가 수도회의 신뢰성을 더 떨어트렸다. 방금 나타났던 신체적인 불안, 이를테면 가볍게 무릎이 후들거려도 공황으로 이어졌다. 베티는 그날 저녁

* 실비아 플라스(Silvia Plath)의 시 「느릅나무」(에리히 프리트의 독일어 번역에서)-원주

뒤로 물러나 침대에 앉아서 앞을 똑바로 응시했다. 그는 본사의 실체가 곧 신기루로 드러날 것이라고 예상했다. 어쩌면 수도회는 그저 책임자의 망상이고, 아마도 페트라는 바로 중단될 자신만의 영화 속에 사는 것인지도 몰랐다. 그들 중 세 명은 잠시나마 페트라에게 중요했던 가짜 거대 컨소시엄의 세트장을 비틀거리며 지나갔다. 당연한 일이었다. 페트라가 고집한 규율은 흐지부지될 것이고, 전화에서 희미하게 울리는 벨소리는 모든 것에 마침표를 찍었다. 베티 왕은 두 번째 계략에 빠졌다고 그날 저녁 침대에서 생각했다. 그러면서 그에게늘 숨어 있던 것이 이제야 형체를 드러냈다. 이름을 붙일 수 없는 불행. 한동안 친했던 모든 사람들이 베티와 거리를 멀리 두다가 끝내 그를 배제한다. 그러면 그는 흰 머리를 땋고 하얗게 까칠까칠한 피부에 너덜너덜한 비옷을 입고 늙어가며, 어떻게든 삶을 지탱하지만 점점 더 이상하게 보일 것이다. 그는 쓰러질 때까지 적대적인 도시들에서 고생해야 할 것이다. 몇 달에 한 번 누군가 멈춰 서서 그를 쳐다보며 혼잣말할 것이다. "이런 사람도 있구나."

베티가 침대에서 일어나 부엌으로 내려갔을 때는 이미 자정이 지난 뒤였다. 거기서 베티는 마찬가지로 앞을 응시하던 건물 관리인 쿠어트를 발견했다. 베티는 쿠어트가 건넨 소주를 들이켰다. 그는 말했다. "그래도 우리는 올바른 길을 가고 있지. 다른 컨소시엄 조합원들은 나와 상관없어."

쿠어트는 '자율'에 대해서 말했지만, 베티는 언뜻 이해하지 못했다.

"독립?"

"비슷해. 내 말은 혼자라는 거야. 우리는 모든 일을 혼자서도 할 수 있잖아."

다음 날 아침 쿠어트는 아테 페트라에게 예산을 제시했다. 그는 건물 관리인으로 일하며 받는 월급에서 양육비를 빼면 최소한 얼마만큼 마음대로 쓸 수 있는지 꼼꼼히 계산했다. 계산한 액수는 작았다. 그는 나머지를 보탤 수 있다고 말했다. 다시 말해 쿠어트는 수도사로서 수도회에 입회하길 원했다.

"핵폐기물을 컨소시엄 조합원들에게 맡겨선 안 돼. 너는 내가 당시 무엇을 경험했는지 알 거야. 이곳에서 우리는 잘 지내고 있고 형편은 더 나아질 수 있어."

베티는 그날 아침 숙취에서 깨어나 왜 홍콩에서 물건들을 처분했는지 깨달았다. 쿠어트의 제안이 베티에게 고층빌딩 위를 떠다니는 기분을 다시 느끼게 했다. 정원에서, 고물 처리장에서, 수업을 들으러 가면서 베티는 여러 번 기쁨에 겨워 쿠어트의 팔짱을 꼈다. 그런 일은 쿠어트에게 젊음을 돌려주는 것 같았다. 배낭이 곧 베티의 서랍장에서 명예로운 자리를 차지했다. 크리스마스가 점점 다가오자 베티는 홀로 침대 옆에서 <루돌프 사슴코>를 부르곤 했다. 가끔 향수병으로 눈물이 흘렀다. 그러나 그림자 동굴보다 훨씬 큰 세상이 무한히 열렸다.

곧 그들은 풍성한 음식과 오래된 포도주를 차려서 쿠어트의 입회를 축하했다. 아테 페트라는 짧은 연설을 하고, 베티는 기계공 자리를 만들었다. 그들이 계획을 짰다. 쿠어트는 규칙, 성 베네딕트 규칙에 관심을 갖기 시작했다. 수업에서 쿠어트는 조사하다가 마주한 여러 규칙에 대해 말했다. 그럴 때마다 대부분 페트라는 필리핀에서 탔던 지프니의 단순하고 자명한 규칙으로 이의를 제기했다. 그것은 베티를 안심시켰다. 베티는 짧고 분명한 조항을 좋아했다. 실제로 '빈곤 계명'이 내려졌다. 빈곤 계명은 문건으로 옮겨지기 오래전부터 통용되어 오늘날까지 모든 컨소시엄 회원들의 자유를 보장했다.

책임자가 아직 페트라와 연락을 하고 있었을 때는 아무런 문제가 없었다. 그는 여행 중이었고 아마도 아시아 어느 대도시의 바에 앉아 포도주 한잔을 마시면서 뉴스를 확인하던 참이었다. 그는 성탄 축하를 기원했다. 며칠간 책임자는 페트라의 전화를 받지 않다가 이제서야 이해할 수 없다고 말했다. 지진 청음기는 초시간적 권한과 아무 관련이 없다고. 많은 일이 동시에 진행되었다. 근심할 이유는 없었다. 어쩌면 책임자는 페트라가 짐작한 것보다 권한이 없을지도 모른다. 페트라는 컨소시엄의 재정부서와 직접 소통하기 시작했다. 그는 사소한 질문들을 하며 오랜 시간 전화 통화를 했다. 페트라는 우리의 생존, 우리의 사명에 대해 요구받지 않은 증거물도 보냈다. 곧 페트라는 새로운 송금액을 제시할 수 있었다. 그러나 그는 베티의 믿음을 더 살 만한 말을 찾을 필요는 없었다. 베티의 믿음은 그들의 주택을 확장할 풍족한 돈이 들어오고, 외양간에 더 많은 침실을 설치할 예산안이 있는 것으로 충분했음에 틀림없었다. 기계공 쿠어트는 일에 착수했다. 그는 2월에 제네바에서 온 아나톨과 더불어 기계실을 가상실험장치로 개조했다.

아나톨은 '빈곤 계명'을 '집단화 위험'을 막을 수 있는 안전한 가치로 보았다. 그가 가상실험장치에서 구현한 모형들은 주문으로 자금이 조달되어야 했다. 필요한 장비를 구입하기 위해 페트라는 개인적으로 수도회에 가져온 재산을 보탰다. 나는 책을 알고 있기 때문에 그것을 증명할 수 있다. 나중에 모든 것을 정산했다. 수도회는 처음부터 자체 자본금을 갖추고 있었는데, 자본금은 조직원이 입회할 때마다 증가했다. 일부는 더 많은 돈을 가져왔고, 일부는 덜 가져왔다. 페트라는 돈을 어떻게 운용할지 제안했다. 그는 단기뿐만 아니라 장기 처방도 생각하면서 몇 가지 위험을 감수할 준비를 했다. 페트라는 토요일 회의에서 수도회를 자립적으로 만들기 위한 전략을 제시했다. 아나톨은 시설물을 보존하기 위해 그때부터 한 달에 한 번 자신과 아테 페트라가 함께 방문할 제네바의 신탁관리인을 추천했다.

셀린은 사업에 대한 뉴스를 걸러서만 받아들였다. 그는 여러 회의에서 나온 주장들과 합계액을 이해하려고 애썼지만 원칙적으로 결정적인 정보만 기다렸다. 그는 두려워해야 했는가? 아테 페트라는 숫자를 제시할 때면 자신만만했다. 그는 자신보다 다른 사람들을 훨씬 잘 안정시킬 수 있었다. 셀린은 의심의 여지가 없는 신뢰로 페트라에게 감사했다.

베티 왕을 실망시키지 않기 위해서 서기관 셀린은 쿠어트가 좋아한 쿵후 영화이기도 한 <돌아온 36방>을 봤다. 여러 차례 영화를 보다 보니 어느 대목에서는 소리를 흉내 낼 정도가 되었다. 그녀는 중국의 무술 승려들이 초원, 말, <로시니와 서부 개척 시대>를 생각나게 하는 북소리에 따라 빨라지는 동작에 탄복했다. 우편

마차의 나팔이 공격을 개시한다. 어리석은 소년 아치가 선량한 마음을 발견할 때마다 밴조가 따라온다. 피리가 관객에게 악의 패배에 대한 희망을 일깨운다. 부패한 중은 물리칠 수 있어야 한다. 아치가 정식 대련술을 배우기만 하면 형제와 고모들에게 정의를 찾아 주는 데 도움이 될 것이다. 몇 년 동안 소년은 대나무 비계 위에서 연습하면서 승려들의 훈련을 지켜본다.

소년에게 아무것도 설명하지 않는 과묵한 사부는 셀린에게 아침에 체조하면서 겪은 어려움을 생각나게 했다. 아나톨은 셀린에게 베티의 교수법에 대해 경고하면서도 동시에 간호를 옹호했다. 베티의 격투기는 장난스러운 영혼들을 위한 것이 아니다. 그러니 스승이 제자의 성장을 눈여겨보면서 격려하는 말에 익숙했던 사람은 이곳에선 실망할 것이다. 이해력이 부족하다고 해서 위로받을 수 없다. 베티와 아치는 끝없이 줄지어 늘어선 의자들과 암송하는 여교사들의 세상에서 왔다. 그곳에서는 모두 눈치껏 지식을 획득해야 한다. “우리는 여기서 아무것도 얻지 못할 거야.” 베티는 제자들에게 등을 돌리는 과묵한 사부다. 처음에 셀린은 명령에 따르려고 노력했다. 툭 던지는 저음의 명령은 허공을 향하는 것처럼 보였다. 따라 하려는 사람은 그런 명령도 붙잡을 수 있었다. 이것마저 할 수 없는 사람은 무기력한 움직임을 보이다가 박자를 놓쳤다.

"기운 잃지 마." 아나톨이 말했다. "언젠가 네 다리가 그들의 다리에서 배울 날이 올 거야."

주간 일정이 부엌에서 셀린을 베티와 만나게 했다. 그들이 설거지를 하고 수다를 떠는 동안, 셀린도 베티가 간호하던 탄 씨의 연약한 몸을 보기 시작했다. 매일 아침이 그가 일어나는 마지막 아침인 것 같았다. 채찍처럼 가녀린 그의 팔이 허공을 가르면 죽음은 뒤로 물러섰다. 조용한 숨결이 노인의 생명을 지속시켰다. 그는 몇 번 만에 간신히 탈출했다고 홍콩에 있는 딸이 어느 일요일 저녁 아버지의 아파트에 앉아 있을 때에 설명했다. 베티는 누더기가 된 인생사를 들었다. 전쟁과 내란, 산에서 겪은 배고픔, 평생 여읜 채 학교에도 아주 잠깐 다닌 소년. 조금의 광기가 돌발만 해도 소년은 학교나 거리를 행진하며 시를 낭독하는 친구들로부터 왕따를 당한 자신을 보았다. 탄 씨의 딸은 할아버지가 구타를 당해 죽었다고 설명했다. 몇 년간은 새로운 구호들이 터져 나오는 공포가 계속되었다. 소년은 안정된 순간들을 얻으려고 애쓰면서 알고 싶은 모든 것을 스스로 배웠다. 궁핍한 시절의 잡식동물처럼 여기서 신문을, 저기서 전단지를 읽었다. 엄마까지 죽자 그는 남쪽으로 떠났다. 그는 홍콩으로 가는 만(灣)을 헤엄쳐서 횡

단했다. 다른 사람들과 달리 그는 멀쩡하게 도착했다. 상어들이 물을 가로지르는 대탈출을 대양의 선물인 것처럼 기다리고 있었음에도. "아버지는 아무것도 없이 도착했어요." 딸이 말했다. 그는 광둥어와 영어를 독학했지만 잊어버렸다. 노인은 표준어를 말년에야 비로소 잊었다. 전쟁, 기아, 광기가 망각되었을 때만큼 그가 그렇게 행복했던 적은 없었다. 난생처음으로 그는 걱정할 필요가 없었다. 베티가 그에게 그것을 가능하게 한 것이다. 그러나 매일 아침 공원에서 노인의 동작은 조용한 분노를 말하고 있었다. 그는 손을 벌려 공기를 끌어올리는 것 같았다. 그가 아주 천천히 팔을 돌리면 위협적으로 보였다. 그가 체조하면 죽음은 멀리에 있었다. 베티가 적절한 시점에 그에게 같이 집으로 돌아가자고 살갑게 제안하지 않으면 그는 계속했다. 그의 일상은 시작과 끝을 잃어버렸다.

셀린은 순서를 기억하는 것을 포기했다. 그는 아나톨, 페트라, 쿠어트 뒤에서 단순히 부산하게 움직인다. 그런 식으로 셀린은 누구에게도 방해가 되지 않았고 우연이라도 주먹에 맞지 않았다. 그가 완전히 포기하려던 찰나 갑작스럽게 탄 씨의 영혼이 셀린의 몸 안에서 활동했다. 그가 셀린의 몸 안에서 사지를 펴는 것 같았다. 셀린은 노인을 연기하며 그의 박자를 찾았다. 셀린은 베티를 한 걸음 한 걸음 따라갈 수 있었다. 셀린의 팔과 다른 사람들의 팔 사이에 평행선이 형성되었다. 그는 비록 아무것도 통제하지 못했지만 확실히 움직였다. 셀린이 저녁에 동작을 다시 한번 연습했을 때, 그는 끓고 있는 잼과 도마 사이에서 천사같이 오가는 작은 소녀가 되었다. 그에게 아무 일도 일어나지 않았다. 셀린은 움직이면서 남프랑스 거대산맥 어느 농가의 두꺼운 벽 뒤로 갔다. 그러면 그는 숨이 막히지 않았다.

셀린이 정원과 초원에서 호흡 곤란을 느낀 지 몇 년이 지난 어느 날 부모는 그에게 봄과 초여름에 알레르기가 있다고 생각했다. 그래서 셀린은 집에 틀어박혀 있는 것 이외에 할 수 있는 일이라곤 없었다. 부엌에서 셀린은 밖에서 자라는 것을 들으려고 했다. 그는 얼음물에 손을 담그고 트랙터와의 거리를 따졌다. 트랙터가 소 방목지에서 오고 있나? 혹은 트랙터가 밀밭으로 나가는가? 셀린은 외부에서 들려오는 소음을 다른 사람들의 일과 연관 지었다. 풀은 이미 갈색이 되었고 숲이 신음하는 여름에서야 비로소 셀린은 밖으로 나가 지친 덤불 사이를 배회하고 밀림에서 습지의 냄새를 맡았다. 훗날 그가 대학에서 공부할 때면 한여름에는 집에 왔다. 그러면 농부들은 구슬픈 축제에 참여했다. 부모와 함께 셀린은 매년 어느 대학살의 현장에 섰다. 제2차 세계대전과 유럽 전역에서 온 젊은 남자들을 기억했다. 그들은 징집되자마자 숲에서 독일 점령 군인들에 의해 총살되었다. 매년 그 마을에는 수많은 참전용사들이 모였다. 그들은 이제 너무 커져 버린 무거운 군복을 입었다. 재킷은 파란색 코트처럼 어깨에 매달려 무릎까지 내려왔다. 그들은 표정을 감추고 연설을 경청했다. 음악이 시작되어도 그들은 얼굴을 찌푸리지 않았다. 취주악단은 이미 오랫동안 여기서 연주하지 않았고 철도처럼 사라졌다. 이곳으로 황무지가 펼쳐졌고, 숲은 모조리 목장이 되었으며, 들판으로 이어진 길은 사라졌다. 트랙터가 없으면 더 이상 마을에서 마을로 이동하지 못했다. 신임 시장이 도착했을 때, 셀린은 이끼 낀 배나무 아래에 서 있었다. 그는 셀린보다 그렇게 나이가 많지는 않았다. 그는 막 세차한 차를 노병들 옆에 세우고 연설을 마친 뒤 앞문을 열었다. 그 안에 한 부인이 앉아서 파르티잔의 노래를 틀었다. 자동차의 작지만 성능 좋은 소형 스피커에서 단조로운 시구가 들렸다.

벗이여, 우리 위로 날아가는 까마귀의 검은 비행 소리를 듣고 있는가…*

(우리는 모두 그 구절의 뜻을 나중에 배워야 했다.)

---

* 안나 말리(Anna Marly)의 <파르티잔의 노래>-원주

노병들은 시장이 흑인 남성의 말을 인용해 여러 민족이 한 민족이 되는 현재에 대해서 말하고 있음을 받아들였다.

수렁에 떨어진 사람들이

길들여진 악몽을 꾼 사람들이

야행성의 사람들이, 천둥의 분노를 사랑하는 사람들이 다시 일어서서*

참전용사들에게 외투가 점점 무거워지는 동안에 시장은 간신히 기어 올라올 수 있었던 참호와 참아내야 했던 악몽에 대한 기억을 불러냈다. 시장은 사탕수수 섬에서 노예가 되었다가 숲에서 대학살을 당하고 황량한 교외에서 굶주림에 지친 어느 민족에 대해서 말했다. 저항은 아직 끝나지 않았다. 시장이 여기에 서 있는 노병들이 참전한 전쟁에 대해 이야기할까 봐 셀린은 겁났다. 알제리 전쟁, 한국 전쟁, 베트남 전쟁. 그러나 시장은 에메 세제르†와 함께 곧장 미래로 날아올랐다.

내일은 더 높이 더 부드럽게 더 넓게‡

---

* 에메 세제르(Aimé Césaire)의 노래 <외국에서>-원주

† 에메 세제르는 프랑스령 마르티니크섬 출신의 흑인 시인이며, 탈식민주의 시대에 진정한 해방은 모든 민족이 하나가 되어야 가능하다고 노래했다.

‡ 에메 세제르의 위의 노래

그러더니 자동차 문이 열리고 모두 이 순간 항상 들려야 하는 노래를 들을 수 있었다. 그러나 아무도 따라 부르지 않았다. 셀린은 수도원 안뜰에서 그 노래를 불러 봤다. 셀린은 수도회가 자신의 사업을 높게 평가해야 한다고 주장했다. 그것은 또한 반향을 얻어 내야 했다. 매일 아침은 아니지만 적어도 일주일에 한 번 찬가가 연주되어야 했다. 셀린은 탄 씨를 떠오르게 하는 선율을 찾았다. 베티는 적합한 것을 알지 못했다. 그는 노래를 많이 부르지 않았다.

"노인을 가만히 놔둬." 베티가 셀린에게 말했다. "난 그가 아직 살아 있는지도 모르겠어. 그는 집으로 이사 왔을 때 모든 것을 포기해야 했어. 드디어 그들은 자리를 잡았지. 딸은 노인이 아무것도 가져갈 수 없었다고 내게 편지했어. 그 후로 통화는 두절됐고."

16년 7월, 쿠어트가 소나무 밑의 풀을 베고 다른 사람들이 풀을 말리려고 나오자, 셀린은 밀짚모자를 쓰고 마스크를 하고 물안경을 쓰고 집 밖으로 나왔다. 팔과 다리를 완전히 가렸고, 긴 양말이 바짓단 위로 올라왔다. 아테 페트라도 모자를 푹 덮어쓰고 합류했다. 둘은 진드기뿐만 아니라 남아 있는 식물 꽃가루로부터 스스로를 보호해야 했다. 약으로는 충분하지 않았다. 그들은 마스크 아래에서 끊임없이 자신의 숨소리를 들었고,

안경알에는 김이 서렸으며, 호흡으로 인해 점점 엷어지는 공기는 더 뜨거워졌다.

"우리가 언젠가 전신 제복을 입고 오염된 지하동굴을 순찰할 때에도 이럴까?" 그들은 아나톨에게 물었다.

"지금보다야 훨씬 나을 거야." 그는 대답했다. "산소만큼은 충분하게 공급되겠지."

모든 것에도 불구하고 아테 페트라는 더위를 즐겼다. "이 세상은 다시 견뎌 낼 거야." 그가 일기장에 썼다. "영원히 반짝이는 여름에 누워 있을 수 있어." 저녁이면 근육통이 모기가 물어 생긴 상처나 쐐기풀 상처, 엉겅퀴 습진과 구별되지 않았다. 오래전 벌에 쏘인 상처는 여전히 피부에서 윙윙거렸다. 입천장에 약간의 통증이 있었다. 페트라는 햇빛을 몸에 저장할 수 없다는 걸 알고 있었지만, 그래도 자신을 온종일 충전된 난방기처럼 느꼈다. 지금 그녀는 방에서 작열한다. 몸의 분자들이 곤충 독, 식물 독, 꽃가루와 같은 너무 많은 것을 동시에 방어해야 하기 때문에 혼돈에 빠진 것처럼 보였다. 찬물 샤워는 각종 독과 꽃가루 완화에 도움이 되었다. 연고는 단지 열을 막을 뿐이다. 셀린은 저녁마다 자신의 방에서 페트라를 맞이하면서 그녀의 화상 부위에 얼음주머니를 올리고 진드기 테스트를 했다. 그러면서 그들은 천둥소리, 바람, 염소 방울 소리를 들었다. 염소들은 여전히 숲속을 떠돌다가 덤불을 비워 낼 정도로 먹어 댔다. 마을에서 굉음이 들려왔다. 바람이 굉음을 쫓고 있는 듯했다. 바람이 염소들의 방울을 불어서 더 빨리 딸랑거리게 만들었다. 천둥이 치자마자 동물들이 울기 시작했다. 만물이 하나의 소리로 연결되고, 그 소리가 상승하여 두 번째 천둥이 되었다. 그림자 동굴에서 그 소리는 세 배로 공명했다.

그러면 베티 왕은 한 곡의 노래를 더 기억했다. 그 노래는 탄 씨와는 아니지만 홍콩과 관련된 것이었다. 어느 일요일이었던 것 같은데, 베티는 홍콩 HSBC 타워 뒤에서 도로를 가로질러 공원을 거쳐 언덕을 애써 기어오르는 순례자 행렬을 따라갔었다. 그곳에 영국 성공회 교회가 있었다. 그 교회는 하루에도 수차례 사람들로 가득 찼다. 일군의 필리핀 여자들 틈에 중국인 가족들이 밀착하여 나란히 서 있었다. 그 사이에 백인 남성들의 백발이 두드러졌다. 중국인들 사이에서 유럽 여자들도 눈에 띄었다. 모든 영국 사람이 <새로운 예루살렘>이라는 찬송가를 불렀을 때 베티는 자신의 귀를 믿을 수 없었다. 그녀는 돌아가려 했지만 끼어서 열에 옴짝달싹하지 못한 채 안내 방송을 계속 들어야 했다. 그녀는 옆에 있는 여자의 성가집에서 방금 부른 노래를 찾아보았다. 그 대목은 베티를 디젤 가스로 움직이는 마닐라의 지프니 차로 옮겨 놓았다. 그는 앞자리 운전수 옆에 앉아 바람을 맞으면서 운전수가 트럭을 피하고, 거대한 로터리에서 차선을 3차로에서 4차로로 바꾸며, 몸을 바깥으로 밀어냈다가 다시 가운데로 오게 하고, 다른 손으로 손짓을 하느라 항상 한 손으로 운전대를 잡는 것을 볼 수 있었다. "자매여." 운전수는 베티에게 말했다. "저것 좀 봐. 저것이 새로운 예루살렘이야!" 베티는 매연 때문에 멀리 보지 못하고 손수건을 입에 대고 있었는데, 검은 필름이 앞 유리를 가리고 있어도 운전수는 계속해서 활기 넘치는 노래를 불렀다. "이 땅은 축복받았어! 이곳에서 싹이 나지 않는 씨는 땅에 떨어지지 않아. 에덴동산이 이 땅이라네." 시간이 가까웠다. "이곳이 새로운 예루살렘이야!" 그는 성모 마리아를 반복해서 찬양했다. 그렇게 영국인들도, 중국인들도, 필리핀 여자들도 홍콩에서 노래했다. 악마 같은 공장들과 안개 낀 언덕 사이, 머나먼 곳 어딘가에 모두 영원한 도시가 건설된다.

"…나의 불타는 금궁(金弓)을 가져다주오.
나의 갈망하는 화살을 가져다주오…."

베티는 중요한 대목만을 가리키기 위해 우물쭈물하며 노래를 했다. 노래는 나쁘지 않았다.

"…나의 칼을 가져다주오. 구름이 드리우면,

나의 화차(火車)를 가져다주오….”*

우리 신입이 그림자 동굴에 도착한 첫날 아침에 셀린은 조용한 트랙터 소리와 함께 오래된 찬송가에서 발췌한 이 가사를 노래했다. 우리는 이 음악과 함께 그 시절의 리듬으로 빠져들었다. 매일 아침 우리는 베티의 등 뒤에 서서 제멋대로인 파란 머리 가닥을 보았다. 그 머리는 베티가 하는 모든 것을 가로질러 움직였다. 그러나 우리는 셀린이 처음 몇 주 동안 겪은 것보다는 길을 덜 잃었다. 베티는 때때로 쿠어트에게 앞쪽으로 오라고 눈짓을 보내고 우리 열을 지나다가 디딤발에 잘못된 각도를 이루는 다리를 가리켰다. 여러 번 누군가를 잡아 등을 곧게 세우고 한 팔을 들어 주었다. 베티는 쿠어트가 모두의 앞에서 설명하고 일요일마다 2인 결투를 연습하도록 허락했다. 그가 연습하면서 지르는 고압적인 기합이 베티를 방해하는 것 같지는 않았다. 우리가 밤이면 시청했던 거장 감독의 단편영화에도 베티는 위협을 느끼지 않았다. 정반대였다. 우리가 주위를 둘러본 것은 베티를 안심시키는 것처럼 보였다. 베티는 우리가 모두 함께 중국어를 암송하면서 각각의 동작에 이름을 붙이고 하나의 숨소리로 기합을 넣고 손으로 가

---

* 윌리엄 블레이크(William Blake)의 시 「예루살렘」(베르트람 코트만의 독일어 번역에서)-원주

격했다가 뒤로 당기면서 무엇인가를 배우고 있다고 믿었다. 빛나는 두루미 권법, 셋, 넷, 보폭을 왼쪽으로, 키타라 연주 동작, 보폭을 오른쪽으로, 이, 얼, 산, 시, 구름손 동작, 그리고 모든 동작을 처음부터 다시.

각각에게 도복이 한 벌씩 주어졌다. 회색, 까만색, 얼룩무늬 반점의 작업복 바지, 많은 주머니가 달린 똑같은 소재의 상의. 바짓가랑이 측면에도 도구들을 넣을 수 있었다. 우리는 측면에 적힌 키릴 문자가 '청산인'이라고 배우면서 체르노빌 사건이 터지기 오래전에 사망한 건설 노동자를 추모하기 시작했다. 조용히 눈물을 참는 것과 입천장의 쓰라린 단맛은 운동의 일부가 되었다. 우리는 씩씩한 노래를 부르고 난 뒤 하루를 시작했다.

베티는 다시 더 큰 기업의 일원이 되기를 간절히 고대했었다. 도복을 입은 그는 더 태연하게 마을로 운전했다. 지역사회 노동자는 비슷한 도복을 입었지만 파란색이었다. 우리는 우리를 보고 싶어 하는 모든 사람에게 "이곳에서 불법을 저지르고 있어요"라는 것을 보여주었다. 16년 8월과 9월, 극심한 더위가 평야에 찾아왔다. 사람들은 자신의 마을에 싫증 난 것 같았다. 자동차는 모두 끼익 소리를 내며 브레이크를 밟았다. 마을 주위로 사과나무들이 기진맥진해 서 있었고, 과일은 너무 무거웠다. 말라 죽은 초원과 그루터기 논밭에서 쥐들이 숨기는 어려웠다. 페트라는 일기장에 역광에서 본 회색 왜가리를 묘사했다. 회색 왜가리가 텅 빈 들판에 서서 목을 펴는데, 주둥이에 생쥐 한 마리가 있었다. 쥐는 아직 죽지 않았다. 회색 왜가리가 주둥이를 더 세게 물어 쥐를 서서히 짜내자 뼈가 으깨졌다. 쥐는 점점 더 천천히 꿈틀거리며, 회색 왜가리가 순간 고쳐 물어 그 세기를 느슨하게 하면, 쥐는 부리에 질려 마비가 되고 무감각해지다가 몸통을 비틀려고 애썼다.

셀린은 음향적 착각에 완전히 속았지만, 그것은 그를 음악적 아이디어로 이끌었다. 이른 오후에 파리 한 마리가 부엌 구석에서 윙윙거리고 있었다. 한 마리가 더 오자, 파리들은 원을 그리며 날았는데, 그 소리가 분명히 들렸다. 마치 우람한 짐승 한 마리가 더 와서 돌아버린 것처럼 소리의 나선형 분자구조가 확장되었다. 그러나 그것은 파리가 아니라 제초기 소리였다. 제초기는 밖에 조금 떨어져서 돌다가 파리가 윙윙하는 소리의 주파수를 포착하여 그것을 새로운 차원으로 몰았다.

베티 왕도 이런 확장의 시기에 잘못 생각하곤 했다. 베티는 밤에 낯선 그림자, 저택에 소속되지 않은 어떤 남자를 보았다고 생각했다. 베티가 그에게 다가서자, 그가 불안한 미소를 지었다. 비로소 베티는 그가 신입이라는 것을 깨달았다. 어둠 속에서 베티는 그를 알아보지 못했다. 그는 대도시나 습한 산간 숲, 배의 선창, 열대지방, 프로그래밍 지하실, 원자로 사고 현장, 안마 시술소에서 온 것 같았다. 아나톨은 연구 지원을 요청했을 뿐인데, 늘어난 것은 직책들이었다. 베티는 각 요소와 관점의 균형을 주장했다. 이제 우리 셋은 모든 직책을 커버했다. 나는 살림과 경영을 지원하면서 페트라의 오른팔이 되었다. 우리는 더 많은 액수에 맞춰 회계 업무를 조정했다. 아나톨은 수도회가 과업을 완수하기 위해 적절한 규모가 필요하다고 생각했다. 가상실험장치는 일정한 주문량을 필요로 했다. 그래야 실제로 지출이 증가하더라도 재정은 안정될 수 있었다. 그 점을 우리, 그러니까 아테, 나, 프랑스 앤틸레스 제도 출신의 동물학자가 신중히 기록했다. 조금 전부터 이 동물학자는 멀리서 셀린과 함께 마르티니크 제도의 크레올린식 동물명을 가진 프로방스의 낡은 지질에 대해 이야기했다. 그녀는 수도회에 도움을 주고 싶어 했다. 우리는 총 15명이 되었다. 더 이상 모두의 이름이 기입된 주간 계획표를 내거는 것으로 충분하지 않았다. 규제가 조금 더 필요했다. 자전거는 너무 낡아서 새로 구입해야 했다. 우리의 쓰레기는 양동이에서 빠르게 쏟아졌다. 기계공들은 나중에 고철 처리장에 올 모든 것을 큰 상자에서 미리 분류하기 위해 지하 방공호를 설치했다.

이웃 마을에서 의료 안마사 한 명이 도착했다. 그녀는 수도회에 대해 좋은 소식을 들었고 진지하게 입회를 요청하면서 최초의 5인을 놀라게 했다. 그녀는 간호 직책을 보강했다. 동아시아에서 한 우울한 남자가 아테페트라와 채팅하기 위해 접속했다. 페트라는 어느 대도시에 방치된 시체들에 대해 알게 되었다. 아무도 시신들을 수거하지 않았고, 아무도 그들이 누구인지 알려고 하지 않는 것처럼 보였다. 동아시아의 이 형제는 모든 예의를 갖추어서 그들을 애도했다. 그들을 기리는 제사가 며칠간 있었고, 그렇게 그는 그들을 위해 기도했다. 중단 없이. 그가 화장터를 두려워하기 시작하여 잠결에 불길이 타오르는 것을 느낄 때까지. 곧 그가 사는 대도시의 모든 구역이 그가 매장한 시체들로 가득 찼다. 그러나 그를 흉내 내는 사람이 등장했을 때, 그는 포기했다. 그는 화면을 통해 페트라에게 다시 한번 생명에 헌신하고 싶다고 말했다. 우리 수도회는 죽음을 유예하는 곳에 있다고 하면서.

베티 친구의 친구가 알고 있는 선박 기술자가 화물선의 선창에서 우리에게 왔다. 그는 바다를 더는 보려 하지 않았다. 바다는 그에게 너무 많고, 너무 공허하고, 너무 넓어졌다. 선박 엔진의 굉음 속에서 그의 부인과 자식들이 사라졌다. 소식은 끊겼고, 수소문은 도움이 되지 않았다. 그는 망망대해를 지나 인적 없는 세상으로 표류했다. 그때 낡은 채석장이야말로 다시 무언가를 믿기에 적합한 장소라는 느낌을 받았다. 가만히 서 있는 나무들이 있고, 아침마다 채석장을 보며 기뻐하는 사람들이 있었다. 그들은 그에게 한 푼도 요구하지 않았다. 그는 새소리를 들을 것이다. 그는 선택할 수 있다면 기꺼이 서기관 직책을 맡고 싶다고 아테에게 말했다. 배의 선창에 있는 기계 밑에서 그는 섬뜩한 생각을 했다. 어떤 신도 질서를 가져다주지 않으며, 그래서 그는 읽고 이해하려고 했다.

"당신은 노래하는 것을 좋아하나요?" 셀린이 물었다.

"그럼요." 그는 천사처럼 노래했다. 세 번째 서기관이 그에게 동양 언어들의 연관성을 제시하면서 그가 살던 섬들의 고대 기호를 물었을 때 그는 마음을 바꿨다. 낯선 기호를 읽어야 한다는 것을 예상하지 못했던 것이다.

"우리에게 평생이라는 시간이 있는 거죠?"

셀린이 끄덕였다.

아나톨은 연구자 직책에 물리학자와 기술자를 각각 한 명씩 추가했다. 둘은 후쿠시마에서 일했었고 로봇을 잘 알았다. 기술자는 이미 한평생 맞을 방사선량을 다 맞았다. 그는 도망쳐야 했다. 물리학자처럼 그는 새로운 길을 가고 싶었다. 그들은 완전히 다른 것을 할 수도 있다고 말했다. 많은 것이 연구되지 않은 상태로 남아 있고, 결국 그들은 자체적으로 실험을 진행할 것이다. 비록 가상일지라도.

한 수녀가 오토바이를 타고 우랄산맥을 넘어왔다. 요란한 소리를 내며 그녀는 그림자 동굴에 도착해서 헬멧을 벗고 미소를 띠며 주위를 둘러보았다. 페트라는 상사와의 긴 협상이 두려웠지만 수녀는 페트라를 안심시켰다. “난 평화롭게 파계했어요.” 베티는 수녀를 쿠어트에게 인사시켰다. 수녀는 기계공이 되었고 켐니츠 출신의 프로그래머에게 새로운 공식을 소개받았다.

한동안 베티는 매일 아침 운동을 마치면 완전히 지쳐 버렸다. 그래도 그는 여전히 명확한 리듬으로 일상을 끝내고 셀린이 넘겨받을 수 있는 박자를 만들었다. 그렇게 무술 체조는 아침 음악으로 넘어갔다. 잠시 숨을 고르고 난 후 비트가 울리고, 15명이 두 발을 쿵쿵 굴렀고, 서기관들이 노래하기 시작했다. 그러나 베티는 입술 밖으로 소리를 내지 않았다. 숨쉬기 자체가 버거웠다. 수업에서 많은 것이 반복되지 않았는데도 베티는 혼자 졸았다. 그가 체조하면서 귀동냥한 모든 이야기,

숫자와 단어를 들려준 모든 목소리, 간호상담을 하면서 그에게 흘러 들어온 삶의 데이터들, 이 모든 것이 베티의 내면에서 저장되었다가 사나운 꿈에 뒤섞였다. 몇 주 동안 베티는 정원의 이른 가을 서리에 대비하기 위해 아침마다 침대에서 일어나려고 애를 써야 했다. 그런 시도는 신참들의 기숙사가 문을 닫고, 외양간을 감쪽같이 개조하고, 침실 아래에 연회장이 들어설 때까지 계속됐다. 복도에 여전히 갈색 마분지 상자들이 채워지던 어느 저녁에 베티가 어떻게 진행되고 있는지 보기 위해 그곳에 들어왔다. 베티는 오랫동안 혼자가 아니었다. 발전하는 모습을 함께 볼 수 있어서 좋았다. 즉시 누군가 베개와 의자를 날랐고, 몇몇은 상자 위에 앉았다. 나는 저장고에서 맥주 한 상자를 가져왔는데, 그것을 가지고 들어갔을 때 베티는 벌써 홍콩에 대해 이야기하고 있었다.

베티는 좋은 날, 마천루 사이로 활짝 열린 하늘 아래의 어느 일요일에 대해서 소상히 말했다. 가사도우미들이 도로 위에 앉으려면 깔판이 필요했다. 등이 굽은 늙은 중국 여자들이 느릿느릿 골판지를 접이식 손수레에 담아 도시로 배달했다. 그들은 스스로 본토에서 왔다고 했다. 사회 보조금을 받기에 너무 생활력이 강했다. 다른 사람들은 "그들은 원래 부자지만 욕심이 과해.

일을 멈추려 하지 않아"라고 주장했다. 그들은 사람들의 상자를 수거해 다시 팔아넘기는 데 지칠 줄 모르는 수집광이었다. 가사도우미들은 상자가 너무 싸서 일요일마다 새로 구입하여 깔판으로 쓰고 닳도록 앉아 있다가 그냥 버려두었다. 도시 청소부들이 더 민첩하게 움직이지 않으면, 그 늙은 수집광들이 상자를 다시 손수레에 실었다.

곧 베티 왕은 더 이상 혼자 이야기하지 않았다. 새로 합류한 형제자매들도 좁은 해안가의 고층 건물들을 보았고, 일부는 노후한 공항의 활주로에 착륙했다. 몽골에서 온 수녀는 예전에 기장들이 비행기를 집 사이를 지나 바다 안의 도로로 조종했어야 한다고 말했다. 선박 기술자는 상륙이 허가되지 않아서 멀리 정박해 있었다. 컨테이너들은 채 몇 시간도 되지 않아 옮겨 실렸다. 베티는 구룡반도의 좁은 거리에 대해 말했다. 그는 짧은 강의를 시작한 것처럼 보였고, 그것은 우리 마음에 들었다. 나는 시원한 맥주를 마시면서 베티가 홍콩의 언어가 아닌 본토의 표준어를 배웠어도 홍콩에서 잘 살았으리라는 것을 알았다. 베티는 쇼핑에 대해 말했다.

"왼쪽 손바닥을 완전히 수직으로 하지 말고 가만히 들어 봐. 그러면 왼쪽 손바닥은 칠판이 되는 거야."

우리는 거기에 앉아서 베티의 손을 마치 스크린처

럼 쳐다보았다.

"오른손의 집게손가락으로 너는 왼쪽 손바닥 위에 보이지 않는 기호를 써. 다른 사람이 그걸 읽을 수 있어. 다른 사람은 신경질이 나고 흥분할지라도 본토인, 외국인, 작은 가사도우미를 의미하는 집게손가락의 움직임을 좇아가. 아무도 광둥어를 할 줄 몰라. 그래도 그에게서 뭔가를 사려고 해. 그래서 그는 애써야 해. 본토인들은 적어도 읽어 낼 수는 있어. 그는 모든 가능한 억양을 써 가며 그들이 원하는 바를 물어보고 있어. 그는 무례한 표정을 짓기도 해. 본토인들은 침착을 유지하며 화를 드러내지 않아. 아주 차분히 왼손을 들고 그에게 잘 살펴야 한다고 눈으로 말하고 있어. 그러면 한 기호가 등장하지.

짧은 선을 수평으로 긋고, 또 짧은 선을 수직으로 긋고, 교차점에서 선을 비스듬하게 왼쪽으로 그리고 오른쪽으로 그려 봐. 그러면 '木'이 생기지.

상인이 나무를 보고 있어. 고객이 과일에 관심이 있을 수 있어.

점을 한 번 찍고, 몇 번의 선을 그리고 직각을 따라오게 하면 '市'가 생기지.

둘을 합치면 '柿'가 만들어져.

나무가 시장을 가리키는 기호 옆에 자리를 잡고 있

어. 그것은 감나무를 의미해. 여기에선 '카키(Kaki, 감나무)'라고도 부르지.

홀짝 마실 수 있는 과일. 상인이 조용히 가격을 손가락으로 표시할 수 있어. 그렇게 그는 더 화를 낼 필요가 없어. 그는 외국인 중에 일본인을 가장 좋아해. 그들이 그 기호를 알기 때문이야."

연회장에서 무슨 일이 벌어지고 있다는 소문이 저택 전체에 퍼졌다. 베티가 이상하게 변해서 말하기 시작했다는 것이다. 말릴 수 없었다. 모두가 모이자 베티는 까만 비옷을 입고 군중을 향해 똑바로 서서 미래의 이야기를 하기 시작했다.

잘못된 토지대장

16년
어느 가을 저녁
대저택 앞에서
간호사
베티 왕이 이야기한 시나리오

우리는 수백 명씩 강당과 복도에서 무릎을 꿇고 있다….
의상이 불룩해진다….
준마를 위한 좁은 통로가 열린다….
보라색 파리가 준마의 콧구멍 주위를 윙윙 날아다니고,
준마는 흰 수염, 금, 장식용 술, 종, 오렌지색 가죽,
보물을 착용하고, 수도승들이 옷자락을 휘날리며 휘어진
군도와 창백한 뺨을 보여 준다….
우리는 어안이 벙벙한 채 보고 있다….
우리가 입고 있는 천은 비쌀 뿐만 아니라 천금(天金)으로
만들었다….
우리가 일어서면 돌풍이 옷깃 안으로 밀려오고,
첨탑에 있는 우리의 사랑스러운 비둘기는 수백 마리씩
날아오른다….

10월 10일 아침부터 늦게까지 모든 것이 밀려 들어온다. 갓 들어온 회원, 선배 회원, 노인이 함께 모인다. 골목이 개방되자 그들의 무릎은 후들거린다. 그들은 반복되는 모든 노래를 정확하게 똑같이는 아니고 항상 비슷하게 따라 한다. 이어서 불길한 후렴구 '맑은 눈'이 있는 발라드가 들린다.

연구자들은 형제자매들에게 새 눈을 넣어 제대로 색깔을 볼 수 있도록 했다. 그러면 그들은 방사능으로 오염된 나뭇잎을 먹고 부수고 배설하는 뿔진드기를 인식했다. 방사능은 빛났다. 각 요소와 동위원소도 다른 색으로 빛났다. 흙 속의 똥이 거듭 용해되어 풀의 관으로 올라오면, 나무에서도 그 똥은 빛났다. 그때 잎맥이 활성 물질을 운반하면 잎맥은 빛을 발했다. 우리는 방사능 오염 지역을 더 안전하게 다닐 수 있도록 이 맑은 눈을 재차 발명해 내고, 그러면 방사능은 명백해지고, 투명해지고, 덜 신비로울 것이다….

"우리는 방사능을 볼 수 있었어"라고 합창단은 경고하듯 노래한다. "오직 우리"라는 음습한 후렴구에서 합창단은 다른 사람들을 움찔하게 하는 번쩍이는 검, 레이저, 곡괭이를 떠오르게 한다….

그것은 생기 잃은 눈으로 지역을 헤매는 하등한 사람, 성장이 억제되고 오염되어 금세 들풀로 무성해진 맹수

출몰 지역에서 길을 잃은 혼탁한 눈을 가진 하등한 사람을 기억나게 한다. 그들은 벌레의 습격으로 길을 헤매고, 길을 잃은 자는 우리를 증오하기 시작한다.
사고가 발생할 때마다 그런 지역은 증가했다….
그들은 모든 노래를 점점 느리게 반복했지만 정확하게 똑같이 부르지는 않았다. 후렴구가 바뀔 때마다 노래는 변주되었다. 후렴구에는 항상 형제자매를 믿지 못하는 무리들이 등장했다….
후렴구에서 우리의 '맑은 눈'은 불의 눈처럼 사악하고, 연구자의 눈길은 모든 것을 변화시켜 기형, 기근, 속이 빈 씨앗, 날개가 하나뿐인 나방을 만들어 내는 것 같았다….
발라드는 대규모 살인을 경고하고, 우리가 노래하면 그 둔탁한 소리가 촛불의 불꽃을 줄이며, 비단 천은 벽에 걸린 그림을 숨긴다….
더는 눈이 멀어서는 안 된다. 우리는 조용함을 찾으며, 해마다 사절들을 위해 골목을 개방하고자 한다.
토지대장은 일 년에 한 번 공개된다….
모든 사항이 기록되어 있고 그 기록들은 유효하다.
저장된 것은 우리 디스크에 영원히 혹은 일시적으로 보관된다. 지역의 잔해 더미, 오염된 물, 우리가 발견한 버려진 우물에는 이름과 위치가 부여되었다….
수도회는 세계 전역을 지배하고 관리하는 데 필요한

정확한 좌표와 데이터를 제공한다. 우리는 무엇보다도 올바로 시추하고 보존하기 위해서 지구를 기록한다. 우리는 바위의 고요함을 보호한다. 모든 지하 동굴은 토지대장이 존중되는 한 안전하다….
우리는 만물을 다스리는 '이성'에 입력되는 정확한 데이터를 제공하고, 알고리즘에 팩트와 논박의 여지가 없는 정보를 입력한다. 우리는 '이성'에 인간의 얼굴과 살과 피로 만든 육신을 빌려준 사절을 환영한다. 그들은 해마다 한 번 우리의 대규모 축제를 방문한다….
우리는 의상을 입은 채로 노래하고 땀을 흘리며 디스크를 사절의 손에 건네준다. 기록물은 우리에게 모든 절차와 의복을 지정해 주는데, 문지기들의 번쩍이는 화려한 제복도 예절에 포함된다. 문지기들은 수호신 같은 위상으로 사랑스러운 비둘기를 첨탑에서 창공으로 날려 보낸다….
예전에 우리는 천국에 있고 싶어서 싸움꾼을 자처했으며, 이제는 공무원이자 전 세계의 조화를 위한 주춧돌을 자처한다. 우리의 노래에서 측정 장치는 점점 낯설어지고 측정값이 혼란을 야기했다는 기억은 지워졌다. 더 이상 아무것도 읽을 수 없을 때까지, 아무도 계량기로 다르게 측정한 것을 이해하지 못할 때까지 기억 상실은 계속되었다. 수도회의 방사능 측정

장치도 나쁜 사람들의 손에서 변질되었고 지하 동굴
강도의 부적이 되어 지하에서 죽음을 자초했다….
“자업자득이죠.” 그것을 더 잘 아는 사람들이 말했다….
우리는 강도에게 장송곡과 <산의 전율에 대한
발라드>를 노래한다….
오래전 우리는 오팔리누스톤에 무서운 경고음을
설치했다. 신경에 거슬리는 공포의 소음이 세계 전역에
설치되어 어느 시점에 시끄러운 소리를 냈다. 이제
우리도 합창대를 이루어 사절을 데리고 걸어갈 때면 그
공포의 소리를 기억한다….
우리는 예식에 필요한 가식적이고 투쟁적인 웃음을
띠면서 강당에 경고를 보낸다. 우리는 피라미드, 무덤,
반짝이는 경고 언덕을 만들었다. 칠판이 남아 있었고,
사람들은 계속해서 거기에 적힌 내용을 반대로 읽었다.
친절하게 적혀 있는 명확한 말에서 그들은 숨겨진
의미를 추측했다. “떨어져 있어”라는 말에서 그들은
속임수를 읽어 내면서, 더 가까이 다가왔다….
모든 메시지가 잘못 이해된다. 그래서 우리는
토지대장과 점점 더 아름다워지고 점점 더 완벽해지는
전 세계를 위한 서비스를 생각해 냈다. ‘이성’은 근거가
충분한 원칙, 공식, 규칙에서 만들어져 다스린다.
‘이성’은 최고의 지식과 양심에 따라 프로그래밍된

것이다. 우리는 함께 그것을 작성하고, 알고리즘을 입력하고, 조언했다. 보다 고상한 '이성'이 업로드되는 3년마다 우리는 여러 제안을 한다. 세계 전역에서 우리는 진솔한 목소리를 낸다. 그래서 우리는 비가시적인 연대에 굴복한다. 비가시적인 연대(聯隊)는 이성적으로 행정 업무를 하고, 관찰하며, 기록하고, 명령한다. 그리고 돈을 모으고 분배한다. 과제를 준다. 직원을 뽑는다. 중요한 사업을 할 때 살과 피가 있는 사절이 비가시적인 연대를 대표한다. '이성'과 '이성'의 연대들은 국경일에 호화로운 복장을 하고서 눈에 띄어야 한다. 그러면 우리는 그들의 손을 잡고 우리의 발라드를 노래한다….

우리가 예전에 키우다 제거하지 못한 경고 말벌들이 이제 흥얼거리며 합창한다. 말벌들은 적당한 시점에 골목으로 날아가고, 비상하고, 부채꼴로 퍼지다가, 대오를 이루어 기호를 만든다. 잠시 말벌 떼의 모습을 공중에서 읽을 수 있다.

门

그러다가 떼는 흩어지고, 말벌들은 한순간 격렬하게 윙윙거리다가 모여서 새로운 기호가 된다.

神

모든 동물은 제자리를 찾고, 말벌들은 전 세계처럼

완벽하게 조직되어 있으며, 모든 정보는 올바른 위치에 기록된다. 토지대장의 좌표는 '이성'이나 사업을 정리하는 데 쓰이며, 지하 동굴 및 오염 지역의 보호에 대한 이의 제기는 우리가 능숙하게 저장한 정확한 데이터를 통해 반박된다. 아무 일도 일어나지 않는다면, 목표를 달성한 것이다….

사절이 우리에게 더 노래해 보라고 말한다….

두개골 안의 피가 나를 욱신거리게 한다. 한번은 형제자매들이 나에게 너무 가까이 서 있어서 그들의 헐떡거리는 소리가 들리고, 뒷줄 어느 사람의 폐에서 휘파람 소리가 들렸다. 오래전부터 익숙한 소음.

수도회에 입회하기 전 죽어 가는 인간의 소리를 가만히 듣는 일이 내 직업이었다….

당시 그것이 나를 괴롭히지는 않았다. 나는 그것에 익숙했고 유기적 연관을 밝히는 일에만 골몰했다.

콩팥이 제 역할을 하지 못하면 어떻게 물이 차올라 폐를 채우는지, 흉부에서 공기와 액체를 빼내는 순간은 언제 오는지, 해마다 나는 죽기 직전에 몰아쉬는 가쁜 숨이 언제부터 시작될지 정확히 예측할 수 없었다. 하지만 내 생각이 옳다면 항불안제가 필요할 때마다 그들에게 투여했다. 죽어 가는 여자가 자신이 익사했다는 생각으로 공포에 사로잡혀 비명을 질러서는 안 된다.

그녀는 마치 숨쉬는 데 문제가 없는 것처럼, 항상 신선하고 깨끗한 공기를 쉽게 들이마실 수 있는 것처럼, 소형 선풍기가 바람을 전달하면 쾌적함을 느껴야 한다. 폐에 물이 가득 차면, 심장도 더는 정상적으로 작동하지 못한다. 그에 비해 입은 마르고, 혀는 변색되며, 혀 위에 종양들이 그물망을 만들 수 있다….

그러나 수도원 강당의 지붕이 열려 박공지붕 사이로 하늘이 보이고 토지대장을 가진 사절들이 말벌들의 엄호를 받으면서 올라가면, 수도사와 수녀들은 진주처럼 반짝이는 대기를, 너무 쉬워서 잊게 만드는 영원한 숨결을 찬양한다. 그들은 꽃으로 만발한 지붕 아래의 도시, 조용히 움직이는 차량, 소음 없는 선박, 마지막 전쟁의 승리를 찬양한다….

유전이 폐쇄되고 소각로가 필요 없으며 재벌들이 사라진 이래로 미세 먼지로 질식해서 죽는 사람은 없다. 어린아이들의 폐는 부드럽고 손상되지 않았으며, 다만 수도회의 노래만이 한때 수백만 명의 사람들이 더는 집을 떠나지 않았다는 것을 상기시킨다….

우리는 규정에 적힌 대로 천천히 강당에서 나온다. 뒷줄에서 헐떡이는 소리가 들리면 오래전의 악취가 난다….

나는 드러누운 채로 죽어 가는 한 여자와 그 옆에 서

있는 딸을 기억한다. 그녀도 혀의 종양을 물려받았다. 얼른 나는 딸에게 매장에 필요한 서류를 설명해야 했다….

거기에 죽어 가는 여자의 악취가 있었다. 그녀의 숨결에서 곰팡이와 썩는 냄새가 점점 짙어져서 공간 전체에 퍼졌지만 그 딸은 최후의 숨을 내쉰 후 굳어 가는 엄마에게 다시 키스하려고 했다. 입술 사이엔 더 이상 숨결이 없고 악취만이 남아 있었다. 썩은 체취가 딸의 폐로 파고들어, 딸은 여러 해 기침을 하고 호흡에 곤란을 느꼈다. 우리가 수도회에서 다시 만났을 때 그녀는 썩는 냄새에서 자유롭지 않다고 내게 말했다. 율리타라는 이름의 그 딸은 입회를 원했으며, 나는 그녀를 시험해야 했다. 그녀는 어떻게 호흡곤란을 느끼는지를 설명하면서 그 소리를 흉내 냈는데, 그것은 정확히 뒷줄에서 들렸던 것 같다. 수도회에서 우리끼리 싸우기 시작한 이래로 나는 제복이 편하지 않았다. 우리는 의견이 일치하지 않는다. 왜냐하면 대다수가 얼마 전부터 협상에 대해 말하고 있기 때문이다. 그들은 확실한 반대를 정당하다고 생각한다. 새로운 요소를 요구하는 건설업자들이 '동료'가 되었지만, 문지기들은 아직 한 차례도 협상에 임하지 않았고, 우리는 사실을 전달한다. 이 상황을 어느 위치에 있는 대다수는 더 이해하려 들지 않는다. 더 이상 편안함을 느끼지 않는 우리가 항의하면, 그들은 마치 우리가 외국어를 말하기라도 하는 것처럼 우리를 바라본다. 천공기들이 새로운 구멍을 뚫어서 자기 철로용 터널, 새로운 숙영지를 지나가는 터널, 사격용 터널을 만들더라도 우리는 천공기가 돌을 손상한다고 말할 뿐이다. 천공기는 원시적인 드릴이 아니며, 이것은 사실이다. 천공기는 수천 개의 바늘로 공격하면서 부드럽게 긁기도 하지만 엄청나게 빨라서 돌을 모래로 만들고 산을 흘러내리게 한다. 그러나 그것은 압력 관계가 변하는 것을 막지 못한다. 장력은 서서히가 아니라 갑자기 풀리고, 예상하지 못한 곳에 새로운 균열이 생긴다. 천공이 생기면, 아무도 눈치채지 못하는 사이에 산 전체의 분자들이 움직인다. "그러면," 나는 토요일 회의에서 말했다. "우리는 살아 있는 몸을 상대하지 못해. 상처는 낫지 않고, 어떤 세포도 스스로 회복하지 못하지. 아무것도 복원되지 않아. 단단한 돌이라도 한번 손상되면 더는 어쩔 수 없어." 그러면 수천 년에 걸쳐 지하수나 빗물 등에 의해 균열은 확장된다. 만일 이 돌이 빙하 밑이나 곧 녹아내린 호수 밑으로 들어가면 무슨 일이 벌어질지 상상하기 어렵다. 어느 시점에 누군가는 오염된 물을 마시고 몇 년이 지나면 세포들은 급격히 변화할 것이다. 누군가는 장기가 예전보다 더 자주 변하고 사망 사례들이 증가하면 무슨 일이 일어나는지 알 수 있을 것이다. 아마도 미래에는 비가시적인 연대들이 암을 등록할 것이다….

이제 새롭게 열두 곳의 야영지가 분류되고, 열두 곳의 언덕과 산이 건축 가능한 것으로 간주된다. 5년, 70년 혹은 900년 뒤에 천공기들이 올라와 지하 동굴 옆에 구멍을 뚫는다. "문제 될 건 없어요." 수도회는 공개적으로 말한다. 나도 우리가 의상을 입고 강당에서 발라드를 노래할 때면 이 점을 엄숙하게 증명한다….

아마도 율리타는 손님들 사이에 있던 것 같다. 그녀는 10년 전부터 센서를 설치해서 샘플을 추출하려고 했다. 그녀는 암석을 어렵사리 기어오르거나 몸을 두텁게 감싸고 구역을 간신히 걸으면서도 숨이 차지 않는다. 그녀는 잘 훈련된 외근 특수부대, 즉 강력한 '이성'의 조직원이다. 10년 전 수도회 입회 면접에서 그녀는 나를 알아보고 어머니의 죽음을 이야기했다. 나도 타인의 삶, 그때의 병원을 기억했다….

율리타는 침대 옆에서 울고 난 뒤에 병동을 돌아다니다가 매우 분주한 나를 발견했다. 그녀는 내게 한순간 쉴 틈이 생길 때까지 조용하고 태연자약하게 서 있었다. 그러더니 내 팔에 쓰러져서 울부짖기 시작했다.

나는 그녀를 조금 다독이고 나서야 비로소 매장 절차 서류를 그녀의 문자 해독기에 업로드했고 이제부터 해야 할 일을 몇 가지 문장으로 설명했다….

그것은 하이퍼링크를 통해 컬러로 작성된 글을 불러올 수 있는, 각주와 기타 서류가 딸려 있는 양식이었다. 클릭하면 항상 새로운 질문과 깨알 같은 문장들이 모니터에 나타났다. 비가시적인 연대들은 즉시 만족하지 못했고, 몇 년 동안 개별적인 죽음을 처리하느라 바빴다….

내 임무는 간단한 말로 하면 삶을 지속시키는 것이었다. 조직원들이 병동에서 쓰러지지 않게 하는 것도 내 임무였다. 다른 환자가 많아 나는 율리타를 금세 잊었다. 반면 율리타는 나를 오래 기억하다가 문지기들에게 수도회 입회를 요청했고, 즉시 내가 누군지를 알아챘다. 우리가 오로지 토지대장에 골몰한 이래로 우리는 '아름다운 관료주의'의 원칙에 의무감을 느꼈다. 아름다운 관료주의의 약속은 무미건조하고 짧았으며 엄수될 것이다. 아름다운 관료주의의 도움에 감사할 필요는 없다. 우리는 진실을 말하지만, 현재 터널 공사가 지하 동굴에 위협이 될지에 대해선 의견이 일치하지 않는다. 그 요인들을 둘러싸고 싸움이 붙었다. 수도회뿐만 아니라….

그럼에도 매년 그러는 것처럼 사절이 방문하는 환영 행사가 있었다. 본사는 매우 커졌고, 탑은 채석장에서 우뚝 솟았으며, 우리는 구덩이를 계단식 정원, 복도, 강당으로 만들었다. 시설물은 느리고 빠른 무희, 애주가, 몽상가의 공간이 되었다. 수백 명의 자매가 오늘 저녁 수도원 지붕에서 지하실로 오고 갈 것이다. 나무 계단이 삐걱거리고, 창문을 가린 종이는 구겨지며, 문 안의 커튼이 나부낀다. 서늘한 가을 바람이 위층으로 불어오지만 아직 잠긴 것은 아무것도 없다. 누군가 내게 다가오면, 나는 정중하게 고개를 끄덕이고 "어디로 가면 되는 거죠?"라는 질문에 "저리로"라고 회피하듯 대답한다….

의상은 벗어 놓았다. 우리는 빳빳하게 안감을 채워 넣어 포근한 나이트가운을 입고 환영 행사에 간다. 우리는 슬리퍼를 신는다. 사절들도 민간인 복장을 한다. 전 세계의 수도원과 프로그래머 무리로 구성된 대표단이 엄숙한 인도를 위해 도착했다. 사실 율리타도 그들 사이에 있다….

우리는 부엌에서 만난다. 율리타의 얼굴은 옅게 홍조를 띠었다. 그녀는 황야의 모닥불가에 홀로 있는 것처럼 허겁지겁 음식을 먹어 치운다. 모든 프로그래머들은 자기들끼리 있을 때보다 본사의 손님으로 있을 때 더 거칠게 행동한다. 율리타가 손으로 밥을 먹자 탑처럼 높게 땋아 올린 금발 머리가 흔들린다. 뱀 한 마리가 숱 많고 고운 머리를 감아 돌더니 가끔 튀어나와 접시에 담긴 음식을 덥석 문다. 순대 한 줄을 푹 삶았다가 말려서 소금에 절이고 오렌지 소스에 넣어 은근히 졸인다. 반지 모양의 순대가 내 앞에도 놓이고, 나는 율리타의 맞은편에 억지로 앉는다. 손님들이 부엌에 빽빽하게 앉아서 잔을 들고 숨을 몰아쉰다. 여기서 공기는 모든 폐를 통해 펌프질된다. 순대는 맛있다. "무릎을 꿇은 당신들을 위해 건배"라고 율리타가 말한다. 그가 나를 보고 기뻐하지 않는 게 분명하다. 그는 판매되는 데이터나 배신에 대해 중얼거린다. "너는 때 맞춰 온 거야." 내가 말하려 했지만 프로그래머들이 나에게 먼저 소리를 지른다. 별안간 그들은 모두 이마로 한 번에 탁자를 두드린다….

우리는 율리타가 수도회 입회를 신청했을 때 그녀가 출소한 것을 알고 있었다. 우리는 유목민 무리를 상대할 새로운 형제자매를 찾고 있었다. 새로운 형제자매들은 폭력에 익숙하고 도시에서 달아난 다혈질의 사람들이어야 했는데, 율리타는 특히 음산해 보였다. 그녀는 마치 2주 동안 혼자 숲에서 기계하고 싸우다가 감지 장치를 얼음에 설치한 사람처럼 보였다.

우리는 율리타가 황량한 오염지역에서 잘 적응할지를 생각하면서도 그녀가 규율, 아니 모든 것에 순종할 수 있는지 확인하고 싶었다….

나는 율리타하고 혼자 대화하면서 그녀의 광기가 신성한 노여움에서 비롯되었다는 결론에 도달했다. 내가 다섯 상관에게 율리타가 죽음에 대해 분노했다고 말하자, 그들은 그녀를 받아들였다….

율리타는 어머니가 죽고 난 뒤에 썩은 폐에 들어 있는 공기를 기침으로 내뱉으려고 했다. 율리타는 침을 뱉으면서 달리다 보면 내쉬는 깨끗한 공기가 몸 안에 있는 악취를 밀어낼 것이라고 상상했다. 그녀는 더 이상 숨을 쉴 수 없을 때까지 전력으로 질주했지만 폐를 찌르는 고통에 곰팡이가 계속 새롭게 생기는 것 같았다. 그러자 쓰러질 때까지 춤을 추었다. 그렇게 '이성'이 더는 자신의 역할을 하지 못하고, 비가시적인 연대들이 숨가쁘게 운영되다가 본분을 잃어버렸을 때, 율리타는 그 한가운데에 있었다. 젊은 도시민들이 도청 장치의 방향을 바꾸자, 수신되어야 할 것이 송신되었다. 그들은 초목을 심은 지붕, 덤불이 빛을 얻으려고 싸우는 조그맣고 울창한 숲속에 앉아 구속력 없는 명령을 내렸다. 그들은 자신을 둘러싼 작은 모기들을 대수롭지 않게 여기다가, 마이크가 확성기가 되자 지나치게 흥분했다. 잎사귀들이 금속성 소리를 내며 부딪히고, 가지들은 으르렁대며, 거위들이 꽥꽥 울기 시작했다. 율리타는 몸을 떨었다. 그녀가 박자를 맞추어 손수건을 불면, 작은 숲에서 받아들이는 지각 기관들이 그것을 증폭시켜 되돌려 주었다. 율리타는 흔들리는 나뭇잎과 친구들이 흥얼거리는 선율에 몸을 맡겼다. 그녀가 한순간 세상을 시끄럽게 만들고, 시간은 지붕 위나 도시에서 빠르게 지나가며, 밤새 모든 대륙의 사물들, 식물들, 신체 지체들이 으르렁대거나 새된 소리를 냈다. 방향 전환의 비밀은 신속하게 퍼졌다. '이성'은 평화를 깨트리고 거만했다. 파괴자들은 세계 전역에 소음을 강요했다. 그러면 무희들에게 알려지지 않은 사내들과 여인들이 나타나서 밤새도록 주변을 돌다가 갑작스럽게 울리는 모든 것을 부수었다. 율리타도 그들이 어디에서 와서 어디로 가는지 알지 못했다. 그녀는 비가시적인 연대들이 깡패 조직에게 공격을 명령하는 등의 비밀스러운 방어 수단을 가지고 있다는 소문을 믿었다. 깡패 조직의 파괴적인 분노가 소음을 더욱 날카롭게 하자, 이전에 들어 본 적이 없는 소리가 도시를 덮쳤다. 대부분의 사람들이 무희들의 체포를 기뻐할 때까지, 귀를 먹먹하게 만드는 휘파람 소리가 계속되었다. 그들은 고요함이 그들의 구원임을 배워야 했다.

오래전, 최후의 전쟁이 벌어졌던 살육의 들판에 쌓인 잿더미가 서서히 식어가던 시절에는 엔진들도 조용했다. 석유와 석탄은 더는 채굴되지 않았다. 땅을 떠나는, 벗어나는 사람은 누구나 승자들에 합류했다. 승자들은 세계 전역의 화합을 말하면서 모든 지역에 새로운 발전소와 원자로를 공급했다. 트럭들은 이제 소리 없이 도로를 질주했다. 흔들리는 손수레는 저절로 움직이는 것 같았다. 기름으로 더러워진 오토바이들도 더는 소음을 내지 않았다. 잔해물이 치워지자 오토바이들이 크게 떼를 지어 도로를 지나가고, 행인들은 길가에 멍하니 서서 몸을 숨겼다. 그들의 귀에는 여전히 이륜차의 엔진과 폭탄의 소음이 웅웅거렸다. 그들은 여전히 창문이 덜컹거리는 소리와 벽이 무너지는 소리를 들었고, 밤에는 빛으로만 알아챌 수 있는 조용한 무리와 외로운 차량을 두려워했다. 이따금 그들은 빛도 내지 않고 지나갔다. 사람들은 예리하게 살펴야 했다. 훨씬 자세히 살펴보고 항상 모든 상황에 대비해야 했다. 그러고 나서야 사람들은 진정했고, 정찰 중인 탱크조차도 소리를 내지 않는다는 것을 받아들였다. 탱크가 경적을 울리지 않는 한. 트럭들은 금방 완전히 사라졌다. 장거리 노선 버스와 비행기들도 마찬가지였다. 자기부상열차는 집과 언덕 위로 지나갔고, 터널이 도시를 연결했다….

수도회는 몇몇 저장소를 방어했으나 모든 저장소를 방어한 것은 아니었다. 몇 세대에 걸쳐서 문지기들은 파괴 정도를 측정하느라 바빴다. 임시 저장소가 불에 탔다. 그러면 '이성'은 방사능 잔여물을 새로운 연료로 바꾸기 위해 할 수 있는 모든 힘을 쏟았다. 새로운 원자로들은 자체 쓰레기를 먹어 치웠다. 남은 것은 지하로 가야 했다. 우리는 맑은 눈을 만들었고 산에 공포물을 설치했다. 그리고 합리적인 알고리즘을 작성했다. 우리는 새 시대에 훌륭하게 어울리는 무언의 문자를 만들어 냈다. 우리가 혼란에서 막 벗어났을 때 적당한 좌우명은 '아가리 닥쳐'였다. 우리는 이렇게 썼다.

门

누군가 멘(門), 튀어(Tür), 뽀르트(porte), 도어(door)*라고 말했는지는 중요하지 않았다. 읽다 보면 내면의 목소리도 조용해졌다. 우리는 테두리와 작은 장식을 보았다. 대문에 아마도 그림, 아니 희망찬 그림이 붙어 있었을지도 모른다.

神

이 기호를 쓰면서 우리는 악귀들을 멀리하는 영혼을

* 차례로 '문(門)'이라는 뜻의 중국어, 독일어, 프랑스어, 영어

생각했다. 우리는 천상의 전쟁에서 싸우는 수호신이 되고 싶었다. 그러나 세계의 강대국들이 맞붙었을 때, 하마터면 우리는 화염에 휩싸일 뻔했다. 우리는 저장소를 지키기 위해 벌였던 전투에서 패배했지만 찬사를 받았다. 오늘날에도 새해가 오면 소심한 시민들이 조그마한 그림을 문에 붙이며 멘 셴(門神), 디우 델 라 뽀르트(dieu de la porte), 디와타 낭 핀투안(diwata ng pintuan)*이라고 한다. 그들은 우리의 보호를 받고 있다고 느낀다. 그들의 믿음은 도약에 기여한다. 우리는 그 믿음을 실망시키고 싶지 않다. 일 년에 한 번 우리는 준마에게 화려한 옷을 입히고 예전에 문지기가 걸치던 모든 의상을 되살린다.
외부에서 온 프로그래머 무리는 특히 인기가 많다. 그들은 정확한 측정을 보증하기 때문이다. 누구나 '이성'에 접속하여 함께 방향을 잡아 나갈 수 있다. 머리카락과 비듬을 모아 검사하는 베개를 만들거나 빈대를 활짝 핀 장미꽃에 넣는 일은 간단하다. 그러나 새 한 마리도 더는 똥도 싸지 않는 전쟁터에 나가 계량기와 사진기를 설치하는 일은 오로지 졸개들만이 할 수 있다. 여성 프로그래머들은 우리를 전 세계의

* 차례로 '문신(門神)'이라는 뜻의 중국어, 프랑스어, 따갈로그어

이미지에 연결해서 이성적으로 일을 처리하며 세상을 비행하고 바다를 건널 때마다 우리가 조사할 프로그램을 설치한다. 오로지 측정 덕분에 우리는 저 바깥세상에 대한 어떤 인상을 대단히 빨리 얻을 수 있다. 우리가 제복을 입고 모자를 쓰면 한동안이라도 비가시적인 연대들의 일부가 된다. 우리가 모자를 얼굴 위로 당기면, 사진이 보이고 소음이 들리고 냄새가 난다. 우리는 제복이 어떻게 관절을 수축시키다가 확장시키고 그러다가 갑자기 가렵게 하는지를 느낀다. 우리가 신고 있는 신발도 보고한다. 그렇게 우리는 예전에 원시 진흙이 흘러내렸던 키르기스스탄의 마일루우수우 인근 산에 도착한다. 곧바로 우리는 그곳 빗물에 무엇이 녹아 있으며, 꽃잎이 무엇을 흡수하고, 무엇이 먼지에 떨어지는지를 조사한다. 도시에서 무슨 말을 하고 있는지 들으려 하지만 단 한마디도 알아들을 수 없다. 다만 보통의 수다에서 느껴지는 음의 높이나 응집되어 반쯤 완성된 문장들만이 우리에게 전달된다. 만약 속된 표현들이 쌓여 이웃들의 유쾌한 소음을 방해하면, 그 소리가 귀에 거슬려, 우리는 장애를 보고한다. '이성'은 우리가 모든 인상을 평가할 수 있다고 믿는다. 수천 가지의 제복을 입은 사람들이 해석한다. 비가시적인 연대들의 모든 지시는 여러 번

보강된 판단에 근거한다. 우리는 소도시 마일루우수우에 대한 이미지의 색깔이 바뀌고 집의 윤곽이 흔들리면 반응한다. 이런 이미지들을 통과해 비행하던 사람들은 색깔 약호를 암기하고 오염된 땅을 알아챈다. 그러나 그들은 무엇인가 번쩍이고 가슴이 조이는 느낌이 들 때만 보고한다. 오늘 마일루우수우 상공을 비행하는 사람은 때 이른 눈 냄새를 맡는다. 그는 우라늄 진흙과 우라늄 진흙을 막고 있는 건축물을 구별한다. 산에 만들어진 지하 동굴은 보이지 않는다. 오래전 어느 정부는 이미 오염된 곳에 쓰레기 매립을 생각했다. 그래서 마일루우수우산은 최근에 건축물을 지을 수 있어도 여러모로 위험에 처해 있다. 우리 수도회의 대다수는 키르기스스탄 지역에서 행복을 가로막는 것은 아무것도 없어야 한다고 확신했다. 그러니까 세수는 증가하고, 학교 아이들의 성적은 희망의 동기를 제공하며, 약품 속 구정물의 함량은 감소하고, 지빠귀새 노래의 새로운 변주곡이 등장한다. 수도회의 비행을 방해하거나 그의 비행을 담은 이미지를 부호로 풀어내려고 노력하는 사람은 이것을 읽어 낼 수 있다. 그런 다음 그렇게 노력하는 사람은 데이터를 보면서 마일루우수우 근처의 산에 우뚝 서 있는 떡갈나무 위에서 측정되는 것도 경험한다. 수십 년 동안 빗물은 늘

같은 길을 따라 흘러내리면서 뜨거운 지점들을 남긴다. 어느 여성 프로그래머가 그 떡갈나무를 알아채서 감지 장치를 설치했기 때문에 우리는 뜨거운 지점들을 측정할 수 있었다. 그렇게 우리는 공기가 깨끗하지 않다는 것을 알고 있고, 토양도 계속해서 걱정거리지만 소도시 거주민들의 똥이나 베개에 묻은 피부세포에서 오염된 먼지의 흔적이 없다는 것을 알게 된다. 거주민들은 건강한 길을 걸어갔고 분수를 지킨다. 유독 인근 발전소의 수리 비율만 너무 높을 뿐이다. 임시 해결책이 너무 많다. 며칠에 한 번씩 누군가 "수리 비율이 너무 높다"고 보고한다. 우리는 접수하고 평가하는 공동체로, 완벽한 조화를 이루었다. 모든 시민, 문지기, 아니 우리는 모두 비가시적인 연대들이 올바른 명령을 내리도록 '이성'이 우리에게 말하는 것을 통제한다.
마일루우수우에 있는 어느 관공서는 새로운 인센티브를 제공하거나 최악의 경우에 벌을 내릴 수 있는 권한을 부여받는다.
내일이면 우리의 세상에 대한 이미지와 토지대장의 새로운 버전이 출시된다. 그러면 마일루우수우산에 대한 본래의 이미지가 바뀔 것이다. 그곳을 비행하면서도 더 이상 몸에 압력을 느끼지 않을 것이다. 비록 땅값이 상승해도 아무도 위험을 느끼지 않는다. 건축 제안서는 더 이상 차단되지 않는다. 감독관과 의용대원들은 이 지역 이미지를 조용히 비행하면서 안전을 느낄 것이다. 외부 무리가 오늘 밤 우리 본사를 파괴하지 않는 한….

그들은 축제용 의자에서 고함을 지르고 반지 모양의 순대와 밥을 먹어 치운다. 나는 율리타의 맞은편에 말없이 앉아 있다. 율리타는 거의 움직이지도 않고 겉으로 감정을 드러내지 않은 채 다른 모든 사람들과 함께 탁자에 이마를 세 번 두들긴다. 뱀 한 마리가 탑 모양의 그녀 머리에서 도망간다. 그것이 의미하는 바는 내게 분명하지 않다. 나는 그냥 아주 조용히 말한다.

"가시나무 덤불로 달아나 인간의 발걸음 소리를 듣는 사람의 심장은 기쁨으로 두근댄다…."

율리타는 내 말을 듣고서 천천히 일어선다. 우리는 함께 부엌에서 나와 옥상정원으로 올라간다. 창문턱에 기댄 채 우리는 빙퇴석 언덕과 평야를 내려다보는데, 빛의 화살이 어둠을 뚫고 지나간다. 사람과 가로등의 물결이 수도원 안뜰에서 첫 번째 집까지 이어진다. 토지대장 인도를 기념하는 축하 행사가 현장에서 계속된다.

불빛은 메마른 잎과 테라스를 통과하다가 꺼질 수 있다.

율리타는 내 왼손을 잡고 손바닥을 위로 돌리더니 그 위에 손가락으로 조용히 글자를 쓴다.

希

나는 희망(希望)의 첫 글자임을 알아본다. '희'는 바람을 뜻한다. 나는 어릴 때 그 글자를 외우기 위해 우화 <당나귀와 사다리>*를 배웠다. 나는 수도회에 와서야 비로소 그것이 옛 시구들의 변형이라는 것을 알았다. **"지붕 위에 뜬 희망의 별은 고귀한 사람들의 표창이니…."**†

분명히 율리타는 모두가 배운 이 시구를 생각했을 것이다. 그는 자신이 고귀하다고 생각한다. 여성 프로그래머들은 오래전부터 이상하게도 자신들에 대해 비뚤어진 숭배를 해 왔다. 그들은 외부 무리와 같이 있으면서도 스스로를 수도회의 가장 핵심적인 무리이자 수도회의 순수성을 지키는 소명을 받은 적임자라고 여겼다. 그들은 우리의 지속적인 존속을 위해 요긴한 것이 무엇인지에 대해 전혀 이해하지 못했는데도, 가옥에 살던 우리 중의 많은 사람들이 프로그래머들에게 굴복했다. 우리는 측정 결과, 아니 진실한 데이터를 변호하기 위한 숭배를 필요로 했다.

---

* 우화의 내용은 다음과 같다. 우물에 빠진 늙은 당나귀가 살려고 바둥거렸다. 그를 본 주인이 이참에 당나귀를 죽이려고 흙을 퍼 우물에 넣었다. 처음에 당나귀는 울부짖다가 쌓이는 흙을 디딤돌 삼아 무사히 빠져나올 수 있었다.

† 잉에보르크 바흐만(Ingeborg Bachmann)의 시 「하루 종일」 변형-원주

율리타의 손가락이 닿았던 내 손바닥에 따스한 가려움이 남아 있다. 나는 초우(Zhou)에 대한 잃어버린 보고서 중 보존된 구절이 담긴 네 권의 책에 대해서 말한다. 그렇게 해서 율리타는 내가 본사에서 혼자가 아니라는 것을 안다. 우리 서기관들 중에서 핵심적인 분파가 비밀리에 토지대장 원본을 확보했다. 토지대장은 세 부로 보관되면서, 만일 토요일 회의에서 사절의 기분을 바꾸어 놓을 필요가 있을 때면 언제든 제시될 수 있다.

율리타는 고개를 흔든다. "오늘 우리는 모든 것을 명확하게 할 거야."

실제로 저 아래, 수도원과 마을 사이의 군중에게서 새로운 불안이 감지되었다. 저기 군중 속으로 밀고 들어가는 것이 준마인가? 율리타는 내 어깨를 한 번 세차게 치고 난 뒤에 가 버린다. 저 아래에 기린과 유사하게 생긴 기계들이 나타났다가 군중 안으로 파고들어 갔던 것이다. 그 기계들의 머리는 환히 빛나고, 기계들은 사절의 이름을 부른다. 시민들이 환호한다. 그들은 구경거리를 기대한다….

나는 율리타를 중앙 식당에서 다시 본다. 그녀는 여태 치우지 않은 긴 탁자 위에 서 있다. 반쯤 비운 잔들, 음식물이 덕지덕지 붙어 있는 접시들, 젓가락들이 겹쳐서 여기저기에서 탑을 이루며 놓여 있었다. 프로그래머들이 자신들 앞에 있는 사절들을 강당으로 몬다. 사절들을 도우려고 했던 형제들은 이미 묶여 있었다. 시민들도 강당으로 밀려오면서 떠들썩하게 노래한다. “우리는 강당에서 살육을 원하지 않소.” 최고 상관 5인은 질서가 있는 싸움을 요구한다. 우리는 웃는다. 탁자 가운데로 올라가서 이십 미터 떨어진 율리타에게 가볍게 목례하는 사절에게 모두 박수를 보낸다. 그 사절은 미소를 짓는다. 사절들도 더 이상 자신이 공무원이 아니길 은근히 바라고 있을 가능성이 크다.

율리타는 그에게 첫 번째 무기를 고르도록 제안한다…. 흡사 비단 천처럼 흐늘흐늘 공중에 날리는 철사 줄이 금세 허공을 휘젓는다. 율리타는 자신이 공중에 팽팽하게 만든 줄 위에서 껑충 뛰었다가 탁자 위로 날아오른다. 사절은 놀라울 정도로 조용하다. 그의 철사 줄이 처음으로 율리타에 닿았을 때에야 비로소 그 줄에 장전이 되었다는 것이 명확해진다. 두려움에 중얼거리는 소리가 꼬리를 잇는다. 이 싸움은 심상치 않으며, 사절은 마음대로 파이터를 바꾸고 새로운 산을 건설하는 데 관심이 있는 것 같았다. 지금 사절은 더는 비가시적인 연대들의 힘에 의지할 수 없다. 우리는 모두 비가시적인 연대들이 자발적인 민중의 분노에 신속하게 타협으로 대응하도록 프로그램되어 있다는 것을 알고 있다.

'이성'도 타협을 원한다. 하지만 원한이 퍼지면 안 되고, 전체의 긴장도 높아져서는 안 된다. 분노는 억제해야 한다. 본사의 모든 장치와 센서는 꺼졌기 때문에 그 구경거리는 외부와 격리되었다. 여기에 있지 않은 사람은 율리타가 사절과 어떻게 싸우는지 볼 수 없다. 만일 율리타가 이기고 군중이 그의 승리를 축하해 주면, 사절들은 저장 디스크를 포맷이 되어 있지 않은 채로 넘겨주는 일을 반복해야 한다. 그러면 토지대장 원본은 세상의 이미지 중의 하나가 된다. 그러면 우리는 다시 한번 마일루우수우에서 휴식을 취할 것이다….

군중은 이제 우리가 욕설의 콘서트장에 있는 것처럼 울부짖는다. 아마도 율리타나 그 사절, 둘 중에 한 명은 죽을 것이다. 아니면 그들은 본사에 불을 지를 것이다. 주위의 모든 물건이 망가질 때마다 번쩍번쩍 광을 낸다. 도자기 접시는 산산조각 나기 전에 공중을 날아다닌다. 작은 잔의 금색 테두리가 반짝 빛나다가 덜거덕 소리를 낸다. 사절이 율리타를 가격했지만 놓치자, 검은 연기의 담배 자국이 나무 탁자에 남는다. 율리타는 도망 중이며 계단식 가옥으로 가려 한다. 그곳의 공간이 더 작고, 사절의 전기 채찍이 미치는 영향도 적기 때문이다. 식당에서 율리타는 맞지 않기 위해서 다시 한번 잘 조준된 발차기로 탁자를 허공으로 날려야 한다. 탁자는 사절을 맞혀서 그를 벽으로 내던진다. 그러면 사절은 구경꾼들 사이에 멍하니 누워 있는데, 구경꾼들은 그가 기운을 회복하고 율리타를 따라 계단식 가옥으로 올라가자 그에게서 물러난다. 나는 강당에 머무르며 난간, 그러니까 너도밤나무 나무로 만든 두루미 모양의 버팀목이 어떻게 쪼개졌는지를 보고한다. 나는 매달린 화병 옆에 있던 율리타가 어떻게 정원을 통과해 훌쩍 뛰어올랐는지를 상상할 수 있다. 화병은 곧 계단 옆의 연못으로 떨어진다. 그러자 개구리들이 펄쩍 뛰고, 뱀들이 나무 조각을 따라 감으며 옥상정원으로 올라간다. 마치 율리타가 그곳에서 어떻게 새롭게 무장하는지를 보려고 하는 것처럼. 율리타는 천공기를 선택한다. 모든 여성 프로그래머의 자부심. 위급한 경우에 그는 기계 없이 땅을 부수고 고정해야 할 것을 고정한다. 율리타는 다리미를 대나무 막대기처럼 빙글빙글 돌린다. 사절은 예상보다 세다. 그들은 옥상정원에 있는 명나라 시대의 화병과 성녀 마리아의 동상을 부순다. 여기서도 난간이 부서진다. 곧 그들은 옥상 끝에서 싸우면서 천 년 된 올리브 나무를 공중으로 날려 버린다. 올리브 나무줄기가 빙퇴석 언덕의 어딘가에서 부러진다. 여기서 끝낼 수만 있다면. 식료품 저장실은 지켜야 한다….

이 싸움은 식당에서 보고가 되고, 그동안 연기만 내며 타는 탁자 위에서 방화수가 증발한다. 우리는 파편을 모은다. 율리타는 터널 공사를 지하 동굴의 안전보다 더 중요시하는 지친 사내를 꺾고 승자로 선다. 그녀는 그의 이마 위에 천공기를 갖다 댄다. 그는 시선을 돌리고 기절한다. 우리는 그를 식당의 들것에 눕히고서 상처에 연고를 발라 준다. 프로그래머들이 우리의 비밀 저장디스크를 가져오는 동안 율리타도 치료를 받아야 한다. 우리는 그들을 환호한다. 나는 우리가 빨리 목표지점에 도달한 것에 안도하면서 눈물을 흘린다. 잔의 파편은 나에게 트로피처럼 당당해 보였다. 우리 눈앞에서 사절들은 최근의 예식에서 받은 것을 파괴한다. 토지대장 원본과 함께 우리는 그들을 놓아준다.

10
수도회의 평화

오래전 쿠즈네스크 분지 근처의 숲 가장자리에 한 소년이 서서 늑대를 기다리고 있었다. 소년은 하나님이 발명품일 뿐이고, 교황은 범죄자이며, 성자들의 전설은 망상임을 알았다. 그에게는 실험이 전부였다. 소년은 "순수한 마음은 맹수를 두렵게 한다"는 말을 직접 확인하려고 했다.

이미 서로마제국이 망해 가고 있을 무렵, 어느 황제가 하나님과 하나님과 같은 위상의 황제를 위해 기독교인들의 희생을 강요하려고 했다. 수천 명이 거부했다. 그러자 그들을 처형시키기 위한 새로운 방식이 고안되었다. 익히 알려진 방법은 사람을 잡아먹는 동물을 이용하는 것이다. 이미 오래전, 범죄자를 동물에게 먹잇감으로 던져 주고는 했다. 그러나 표범은 기독교도를 공격할 때면 얼어붙어 공중에서 곧장 떨어졌다. 다른 표범은 겁먹은 듯 움츠렸다가 몸을 돌려 보초들에게 달려들었다. 신자들은 발가벗은 채 거기에 서 있었다. 소년도 시베리아의 숲 언저리에 알몸으로 서서 자신을 데려가려는 늑대를 상상했다. 늑대들은 무리를 지어 숲 밖으로 돌진하다가 갑자기 멈추고는, 충격으로 혼비백산하여 땅에 납작 엎드렸다가 다시 나무 쪽으로 살금살금 돌아갔다.

소년은 금세 지쳤다. 팔을 들어서 십자가의 자세를 유지하는 일은 힘들었다. 그리고 늑대들을 더 오래 기다릴수록, 이웃집 여자나 친구가 숲 쪽으로 올 확률도 높아졌다. 그때 말벌 한 마리가 소년에게 날아와 그의 머리 위에 앉았다가 가더니 다시 돌아왔다. 소년은 눈을 감고 조용히 숨을 쉬면서 심장박동을 느꼈다. 말벌이 소년의 허리 주변을 돌다가 그의 얼굴 앞에서 맴돌았다. 소년은 움직이지 않았다. 그때 돌풍이 말벌을 멀리 불어내며 소년을 도왔다. 소년은 실험이 아직 끝나지 않았다고 생각하면서 가벼운 바지와 셔츠를 입었다. 그는 맨발로 검은 오물을 밟으며 도시로 돌아갔다. 먼지가 그의 발에 묻어 신발을 신은 것처럼 보였다.

몇 해가 지난 뒤에 그림자 동굴에 있던 아나톨은 활활 불타는 장작더미에 자발적으로 몸을 던진 미친 사람들에 대해서 말하다가 야생 수퇘지와 황소 사냥을 묘사했다. 그는 자기의 옛 모습인 그 소년을 비웃었다. 하지만 아나톨은 우리에게 카이사레아 지역의 은둔자 성(聖) 프로코피오스에 대한 호감을 심어 놓았다. 사람들은 서둘러 그의 목을 쳤지만, 그 이름은 남아 점점 더 유명해지다가 비잔틴제국 시대 내내 존경을 받았다. 그러나 그 이름은 자주 혼동되고 시베리아 서부까지 퍼져 나가 광산과 막사 사이에 스스로 들보를 올린 저렴한 집 무더기가 프로코피엡스크라는 이름을 지니게 됐다. 아나톨이 우리에게 설명한 세계는 팔레스타인-쿠즈네츠크 축 주위에 있으면서 하나의 대륙을 형성했다. 그는 홀로 황야에 남아 세계의 몰락을 준비하고 경험해야 했던 성 안토니우스를 이야기하면서 웃었다. 수백 년을 더 버텨야 했다. 세계는 생각보다 오래 존재할 것이다. 그래서 안토니우스는 혼자 기다릴 필요가 없도록 하기 위해 수도원을 설립했다.

"우리는 투쟁 수도회죠." 페트라는 아나톨과 처음 모니터로 접촉을 시작하면서 그에게 "우리는 아무것도 하지 않은 채로 종말을 기다리지만은 않는다"라고 말했다고 한다.

어느 수업에서 페트라는 우리에게 말레이시아 말라카 거리의 은거 수도사, 주두 은자,* 탁발 종단 승려,

* 중세 초기에 동방 교회의 기둥 꼭대기에 앉아서 금욕한 사제

일본의 산악 고행자, 유럽 전역을 뒤덮고 있는 검은 숲의 은둔자에 대해서 소개했다. 그는 제국이 몰락할 때마다 언제든 사람을 먹어 치우는 일 따위를 관찰할 수 있다고 말했다. 교역은 갑작스럽게 중단되고, 들판은 황폐해지며, 과일이 털리고, 집이 무장한 패거리들에 의해 쑥대밭이 된다. 또한 학교가 사라지고 소수의 사람만이 지식의 성곽에서 읽기를 배울 수 있다. 그들은 새로운 터를 개간하고, 학생들을 먹여 살릴 새로운 밭에 무엇을 심을지 계획하며, 농부들이 파종할 수 있을 만큼의 지역에 울타리를 둘렀다. 페트라는 로마제국이 멸망한 뒤에 보덴호수의 구릉지대로 알파벳을 다시 가져온 아일랜드의 방랑 수도승에 대해 말했다. 이어 아나톨은 아이작 아시모프와 그의 소설 『파운데이션』 3부작에서 별들의 국가가 몰락한 뒤에 지식을 보관하는 은하계 재단 이야기로 직행했다. 아나톨은 '되풀이되는 별자리'에 대해서 말했다. 성직자 단체, 재단, 투쟁 및 경작지 수도회는 문명의 잠재적인 세포조직이 될 수 있다. "그러나" 아나톨은 덧붙였다. "종말은 아주, 아주 드물게 와요. 다만 종말은 지나치게 빈번히, 상세하게 묘사될 뿐이죠." 페트라는 황야에서 세계의 말로를 헛되이 기다린 성 안토니우스에 대해 아나톨과 웃으며 이야기하면서도, 자신의 영혼에 대한 불안에 대해 웃었다. 페트라는 성장하면서 들은 핵 억지력의 우산에 대해서 회상했다. 그는 폭탄처럼 울리며 만물을 태워 버릴 듯 위협하는 우렛소리에 대해서 상세히 설명했다. 열두 살 무렵에 페트라는 자신이 스무 살 넘어서는 살지 못할 것이라고 확신했다. 냉전의 종말을 믿지 않았다. 페트라는 위대한 평화에 대한 희망을 안고 세상을 보고 싶었다. 그는 사랑에 빠졌던 저 먼 대도시에서 돌아오지 못했다. 두 직장 사이에 있는 그림자 동굴 근처의 도시로 돌아왔을 때, 페트라는 잘 지내지 못했다. 그는 해가 갈수록 거리가 더 활기를 띠고, 부엌은 더 개선되고, 밤이 더 경쾌해지고 행복해지는 것을 보았다. 그는 그곳에 잠시 머무는 것을 좋아했지만 애니메이션 그림책에 나오는 손님이 된 기분이었다. 단순한 소동의 이면과 아래에서는 여전히 국가 전체를 폭발시키고 세계 여러 지역을 황폐화하는 폭력이 영향을 미치고 있었다. 페트라는 극동에서 벌어진 전쟁의 폐허에서 새로 태어난 도시로 도망쳤다. 공병 부대들은 그곳에서 비참한 상황을 겪었고, 페트라는 수백만 명의 부모가 처음으로 연금 부담액을 낼 능력이 되고 자식도 대학에 보내기 시작했을 때를 계산에 넣었다. 이런 중압감 속에서도 페트라는 안전함을 느꼈다. 몰락은 저 멀리로 밀려났다.

16년 가을에 수도회가 커지고 우리 신참이 소 외양간으로 이주했을 때, 한가한 시간에 파티가 열렸다. 자신의 인생을 새롭게, 새로운 언어로 이야기할 기회가 계속해서 있었다. 우리는 다시 유년 시절로, 백지로 돌아간 것 같았다. 저녁마다 나무 아래에 앉아 수줍은 질문을 할 수 있을 정도로 날씨는 온화했고, 대답은 길어도 괜찮았다. 우리의 이야기는 더 많은 사람이 경청할수록 더 다채로워졌다. 거의 매일 밤이 깊도록 누군가 부엌에서 술을 마셨다. 혼자인 적은 드물었다. 울타리와 덤불을 우리는 긴 기계식 가위로 잘라 내고, 그에 대해서 수다를 떨었다. 새로운 방에 손님들이 초대되었다. 몇 시간 동안 침대에 함께 누워 같은 곳을 바라보며 예전의 모든 것을 재고해야 하는 것처럼 이야기하는 자매들이 있었다. 소문은 한동안 생기지 않았다. 이른 아침에 만나면, 모두가 당연하다는 듯 약간은 셀린과 사랑에 빠졌다. 아무도 그것을 부끄러워하지 않았다.

베티가 미래의 파티장에서 미래에 대해 이야기할 때, 맥주는 떨어지지 않았다. 페트라와 쿠어트는 끝도 없이 마셔 댔지만 신입 대부분은 차를 끓여 놓은 아나톨 옆을 지켰다. 아나톨이 쿠어트보다 알코올에 대해 엄격했다. 술을 금지하지 않은 것은 아나톨에겐 옳은 일이었으나, 그는 특별한 경우에만 보드카로 한정했다.

그러면 그는 또렷한 술기운으로 모든 이들을 한꺼번에 사로잡는 과잉된 감정을 불러냈다. 평소에 우롱차와 녹차를 마시는 훌륭한 습관이 그를 바로잡았다. 저녁 아홉 시가 되면 그는 마지막으로 작은 잔에 차를 마셨다. 자정까지 연구자들은 기계실에서 활동했다. 아나톨은 마지막으로 마시는 럼주 한 모금이 흥분 상태에서 곧장 잠드는 데 도움이 된다는 것은 환상이라고 말했다. 그는 한 시간 더 침대에 누워 뒤척여도 상관하지 않았다. 그는 하루가 저녁에 시작한다고 한 동방교회의 표상을 좋아했다. 만물은 종말에서 나왔다. 밤의 찬송가와 함께 십자가에서 죽었던 수도사는 몇 시간도 지나지 않아 새 생명으로 부활했다. 밤이 오면 세상은 저물었다. 아나톨은 어느 수업에서 우리에게 이런 세월의 질서를 설명했다. 그는 그 질서를 관철하려 하지 않았고 성 베네딕트를 좋아하게 된 쿠어트를 반박하기 위해 설명할 뿐이었다. 누르시아에서의 하루는 동틀 무렵의 서광(曙光)에서 시작되었다.

우리가 만든 모든 규칙은 베티 왕의 낮은 목소리에서 나오는 강한 의심과 아나톨의 공공연한 저항을 극복해야 했다. 아나톨에게 엄격한 규칙은 수상쩍었다. 그의 모든 이야기가 시작하는 시절은 1989년 여름 프로코피옙스크, 승리의 광장이 무법천지의 공원이 되던 때였다. 즉각적인 집회는 없었지만, 여기서 온 가족이 몇 주 동안 앉아 있거나 주위를 거닐었다. 밤이면 스크린이 하늘 앞에 팽팽하게 펼쳐졌다. 영화가 상영되었다. 온종일 마이크가 군중 사이를 돌아다녔다. 누군가에게 중요한 것처럼 보였던 모든 것이 논의되었다. 그리고 모두가 갑작스럽게 진지해졌기 때문에 누군가는 항상 귀를 기울였다. 광장 끝에 나타난 아나톨은 인생은 똑같지 않을 것이라고 확신했다. 방문객으로 서 있던 그는 음식을 힘들여 가져오던 엄마가 열 살은 더 젊어진 것 같아 웃었다. 어느 광부가 마이크를 쥐더니 스스로 개발한 노동 계획을 말했다. 갱도로 들어가고 나오는 것을 새롭게 정할 수 있어야 한다. 그 뒤 비타민에 대한 연설이 있었고, 먼지를 막는 아스팔트에 대한 연설이 있었다. 요구 목록을 넣은 카탈로그가 작성되었다. 당시 아나톨은 저 먼 러시아 서부의 전기를 생산하는 깨끗한 공장에서 일하고 있었다. 노동자는 그곳에서 과학자처럼 입고 군대식으로 조직되었다. 아나톨은 승리의 광장에서 벌써 이방인이 되었기 때문에 마이크를 잡지 않았다. 그는 고위층 사람이었다. 그는 쿠즈네스크 분지 근처에서 시작하여 돈바스로 번졌다가 저 멀리 북쪽에서 새로운 기세를 받은 무정부주의에 봉사해야 할 것이다. 국가권력은 흔들렸고, 그것은 모든 사람에게 분명했다. 아나톨은 침착함을 유지했고 그의 오랜 친구가 소비에트의 실패에 죄책감을 느낀다는 고백에 깜짝 놀랐다. 그는 실수에서 벗어나기 위해 조심스럽게 새로운 것을 시도해야 한다고 말한다. 친구는 파업위원회에 선출되어 아나톨에게 이곳에서 민주주의가 생겨날 것이라고 설명했다. 가식적인 경청과 전달은 더는 없어야 했고, 관료주의적인 상투어의 근거 없는 문장들도 없어야 했다. 아나톨은 스타니스와프 렘*에 대해 말하면서 사람들로 붐비는 광장을 '생각하는 바다'라고 불렀다.

핵발전소로 돌아간 아나톨은 정치 클럽을 만들었다. 그들은 바쿠닌에 대해 토론하였지만 금방 금지당했다. 프로코피엡스크에서 시위자들 사이에 싸움이 벌어졌다는 소식이 들려왔다. 마이크는 더 이상 광장을 돌아다니지 않았다. 파업 지도부는 연설가 명부를 도입했다. 잠긴 문 뒤에서 협상이 있었다. 합의에 도달한 사항은 많은 사람에게 알려지지 않았다. 그래서 그들은 비가 와도 공원에 나갔다. 축제는 지나갔다. 임금은 조금 올랐다. 그들이 갱도로 돌아가자 까만 먼지가 다시 도시에 쌓였다.

---

* Stanislaw Lem(1921~2006)은 폴란드의 공상과학 소설가이자 철학자이다.

아나톨이 그런 더러운 곳에서 원자로 시설로 올라온 것은 이미 대학생 때부터였다. 그는 처음부터 흰 가운을 입고 일했으며, 전기 노동자들은 깨끗한 피부로 잠자리에 들었다. 기계실의 소음은 관제실에서 들리지 않았다. 냉각탑 안에서 올라오는 증기 자체는 햇빛을 받아 빛났다. 하늘에는 구름뿐이었다. 하지만 그의 정치 클럽이 금지되고 프로코피엡스크에 대해 말하는 것도 금지당했을 때, 러시아가 새로운 대통령을 뽑고 공산주의자들뿐만 아니라 자본가들 또한 파업과 클럽에 반대하는 조처를 내렸을 때, 국가가 무너지고 군대만이 믿을 만한 곳이었을 때, 아나톨에게 깔끔한 주변은 의심스러운 것이었다. 비밀 대화의 주제는 더 이상 바쿠닌이 아니라 보안이었다. 그들은 여러 생각을 나누며 체르노빌의 사고를 재구성했다. 비밀 대화에서도 그런 일이 어떻게 일어날 수 있는지를 상상할 수 있었다. 석탄보다 더 어둡게 위협하는 것은 아무도 목격하지 못하는 느린 죽음이었다. 아나톨은 장군처럼 행세하면서 반론을 참지 못하는 기술자들을 두려워하기 시작했다. 이미 그는 허황된 이야기를 늘어놓는 무리에 반대하는 저항 세력에 자신이 속해 있음을 보았다. 프로코피엡스크의 인민 축제를 재점화할 불꽃을 찾으러 아나톨은 핵발전소를 떠났다. 그는 학교에 취직했고 이듬해 담배를 팔았으며 황량한 들판에서 감자를 캤다. 그런 다음 나무에 묶인 채 숲 가장자리에 다시 섰다. 자연을 보호하는 행동주의자들이 그를 받아들였다. 그들은 삼림 벌채를 막고 싶어 했다. 그곳에서 그는 행복했다. 그는 크레인 팔과 같은 기계로 무장한 벌목꾼들을 태연하게 바라보았다.

이십 년이 흐른 뒤 아나톨은 넥타이를 매지 않은 정장 차림에 짙은 갈색 머리는 짧게 잘랐고 깨끗하게 면도했다. 그는 컴퓨터 모니터 앞에 앉아 아테 페트라의 얼굴을 바라보았다. 페트라가 물었다. "당신은 편안한 삶을 살면서 세상을 구하고 싶나요?"

"나는 조용히 일하고 싶어요." 아나톨이 대답했다.

러시아는 멀리 떨어져 있었다. 러시아는 아나톨을 숲 가장자리에서 생태협회 본부로, 거기에서 런던과 본으로, 마침내 제네바로 유랑하게 했다. 이곳에 국제연합과 그에 영향력을 행사하는 수백 개의 기관이 모여 있었다. 기관들은 성공적으로 일을 수행하면서도 주변국에는 무관심하고, 내부나 중립 지역의 일에만 관심을 가졌다. 아테 페트라와 대화하면서 아나톨은 목표, 프로그램, 몇 가지 성공한 술책에 대해 말했다. 그들은 함께 제네바, 브뤼셀, 베이징에서 쓰는 영어의 논쟁적인 어휘를 연구했다. 그러면서 정말 즐거운 시간을 보냈다. 아나톨은 살아오며 글을 너무 많이 썼다고 말했다. 그의 몸은 더는 에어컨이 들어오는 회의실을 견디지 못했고, 그런 회의실은 그에게 오한이나 시도 때도 없는 고열을 선물했다. 더 이상 그는 다른 사람들이 해야 하는 뭔가를 마무리하고 싶지 않았다. 더는 요구를 담은 카탈로그, 추천서, 행동 계획서를 작성하지 않았다. 그는 리마에서 위기를 맞은 채소부터 프랑스의 세금 정책과 중국의 토륨 원자로 프로젝트에 이르는 모든 것이 연관되어 있다고 배웠다. 이런 복잡성을 고려해야 하고, 여러 해 동안 공허하게 돌아가는 대화를 수년간 참는 일도 그 일부이며 때로는 필요했다. 누군가는 깨어 있는 정신으로 그 자리에 앉아 최고위층이 결정을 내릴 때 돌파구를 마련할 수 있는 적절한 순간을 포착해야 했다. 아나톨은 그런 능력을 자신의 의자를 톱질한 청년들이 갖기를 바랐다. 그는 더는 승진하고 싶지 않았다. 그는 다른 사람들이 앞서가려고 하면 길을 비켜 주었다. 대신 그는 스스로 가라앉고 싶다고 페트라에게 말했다. 무언가를 하기. 작은 과제라도 제대로 착수하기.

16년 가을에 날씨가 추워져서 우리는 제복의 폭을 넓히려고 했다. 아나톨은 안감을 댄 검은색 우비를 사자는 베티의 제안에 반대했다. 그는 외롭게 홍콩을 홀로 여행하는 베티의 향수병을 이해하지 못했고 그런 외투를 입어 보는 것조차 거부했다. 그는 우리가 마피아는 아니라고 했다. 모든 관계가 산산이 부서지고 머리를 빡빡 깎은 사내들이 가죽 재킷이나 우비를 입고 나타나던 시대 사람이 아니라고 했다. 사내들은 무거운 장화를 신고서 쿠즈네스크 분지의 탄광, 사립학교, 담배 판매업을 장악했다. 몇몇은 세련된 양복을 걸쳐 입고 제네바로 갔으며, 다른 사내들은 의원으로 선출되어 곧 나라를 지배했다. 아나톨은 어느 토요일 회의에서 평생 우비를 입고 신탁관리인에게 가지 않을 것이라고 말했다. 그래서 우리는 빨간색 스키복을 샀다. 우리가 제네바에서 길을 잃었을 때 빨간색 스키복이 빛나야 했다. 최초의 5인과 가계 및 경영 부서 전체가 시내로 차를 몰았다. 몇 달 전부터 우리는 저택 밖으로 나가지 않았다. 역에서 벌써 우리는 셀린을 놓쳤다. 쿠어트와 함께 나는 공중화장실을 찾았다. 아테는 홍콩 복판으로 돌아온 것 같은 느낌이 들었다. 곧 그는 혼자서 모퉁이를 돌아 위층의 유리벽을 통해서만 보이는 서점의 입구를 찾았다. 쿠어트도 더는 땅을 보지 않고 머리 위에서 도움이 되는 기호를 찾다가 그만 층계참에 걸려 넘어지는 바람에 무릎에서 피가 났다. 잠시 앉은 우리는 인파를 갈라지게 만드는 방해물이 되었다. 아나톨조차도 그런 우리를 발견했을 때 웃지 않았다. 이곳을 잘 알고 있었지만, 그 역시 방향을 잃었다. 그는 재건축 때문이라고 말했다. 하지만 나는 그림자 동굴이 우리에게서 기차역의 느낌을 앗아 갔다고 확신한다. 우리는 주변에 암벽과 정원이 필요하다. 그러므로 우리가 정말 뿔뿔이 흩어진 지금, 낯선 나라에 도착해 새로운 수도회를 세우는 데는 시간이 너무 오래 걸린다. 우리가 허가를 기다리는 것은 좋은 구실이지만, 유일한 구실은 아니다. 우리의 뼛속에는 여전히 오래된 농장이 남아 있다.

수도회 규칙은 우리를 옥죄지 않는다. 그 규칙은 빈약했다. 많은 사람이 우리가 더 이상 지프니를 타던 시절의 사람이 아닌 것을 아쉬워한다. 우리가 평생 어둠 속에서 베티 왕 옆에 앉아 소음을 들으며 위아래로 흔들거리다가 그저 가끔 흔들리는 전구 불빛에 비치는 존재이기를 원한다. 그러나 곧 수도회의 일이 어떻게 진행되었는지는 더 이상 자명하지 않게 되었다. 우리는 번영하다가도 그 돈이 어디서 왔는지, 또 돈이 가난의 계명과 어떤 관계가 있는지에 대해 의심이 생겼다. 우리 각자가 가난했든 모두 함께 가난했든 말이다. 제네바에서 새로운 금융 위기가 발생하면, 이웃 마을의 여자 마사지사도 알고 싶어 했다. '제네바'는 그의 입에서 악명 높은 단어가 되었다. 아테와 아나톨에 대한 어떤 소문이 퍼졌는데, 마침 그들은 무슨 영문인지 정기적으로 저택을 떠나 있곤 했기 때문이다. 암시는 돈 이상의 것을 가리켰다. 곧바로 성관계에 대한 소문이 돌았고, 셀린은 분노했다. 그는 즉각적으로 혹은 여러 번 위원회를 소집하는 것을 선호했다. 예상외의 카랑카랑한 목소리로 그는 소문을 해결할 것을 요구했다. 셀린은 우리가 경직된 채로는 한 세기도 버티지 못할 것이라고 말했다. 우리가 영원을 생각하기 위한 저력을 어디에서 가져와야 하는지 말했다. 토요일 회의는 그 목표가 변경되었다. 밖에서 세찬 바람이 나무를 바스락거렸다. 베티는 식탁에 앉아 아나톨이 그림자 동굴에 들어온 날에 대해 말했다. "내가 생각한 것은 철저히 사적인 거야." 베티는 이런 원칙을 확장할 것을 제안했다. 규칙과 회의의 대상이 되지 않는 영역이 있어야 한다. 우리는 끄덕였고, 베티의 제안에 따라 프라이버시를 존중하자는 아나톨의 원칙은 더 넓은 의미에서 다소 모호하게 적용되었다.

페트라의 일기를 읽어 본 사람이라면 그가 때때로 아나톨과 잤을 것이라고 상상할 수 있다. 그러나 어지간해서 그런 생각은 확실하지 않았다. 최초 5인의 독신생활은 충족되지 않은 욕망을 양분으로 삼았다. 그들은 서로를 삐뚤게 욕망했고 서로를 지나쳤다. 욕망은 그들을 움직이게 하면서도 연결시켰다.

젊은 시절의 페트라는 연애가 시작되는 장소로 회계과를 발견했었다. 그곳에서는 계속 앉아 있을 수 있다. 이것만 보장되면 싱가포르의 민간 보험사나 서울의 노동조합 조직, 홍콩의 소규모 대출 은행 어디에서든 일해도 되었다. 1월과 2월이면 어디에서나 여성 경영진들이 그와 함께 자리를 잡았다. 지구 전역에서 단기 회계의 계절이 끝나면 연말 결산 보고가 기다렸다. 책임자들은 떨면서도 안심 섞인 말이나 믿을 만한 소식을 감사히 들었다. 긴장이 더 심해지면 그들은 사무실에 페트라와 머물며 그와 함께 잘못 기록된 회계 내역을 찾았다. 모든 내역이 맞아떨어져도 그들은 계속 사무실에 있기를 원했다. 그들은 페트라가 준비해 둔 럼주를 마셨다. 어느 때는 기분이 홀가분해져서 페트라의 품에 덥석 안긴 여사장들이 있었다. 다른 여사장들은 농담을 하며 긴장을 풀고자 했다. 갑자기 계산서를 도난당해도 그들은 모든 것을 잊고 즐기려고 했다.

홍콩의 대출 은행은 어느 지배인이 맡았다. 그도 연말 결산 보고가 임박하면 신경이 날카로워졌다. 하지만 그를 따뜻한 말로 진정시켜선 안 됐는데, 그는 그런 걸 싫어했기 때문이다. 의형제, 즉 사무실의 실수에 맞서는 공동의 싸움이 예고되었다. 페트라는 적절한 시점에 자금을 제공하거나 모든 것을 다시 완벽하게 보이게 하는 조항을 제시하면서 지배인의 환한 미소를 이끌어 냈다. 그들의 의형제 관계는 동성애로 기울었고, 페트라도 그럴 준비가 되어 있었다. 그러나 그녀의 애정 편력은 모두 제한적이었다. 대부분의 경우에 페트라는 비밀스러운 제3자였기 때문이다. 그는 회계 부서에 숨어 살았다. 페트라는 재교육을 한다는 핑계로 달아났다. 페트라는 연금보험 전문가가 되어 정책을 제안하거나 회의에 참석했다. 그러면 애정 편력은 더 짧아졌다. 낯선 도시에서의 연애는 대부분 짧게 끝났다. 그래도 그는 결혼보다는 젊은 시절에 학업을 중단하고 부모를 속이면서까지 지구 반대편으로 사라지도록 만든 희망을 훨씬 그리워했다. 마닐라의 시원한 사무실에서 소액의 예금을 기장하는 일이 당시 그가 할 수 있는 세계 평화에 대한 공헌처럼 보였다. 그러나 소액의 예금들을 신속하게 복지로 전환하려는 큰 결행이 없자, 그는 성장하는 연금 은행의 회계부서로 물러났다. 그는 수백만 퇴직자산 계좌를 깡통으로 만든 어느 위기를 체험했다. 처음부터 다시 시작했다. 그는 개인적으로 돈이 어떤 목적을 위해 쓰이기를 원했고, 그러다 보니 돈이 연금보험보다 더 좋고 더 큰 일에 이용되기를 원했다. 그는 수도회에 약간의 재산을 기부하고 계속 투자했다. 제네바에 있던 아나톨이 페트라에게 소개한 신탁관리인은 그의 재산을 상당히 늘려 주었다.

페트라는 어느 신경질적인 여사장이 와서 그의 무릎에 쓰러질 때까지 더 이상 수도회의 뒷방에서 기다릴 수는 없었다. 베티는 사업 이야기만 나오면 토론도 하지 않고 페트라 뒤에 서려 했고, 쿠어트는 재정을 멀리하고 싶어 했다. 아나톨과의 여행은 반가운 기분 전환이었다. 그들이 은행이나 다른 기관과 흥정할 수 있을 거라는 아나톨의 확신은 페트라에게 활력을 주었다. 그러나 아나톨도 베티가 페트라와 더 친해지지 않으려 한다는 것에 대해 페트라를 위로하지는 않았다. 그와 반대였다. 수도회가 더 강해질수록, 그들은 더 공적으로만 만났다. 베티는 주택 관리인을 제외한 모든 직책을 가진 자들을 불신했다. 무더운 날, 우리가 페트라와 베티가 테리 천 수건으로 쿠어트의 얼굴을 가볍게 두드리며 땀을 닦거나 그 둘이 서로 길게 훈계하는 장면을 보기는 했지만, 그들이 집 앞에 함께 앉아 있는 일은 거의 없었다. 홍콩에서 시작한 그들의 대화는 멈췄다. 결국 아테가 『베티 왕의 이력』을 쓰자고 제안한 일은 위험했다. 베티는 바로 좋다고 말하지 않았다. 기분이 풀어지고 나서야 비로소 정보를 주기 시작했다. 나는 베티가 수도회에 봉사하면서 전설이 되기로 결심했다고 추측한다.

그림자 동굴에서 나왔을 때, 베티는 혼자였다. 그는

언젠가 홍콩의 한 단편영화에서 본 눈 덮인 산을 여행했다. 이른 아침에 베티는 알프스산맥의 고개로 갔다. 정오에, 더는 높은 건물이 보이지 않는 곳에서 베티는 안장에 앉아 수통의 물을 마시고 작은 플라스틱 용기를 열어 얇게 썬 질긴 쇠고기 밥을 먹었다. 바람이 셔츠를 휘날렸지만, 대피소를 찾지 않았다. 산 꼭대기에 도달하면, 바람이 얼굴에 세차게 불 것이다. 신선한 햇빛에 그을린 채 베티는 일요일 저녁에 그림자 동굴로 돌아왔다. 그렇게 그는 끈적이지 않은 손가락으로 음식을 먹을 수 있고, 남이 웃을 때까지 말장난을 치는 보모를 닮아 갔다.

쿠어트가 어느 순간 진지하게 셀린과의 잠자리를 희망했다는 사실은 거친 농담으로 반박되어야 했다. 때때로 베티는 쿠어트와 함께 밤에 부엌에서 차를 만들기 위해 외양간에서 오는 신입을 기다리거나 쿠어트가 소주를 마시는 동안 그냥 앉아 있었다. 우리는 셀린이 우리 수도회의 영화배우라는 것을 쿠어트에게 알리려고 했다. 셀린은 항상 다른 곳에 있는 것처럼 보였기 때문에 회의에서 뭔가를 말해도 그의 목소리는 꺼진 라디오에서 나오는 것 같았다. 셀린의 낮은 목소리는 상황에 따라 맹세하거나 유혹하는 소리처럼 들렸다. 그는 중요한 일을 단호하게 말했다. 게다가 셀린은 서기관으로 부름을 받은 터였다. 그가 아침마다 박자를 먼저 맞추면, 그는 모두와 동시에 춤을 추는 것 같았다. 이것만으로 쿠어트의 욕망은 충족되지 않았다. 쿠어트는 베티가 얘기해준 단어 '크러쉬(crush, 강렬한 사랑)'와 같은 사랑을 원했다. 베티는 어린 시절에 그늘진 정원에서 맥주를 마시며 끊임없이 새로운 여자를 만났고, 춤은 거의 추지 않았다. 모든 사람은 적어도 한 번의 크러쉬를 갖거나 매달 새로운 사랑을 했다. 성별은 중요하지 않았다. 기혼이든, 이성애자이든, 종교인이든, 그 어떤 불가피한 상황에 있든 말이다. "다른 사람을 숭배하는 것을 방해할 수 있는 것은 없어. 혹은 心上人(심상인), '네 마음에 품은 사람'이라는 말을 생각해 봐. 그 자체로 충분한 가벼운 열정을. 아무 말도 할 필요가 없어." 베티는 수도사로서의 인생을 자신의 모범으로 삼았다고 쿠어트에게 말했다. 그러나 쿠어트의 영어 발음에서 크러쉬와 크래쉬(crash, 사고)를 구분하기는 어려웠다. 우리는 크래쉬를 걱정했다. 다행히 셀린은 쿠어트의 사랑을 비현실적인 넓은 아량으로 받아들였다. 셀린이 우리를 구했다. 쿠어트도 방금 도착한 것처럼 매일 아침 그녀의 리듬에 빠져들었다.

아나톨만이 셀린의 목소리에 완전히 면역되어 있었

다. 셀린이 강의에서 주제와 무관한 질문을 던지면 유일하게 화를 내는 사람이 그였다. 베티가 "참아, 관련성은 분명해질 거야"라고 항변해도 그는 얼굴을 찌푸렸다. 그러나 아나톨은 베티가 그를 정말 매력적이라고 생각했다는 사실에 감동을 받았다. 아나톨이 그 감정에 반응했다면, 우리는 그 두 사람을 빨리 바로 떼 놓았을 것이다. 그것은 첫눈에 반한 사랑이었다. 최초 5인은 둘로 나뉘었다. 둘과 셋은 더 이상 하나의 단위가 아니다. 5는 우리가 가장 좋아하는 소수(素數)이며 감정 공식 모음집의 최솟값이다.

서기관은 토요일 회의에서 자신을 둘러싸고 되풀이되는 추측에 종지부를 찍었다. 그는 이웃 마을 출신의 여자 마사지사를 꾸짖으면서 다음과 같이 장황한 연설을 끝냈다. "여기 계신 분들이 다시는 언급하지 않도록 여러분께 말씀드리죠. 나는 애인이 있고 그는 슈투트가르트에 살며 여러분과 아무 관련이 없어요. 여러분을 위해 그는 이름이 없으며 여기에 불쑥 나타나지 않아요. 내가 사라진다 해도 이곳으로 돌아올 것은 확실하죠. 여러분도 그러겠지만 그런 것은 확실하죠. 일요일에 혼자서 떠나는 것을 싫어하는 사람이 있나요?"

쿠어트는 창백해진 얼굴로 소심한 항변을, 그 더듬거리는 말을 귀담아 들었다. 그가 강당을 떠나 비로소 마음을 진정시킬 수 있었던 것은 일주일 뒤였다. 그러더니 한 가지 규칙을 만들었다. 그는 새로 입회한 형제에게 숨김없이 털어놓아야 한다고 말했다. 누구도 말을 꾸며 내거나 머리를 쥐어짜서는 안 된다. 미래에는 처음부터 문서가 준비되어야 한다. 조롱부터 신랄함까지, 이에 대한 반대가 격렬했다. 그래도 쿠어트는 주장을 관철했다. 자주 그랬듯이, 근소한 차이로 다수가 무언가를 보다 정확하게 규제하는 데 찬성했다. 그러면 소수 쪽의 누구도 반대하지 않았는데, 이는 오늘날 분명해진 것이다. "수도회에 대한 의무가 모든 성적 관계나 친구 관계보다 우선한다." 이 조항이 투표 후 다시 한번 낭독되었을 때 아나톨은 손에 얼굴을 파묻었다.

두 번째 규칙은 예상치 못한 결과를 낳았다. 우리는 "형제자매 사이에 커플이 되는 것은 바람직하지 않다"는 규칙을 분명히 밝혔지만 익히 알려진 관계의 이면에서 진정한 연애가 시작되고 있는 것을 전혀 몰랐다. 동아시아의 대도시에서 온 장송곡 노래꾼이 켐니츠 출신의 프로그래머와 평생을 함께하고 싶다고 밝혔다. 둘은 연애를 가능하게 해 준 수도회에 감사를 표했다. 이곳에서 생기는 새로운 것은 받아들여지기를 원한다. 그러나 그런 일이 수도회에서 불가능하다는 사실이 아쉬움을 자아냈다. 하지만 멈추지 않았다. 그 조항은 그대로 유지되었다.

이웃 마을의 여자 안마사가 예상치 못한 적대 행위에 직면하자 직책을 가진 자들은 더 움츠러들었다. 아무도 더는 그의 처치를 받으려 하지 않고, 그의 식단은 거부되었다. 페트라와 셀린은 손해를 줄이려고 했다. 그러나 여자 안마사는 짐을 싸서 사라졌다. 아무도 제명에 대해서 말하지 않았는데, 어느 날 그는 그냥 떠났다. 많은 사람들은 안도했지만, 아테는 진정하지 않았다. 그는 재정 문제를 해결하기 위해 더 큰 그룹을 만들어 제네바로 여행할 것을 제안했다. 그렇게 우리는 미로 같은 역에서 길을 잃다가 다시 모였다. 우리는 신탁관리인에게 갔다. 그곳에 몇 주 전부터 아나톨을 개인적으로 알고 싶어 하는 노년의 신사가 앉아 있었다. 그는 돈이 자신에게 섬뜩하게 다가왔고 큰일이 닥칠 것 같다고 말했다. 베티는 아나톨이 충고한 대로 미소를 지었다. 셀린의 얼굴은 언제나 친근해 보였다. 페트라와 쿠어트의 진지한 모습은 아무런 해를 끼치지 않았다. 쿠즈네스크 분지에 뿌리를 둔 그 부유한 신사는 자신의 기부금이 잘 관리되기를 원했다. 신뢰할 만한 회계 기록은 그가 우리에게 심어 준 희망을 가로막지 않았다. 우리는 그림자 동굴의 집에서 간단한 사업 모델을 설명할 수 있었다. 우리가 가난하면 가난할수록 '파산 관리인'이라는 단어를 끔찍하게 기억하는 신사들에게 점점 더 순수해 보였다. 그들은 단순한 친절을 동경하고 그를 위해 많은 것을 지출할 준비가 되어 있었다. 그들이 러시아에서만 온 것은 아니었는데, 빠른 시간 내에 너무 많은 돈을 소유하게 된 노신사들의 양심이 세계의 많은 지역에서 깨어났다. 그들은 죽음이 가까이 다가오자 갑자기, 세계의 몰락을 늦추는 사람들이 아직도 있는지 알고 싶어 했다. 기이하고 과장된 선동이 기부자들을 경악시켰다. 아나톨은 그들에게 속삭이듯 작은 희망을 전달했다. 곧 그는 더 말할 필요가 없었다. 우리의 평판은 충분히 강력했고, 돈은 대부분 익명으로 흘러들어 왔다. 처음에 나에겐 그것이 섬뜩했지만, 나는 셀린이 "여러분이 우리를 신성시하고 싶다면, 우리는 감사를 표할 것입니다"라고 말하는 것에서 관대함의 한 예를 보았다.

여자 안마사가 탈퇴했지만 이 사업 모델에 대한 의심은 사라지기는커녕 그 반대였다. 토요일 회의에서 점점 더 빈번하게 '퇴폐'라는 단어가 등장했다. 우리는 무장해야만 한다는 뜻이었다. 우리는 아무에게도 속아서도, 매달려서도, 끌려다녀서도 안 되었다. 페트라는 자신의 재정적 성공이 의심을 받으면 정말로 분노할 수 있었다. 어느 조직원이 문지기의 미래에 대한 페트라의 이야기를 비난하면서 큰 성공을 경고하기 위한 증거로서 언급할 때 베티는 페트라의 편을 들어 주었다. 베티는 기부자에 대한 의무는 없다고 침착하게 말했다. 돈이 없으면 더 빨리 타락할 것이다.

티타 첼리아가 편지를 보내왔다. 마닐라에 있는 이모들의 세상은 혼란스러웠다. 암 수술과 항암 치료가 기다리고 있었고, 티타 글로리아는 2차 뇌졸중을 두려워했다. 그리고 돈이 다 떨어졌다. 병원은 비쌌다. 재활 병원도 마찬가지였다. 베티는 필리핀식 기준에 의존하고 싶지 않았다. 그는 지시를 내리고 추가적인 치료를 계획하기 위해 자주 컴퓨터에 로그인했다. 아나톨도 생명을 구하기 위한 돈을 요청받았다. 미래의 언젠가가 아니라 당장 내일모레 필요한 돈이었다. 인공 장기가 조달되어야 했다. 친척과 여자 친구들을 돌보기 위해 집에 있지 않은 사람은 최소한 돈을 내야 했다. 쿠어트를 위한 양육비 기금에서 환자 및 부양가족을 위한 일반 기금이 생겼다. 한때 베티는 뭔가를 아주 정확히 규정하기 위해 전력을 다했다. 그는 보편적인 이념을 가지고 아테 페트라에게 향했고, 페트라는 계산을 했다. 페트라는 특정 진단, 즉 인구의 평균적인 보험 수준과 공공 병원의 장비로 인해 사망할 확률에 관심을 가졌다. 페트라는 국가별로 가중치가 부여된 다양한 할당액을 제안했다. 베티에게 가장 많은 돈이 할당되었고, 아나톨이 그 뒤를 따랐다. 그때부터 두 사람은 송금할 수 있는 가장 많은 돈을 갖게 되었다. 우리는 마을 전체를 살려 냈다고 빼기는 어느 축구선수의 이름을 따서 기금을 명명했다.

우리는 잘 지냈다. 위험은 훌륭하게 분산되었다. 컨소시엄 조합원들은 여전히 계속해서 월별 분담금을 이체했고, 기부금은 알맞은 곳으로 흘러갔다. 페트라는 신탁관리인의 협력을 바탕으로 우리의 개인 재산을 설계했다. 우리는 가상실험장치에 투자했고, 그것은 새로운 주문으로 이어졌다. 소득의 체계가 만들어졌고, 우리 각각은 여전히 가난했지만 인색하지는 않아도 되었다.

여자 마사지사, 장송곡 노래꾼, 켐니츠 출신의 프로그래머가 수도회를 떠나면서 한동안 경악을 자아냈다. 그러나 우리는 통찰했다. 누르시아의 성 베네딕트도 수련 기간을 제때 도입한 바가 있었다는 것을. 0에서 100으로 한 번에 갈 수는 없다. 스스로를 더 진정시키기 위해 우리는 가상실험장치에서 미래에 익숙해지기 위해 연습했다.

낙석

17년 1월 이래
아나톨의 연출로
천 번 넘게 무대에서 공연되고
연구부에 의해 프로그램된 시나리오

초보자들은 인간이 아닌 외계인의 몸을 하고 걷는 법을
배운다. 이때 걷는다는 것은 잘못된 단어이다. 우리는
이른바 다리가 없는 베개 모양의 파충류이기 때문에
매끄러운 표면을 만들 필요가 없다. 우리는 뭔가를
연습할 때 거칠게 뚫린 통로를 통해 어려움 없이 자갈
더미와 폐허 위를 움직인다. 그때 통로라는 말은 적절한
단어가 아니지만, 우리가 시속 12킬로미터로 전진하는
움직임에 기어가기라는 이름을 붙여야 한다면, 그들은
기어가는 파이프이다. 어쨌든 우리는 땅에 머물고
아직 날 수는 없으며, 그것은 다음 단계라고 아나톨은
말한다. 미립자 바로 다음 단계인 우리는 생각하는 작은
소립자가 되어 언젠가 돌 안으로 파고들어 가 분자를
수리한다.
가상실험장치에 지진이 프로그래밍되어 있고,

바윗덩어리가 천장에서 떨어지며, 우리는 자동 모드로 전환할 수 있고, 이동하며, 내던져지고, 안전을 위해 백 배 새로워지지만, 자동 시스템이 멈추더라도 몸의 균형을 잡으려고 한다. 이런 것은 베개 모양의 파충류와 공통점이 없는 신체에 의해 촉발되는 점프 기술을 의미한다. 우리의 다리와 엉덩이가 펄쩍 뛰려면 추상적인 힘의 방출과 방향에 집중해야 한다. 지하 동굴의 매우 매끄러운 그래픽은 추상적인 힘을 낼 때 도움이 된다.

가상실험장치가 우리 헬멧에 재생하는 것은 언젠가 바위에 있는 동료에 의해 촬영될 것이다. 그래서 우리는 우리의 움직임이 어디로 향하는지, 발 없는 도마뱀이라고 부르는 동물이 열기, 떨어지는 돌, 어둠을 어떻게 견뎌 내는지를 실시간으로 볼 수 있다. 발 없는 도마뱀은 땀을 흘리지 않기 때문에 우리는 열기를 느낄 필요가 없다. 발 없는 도마뱀은 신체 일부가 약해지면 경고음을 울린다. 그 전자 기기가 작동을 멈추면, 우리의 사진, 즉 우리에게 밝게 보이는 지하 동굴에 대한 사진은 비록 발 없는 도마뱀이 어둠 속에서 활동한다 해도 사라진다. 우리는 명확한 표면, 평면, 뚜렷한 모퉁이, 심지어 그림자가 떨어지는 것을 보고도 공간감을 발전시킬 수 있다. 일부는 모든 것이 더 사실적이어야 한다고 말하지만 나는 애니메이션을 좋아하는 부류에 속한다. 나는 그것이 더 인위적이기를 원하며, 내 눈앞에 아른거리는 것은 없어야 한다. 가상실험장치 속 세상이 매끄럽고 이해할 수 있고 규칙적일 때의 느낌도 아주 좋아하지만 나는 무엇보다 정보가 필요할 뿐이다. 내가 헬멧을 벗고 제복을 벗어도 그렇다. 손길이 닿지 않은 기계실 구석에 먼지가 쌓인 것을 보고 정말 충격을 받았다. 아나톨의 제복에 남은 새똥, 그의 뺨의 검버섯, 주름, 울퉁불퉁한 백발 중 어느 것도 사실이 아니어야 했다. 암석 동굴이 조용해지고 내가 헬멧과 제복을 착용하고 살금살금 미래로 기어가면, 산의 숨결이 들려오는 것 같다.

이 극은 항상 다시 처음부터 시작하며, 매번 연습할 때마다 새롭게 시작한다. 이 바윗덩어리들은 계속해서 우리 위로 떨어져서 대부분 나를 맞히고 나는 망가진다. 그럼 새롭게 시작한다.

11
출발

16년 11월에 페트라는 색깔을 그리워했다. 그는 만물을 뒤덮은 잿빛 하늘에 대해 썼다. 그는 가끔 참지 못하고 사무실을 겸한 작은 방을 나와 잠시 숲을 돌아다녔다. 그러다 크고 노란 잎이 달린 개암나무 덤불을 발견했다. 그것에 그는 싫증이 났다. 12월까지 남아 있는 이끼는 여기저기를 방석처럼 만들어 나뭇잎이 양탄자를 만드는 것을 방해했다. 이끼는 빗속에서 황록색으로 빛나면서 일순간 햇빛을 대신했다. 뿌리가 뽑힌 채 숲 바닥에서 썩는 물푸레나무에 세 종류의 버섯이 자랐다. 연보라색 버섯, 촉촉하게 윤기 나는 버섯, 가장자리가 흰 버섯. 페트라는 이 물푸레나무 줄기가 어떻게 잘게 쪼개질지 상상했다. 페트라는 우리가 그것을 지켜볼 것이라고 확신한 것 같았다.

2월에 숲의 나뭇잎은 부서질 수 있다. 나뭇잎은 벌

레 배설물의 작은 더미처럼, 하얗게 분을 뿌린 듯한 땅의 물질처럼 얼었다. 페트라는 풀 진드기가 겨울에 머무는 곳이 궁금했다.

그러고 나서 2월 25일 아침에 페트라는 체조를 하다가 처음으로 지빠귀새 소리를 들었다. 여전히 어두웠고 페트라는 방석에서 일어나려고 애를 썼다. 지빠귀새의 노래가 안정되어 있는 걸 보니, 지빠귀새는 이미 연습을 했음에 틀림없었다. 선명한 구절들이 이어지다 보니 변주가 되어도 한 곡을 이루었다. 구절 사이의 휴식은 페트라에게 순수한 긴장으로 보였다. 그렇게 순수한 긴장도 하나의 요소가 된다. 강렬한 장식음, 독특한 분산화음, 16분음표의 티롤 민속음악에서 나오는 웃음처럼. 그러다 보면 훨씬 나중에 등장하는 곡에도 그 순수한 긴장이 다시 등장한다.

베티는 나무에 둥지를 틀었던 산악 수행자에 대해 이야기했다. 영원한 여름이 있었던 어느 숲에. 그 수도승은 평생 보금자리를 떠나지 않았다. 동물과 새가 수행자의 주변에 자리를 잡고 그와 교감했다.

언젠가 우리는 겨울잠을 발명할 것이라고 쿠어트가 말했다.

2월에 연말 결산이 다가왔다. 우리는 이상한 경고장을 받았다. 우리가 조직원들의 월별 분담금을 투자,

기부, 주문에서 나오는 수입과 어떻게 구분하는지 컨소시엄 조합원들에게 분명히 하지 않았다는 것이다. 우리가 같은 냄비에 모든 것을 던졌다는 것이다. 그들은 자체 자본과 외부에서 온 자본을 아테 페트라와 다르게 정의했다. 몇 주 동안 우리는 오해가 있을 거라 생각했고, 뉴스는 점점 자극적으로 변했으며, 우리는 컨소시엄 조합원들의 재무 담당 부서가 사실을 우리와는 완전히 다르게 보았다는 것을 깨달았다. 컨소시엄 조합원들은 우리를 컨소시엄에서 분리되어 곧 자급자족할 테지만, 결국 컨소시엄의 명령에 종속된 소유물로 이해했다. 그것은 먼저 살림이나 경영을 맡은 사람을 걱정시켰다. 본사에서 파견된 동료는 만약 우리가 그들의 결산 보고에 동의하지 않으면 모든 지급을 중단하겠다고 으름장을 놓았다. 지난 2년 동안 일어난 모든 일은 컨소시엄의 동의를 거친 재정 미루기, 그러니까 터무니없는 체불에서 비롯되었는데 말이다. 아테 페트라가 토요일 회의에서 공지했는데, 그것은 아나톨을 불안하게 했다. 아나톨은 컨소시엄 조합원들의 결산에 등장하는 '무형의 재산'인 저작권이나 가능한 특허를 지적했다. 그가 가상실험장치에서 발명한 것은 수도회의 핵심이자 수도회의 보물이다. 수도회의 보물은 컨소시엄 조합원들의 장부에서 사라져야 한다. 물론 컨소시엄은 우리의 개인 재산과 기부금에 접근할 수 없었다. 우리는 이번 17년 2월에 단체로 제네바를 여행했을 때 신탁관리인뿐만 아니라 경제 담당 변호사도 만났다. 우리는 비상 계획을 세웠다. 재단의 정관이 준비되었다.

그러는 동안 부드러운 노란색 햇살이 숲 가장자리에 놓였다. 햇살은 앙상한 관목의 갈색과 거의 구분되지 않지만 풍광에 새로운 색조를 주었다. 가까이 가서야 비로소 개암나무 꽃이 피고 있다는 것을 알 수 있었다. 봄이 올 것이다. 수양버들에도 싹이 텄다. 그것은 내게 비현실적으로 보였다. 가상실험장치에서 수업하며 보낸 시간은 내게 깊은 절망을 안겨 주었다. 나는 여전히 세월이 가는 것도 믿지 않았다. 만물이 소생하기 직전인 3월이면, 감정은 더 풍만해지고, 꽃봉오리는 터질 준비를 마칠 것이다. 수도회 전체가 도래할 봄에 대한 기쁨으로 열광했다. 페트라는 일기에 썼다. "나이를 먹을수록, 새로운 시작이라는 모든 신호에 육체적으로 더 기뻐진다."

3월 30일 우리는 외부에서 밀려 들어오는 소음에 대처할 수 없어서 수업을 중단했다. 딱따구리가 쪼는 소리. 그리고 벚나무가 윙윙거리는 소리. 꽃은 만발하여 곤충을 유혹했다. 어리뒤영벌들이 육중한 유조선처럼 벌 사이로 날아다녔다. 가냘픈 야생 벌이 공중에 수평으로 가만히 있는 모습은 다시 한번 보아야지 알 수 있었다. 모기와 비슷하게 생긴 매우 작은 곤충도 활짝 핀 꽃에 다가갔다. 축제라는 말 이외에 달리 표현할 방법이 없었다.

정원의 가장 낮은 테라스에서 우리는 바스락거리는 소리를 들었다. 오래된 풀에 마른 잎이 붙잡혔다. 지빠귀새는 거기에 숨지 못했다. 줄기 사이에서 우아하게 흔들리는 갈색 꼬리가 이미 보였다. 움츠린 도마뱀이 빛을 받으며 깨어났다. 만물이 처음으로 단 하루 만에. 장성한 사람들이 이 테라스 앞에 가만히 서서 그 생물체를 응시했다. 누군가 "악어 같아"라고 속삭였다. '수도회는 회춘의 샘'이라고 페트라가 일기에 적었다.

멍때림은 어느 전자 메시지와 함께 시작되었다. 그 메시지가 연말 결산 보고와 관련한 논쟁인지는 오늘까지 분명하지 않다. 아마도 그 메시지는 우리가 컨소시엄 조합원이라고 불렀던 다른 조직에서 온 것 같았다. 메시지는 페트라의 메일 주소로 왔고, 스팸 메일 중의 하나로 거의 분실될 뻔했다. 당시엔 전달된 내용을 주목하라는 작은 빨간 깃발도 없었고, 특별한 신호음도 없었다. 우리가 거의 들어 보지 못한 이름의 신사에게서 온 메시지였다. 신사는 대략 이렇게 썼다. 감사합니다… 귀중하고… 지도부는 상의했습니다… 세 가지 시범 프로젝트를 평가해 보았습니다… 감명을 받았습니다… 유감스럽게도… 다른 모델을… 경험을 확보하기 위해… 아무것도 헛되지 않습니다.

같은 날 저녁에 페트라가 소집한 회의에서 '시범'이라는 말이 나왔다. 누군가 자꾸 시범에 대해 물었기 때문에 대화가 끊겼다.

"시범이라고?"

"대체 무슨 뜻?"

"시범… 프로젝트라고?"

"우리가 알고는 있었나?"

그 자리에서 발설되지 않은 질문이 있었다. 페트라는 우리에게 일시적으로 권한이 주어진 것을 알고 있었는가? 그가 뭔가를 간과하거나 숨기고 있었는가? 페트라는 문건을 준비해서 배포했다. 우리는 메일을 보내온 '초시간적 권한 보존을 위해 연구하는 실무팀'이라는 단체명을 조목조목 비판적으로 해석하려고 했다. '시범'이라는 단어는 어디에도 등장하지 않았다. 싱가포르의 가톨릭 신학교는 한 번도 언급된 적이 없었다. 그 신학교가 우리의 경쟁자라는 것을 어떻게 예측했겠는가? 그 경쟁자가 더 많은 안전을 약속할 것이라고 어떻게 예측했겠는가?

전자 메시지의 단어 하나하나가 서서히 이해되면서 모든 사람의 뱃속에 뭉쳐진 분노는 페트라가 아니라 그의 옛 지인인 책임자와 그 메시지에 서명한 미지의 신사와 그 주위를 뱀처럼 맴도는 조합원들에게로 향했다. 계속해서 한 명씩 자리를 뜨더니 어디선가 큰 소리를 지르고, 욕을 하고, 오랜만에 담배를 피웠다. 아무도 울지 않았다. 울기에는 모든 상황이 여전히 너무 비현실적으로 보였다.

연회장에선 선박 기술자가 셀린에게 음악을 틀어 달라고 부탁했다. 하지만 셀린은 어떤 음악을 들려주어야 할지 몰랐다. 세 사람이 화면 앞에 앉아 곡을 클릭하다가 다시 클릭해서 지웠다. 연구자들은 아테 페트라 주위로 촘촘한 원을 만들었다. 컨소시엄 조합원들의 메시지는 정중한 유감 표현으로 끝나지 않았다. 그들은 그날 밤에 바로 행동하고 싶어 했다. 그 미지의 신사는 구체적이었다. 청산, 즉 인수인계 마감일을 제시했다. 싱가포르의 가톨릭 신학교는 우리의 발명에서 이익을 볼 것이다. 재정적 요구는 숫자로 표현되었다. 그래서 모든 일이 매우 신속히 진행되어야 한다. 가상실험장치에서 프로그램의 암호는 풀렸다가 다시 암호화되었다. 우리에겐 아직 계획이 없었지만, 아나톨은 기계들을 낱낱이 분해해서 포장하기 시작했다. 그는 질문에 답하지 않았다. 누군가 그를 기계실 밖으로 끌어내려고 했다면 그는 미쳐 버렸을 것이다. 이틀이 지나 그는 녹초가 된 채로 식탁에서 말했다. "이번에 나는 자리를 비켜 주지 않을 거야. 내가 옆으로 비켜야 할 사람은 없어. 이 모델들은 내 작품이고, 앞으로도 그럴 거야. 네가 원하는 대로 해. 하지만 가상실험장치만큼은 내 손으로 다시 가동할 거야."

아무도 반대하지 않았고, 우리는 모두 변화를 만들기 위해 즉시 제네바로 갔다. 그곳에서 새로운 법인을 세웠다. 완전히 독립적인 조직을. 모두가 공증 사무소에서 서명한 것을 이해한 것은 아니었다. 다만 우리의 자기자본이 신생 재단에 잘 보관된다는 것만은 확실했다. 벌써 그림자 동굴 안에 해상용 컨테이너를 실은 화물차 한 대가 정차하고 있었다. 연구자이자 기술자들은 우리의 도움을 허락하지 않았다. 그들은 소그룹을 만들어서 해체를 계획하고, 각각의 부품을 재차 확인하면서 라벨을 붙였다. 컨테이너는 아나톨, 쿠어트와 같은 배를 타고 대서양을 가로질러야 했다. 그들은 남아메리카에서 안전한 항구를 찾았다. 우리가 들은 바에 의하면 가상실험장치는 곧 다시 가동을 시작한다.

신생 재단은 가장 필요한 것을 관리하면서 우리를 밀어낸다. 우리는 새집을 네 채 구입하려고 했고 수익이 필요했다. 베티 왕이랑 나는 기술자와 함께 낯선 시내로 이사했다. 이곳에서 사람들은 영어를 쓴다. 베티는 그런 상황을 가볍게 생각하면서 신속하게 일자리를 찾고 친구를 사귀었다. 새로운 자매가 자신의 작업실에서 우리를 맞이한다. 기술자와 나는 작업실을 거의 떠나지 않는다. 우리의 체류가 해결되지 않았기에, 우리는 몇 시간 동안 화면을 통해 대화해야 한다. 며칠 전 베티와 새 자매는 농장을 구경하기 위해 떠났다. 농장은 임시 저장소 바로 근처에 있다. 농장 소유주는 우리가 그의 연로한 부모를 함께 보살핀다면 우리 수도회에 입회하겠다고 했다. 나는 셈을 해 본다. 노인을 간호하는 일은 임무의 핵심이 아니지만 임시 저장소의 운영자가 우리를 인정하지 않을 경우 우리는 농장을 집으로 이용하면서 연명할 수 있을 것이다. 우리는 형제자매들을 모집한다. 그들도 돌봄이 필요한 부모를 공동체에 데려올 수 있다. 나는 연금, 보험 혜택, 장애인 자립 후원, 기부금을 관리하고 우선 순위를 변경시킬 것이다. 우리의 지속적인 연구를 위해서. 모든 대륙에서 우리는 새로운 사업 모델을 발견한다.

우리가 농장으로 이사해서 양로원을 열 때까지 세월은 뒤섞인다. 세월은 끝이 없고 나에겐 어제만 해도 우리 모두가 제네바의 공증인 사무실에 함께 있었던 것 같다. 그때 내가 더욱 경건한 마음으로 맹세를 했었더라면. 셀린이 예식을 주도할 준비가 되었더라면. 하지만 시간은 재촉했고, 아나톨은 자신의 속도로 밀어붙였다. 우리는 단순한 질문 앞에 서 있었다. 머물 것인가, 나아갈 것인가. 돈을 돌려받아야 하나? 우리는 모두 제네바로 가기 전에 자신의 직무에서 사퇴했다. 쿠어트는 울었다.

17년 4월에 2주간 추위가 극성을 부렸지만 아무도 나쁜 징조로 보지 않았다. 베티와 페트라가 첫 가을에 도착했을 때 이미 그곳에 있던 거대한 로즈마리 관목은 죽어 있었다. 작고 검은 열매들이 딸기 덤불 가지에 매달려 있었다. 자두꽃은 얼어 죽었다. 과일 농부에게는 흉년이었다. 그러나 컨소시엄 조합원들에 대한 수도회의 분노는 열광적인 확신으로 급변했다. 우리는 그림자 동굴에 의존하지 않았다. “아무도 핵폐기물 최종 저장소로 인해 죽지 않을 것이다”라고 한 형제가 첫 번째 논문에서 인용했다. 전소된 핵연료봉들은 적어도 31개국에 저장되고, 의료 방사선 폐기물은 전 세계적으로 사라지고 있다. 형제는 우리가 이 모든 일을 관찰하기 위한 소명을 받았다고 계속해서 말했다. 우리는 퍼져 나가기 위해 흩어졌다. 외진 지역에 있는 최후의 폐기물을 쫓아가기 위해서.

먼저 우리는 임시 보관소 목록을 공부하면서 고어레벤의 소금광산*과 프랑스 로렌의 계획†에 대한 데이터를 면밀하게 연구했다. 우리는 셀라필드,‡ 뉴멕시코주의 칼즈배드,§ 외스탐마르,¶ 자두고다,** 아세,†† 첼랴빈스크‡‡에 대한 위성 사진으로 심도 있게 연구했다. 어디

---

* 고어레벤(Gorleben)은 1977년 독일에서 지상의 핵폐기물 최종 저장소로 결정되었고 113개의 핵폐기물 용기가 운송되었다. 그러나 지역은 물론이고 독일 전역에서 반대 시위가 있었고, 독일 통일 이후에 지형학적인 측면에서 부적합 판정을 받았다. 그래도 여전히 고어레벤의 지하 소금광산(Salzstock)은 폐쇄되지 않았다. 2020년에 지하 소금광산도 지형학적인 이유로 최종 저장소에 적합하지 않다는 결정이 내려졌다. 종합적으로 핵폐기물 최종 저장소 부지와 건설 문제는 해결되지 않았지만, 그 입지는 2031년까지 결정되어야 하고, 건설 또한 2050년까지 완료되어야 한다.

† 로렌(Lorraine)주의 뷰흐(Bure)시가 1994년 프랑스의 핵폐기물 최종 저장소로 결정되었다. 원격 조종되는 로봇이 고준위 방사능 폐기물을 지하의 수직갱도로 옮긴다는 구상이었으며 한번 용기에 들어간 핵폐기물은 백 년 동안 매립될 예정이었다. 먼저 시험 설비, 방문객 및 지원 센터가 건립되었다. 2020년부터 최종 저장소를 건설하려고 했으나 여론 악화로 건설은 지연되고 있다.

‡ 셀라필드(Sellafield)는 영국 북부 해안에 위치한 핵폐기물 관련 복합단지다.

§ 칼즈배드(Carlsbad)는 1980년 미국의 뉴멕시코주에 건립된 방사능 폐기물 최종 저장소다.

¶ 외스탐마르(Östhammar)는 스웨덴의 스톡홀름에서 북쪽으로 2시간 떨어진 지역이다. 1970년대부터 핵폐기물 처리에 적합한 지형으로 논의되어 왔고, 2022년 핵폐기물 최종 저장소로 결정되었다. 공사 기간은 10년이며, 핵폐기물은 동으로 만든 용기에 포장되어 저장될 예정이다.

** 자두고다(Jadugoda)는 인도 동쪽의 핵폐기물 매립 지역이다.

†† 아세(Asse)는 독일의 핵폐기물 저장소다.

‡‡ 첼랴빈스크(Tscheljabinsk)는 러시아의 우랄산맥 동쪽에 있는 비밀도시다.

에서 우리는 가장 쓸모가 있을까? 우리는 다시 초심자들을 찾으러 나섰다. 당분간 우리는 돈을 저축하고, 한동안 자급자족했다. 예정보다 다소 일렀다. 약간의 차질. 컨소시엄 조합원들은 법적 절차를 통해서 우리를 독촉하고 위협했다. 그림자 동굴 안의 수도회 저택이 개축, 확장되어 컨소시엄의 소유가 되는 것만으로는 컨소시엄 조합원들을 만족시킬 수 없었다. 그들은 동산(動産), 유동성 자금, 우려했던 것처럼 '비물질적인 상품'을 요구했다. 법적인 두 건의 고발은 방어할 수 있었고, 한 건은 결과를 기다려야 한다고 제네바에 있는 우리 측 변호사가 말했다. "문제없을 거야"라고 아테 페트라는 답변했다. "우리 오랜 시간을 두고 생각한 거잖아."

첫 항공권, 비자, 기차표가 승인되자 여행의 들뜬 분위기가 조성되었다. 우리는 땅값을 비교했다. 컨소시엄 조합원들이 우리에 대한 공개적인 비방 캠페인을 시작했다는 사실도 즐겁게 받아들였다. 우리는 기자들의 전화와 방문에 친절하게 응대하고 핵폐기물과 관련한 질문에도 많은 정보를 주었다. 여론이 늘어남에 따라 우리가 무엇을 해야 하고 어떻게 시작해야 했는지를 지적하는 목소리도 증가했다. 애시당초 우리가 완전히 다

1950년대 이 도시에서 방사능이 다량 유출되었고, 그 사실이 30년 동안 국가기밀사항으로 지켜지다가 냉전 종식 이후에 알려졌다.

르게 시작했어야 한다는 이야기도 있었다. 여론은 우리에게 새로운 오명을 덮어씌우고, 우리가 대체 어떤 사람들인지에 대한 기사가 나오게 했다. 우리는 그런 소리를 무시했다. 그런 소리는 우리에게 그토록 필요한 집중을 방해했다. 본사에서 집중하기는 어려웠다. 그때 또 다른 여름이 시작되었다.

몇 주 전까지 얼어 있던 것이 왕성하게 자라는 어린 묘목 속에서 녹아내렸다. 더 이상 잡초를 없앨 필요가 없어서 애석했다. 더는 식물을 심을 필요도 없었다. 그러나 베티가 저녁마다 테라스를 내려다보면서 매일 더 무성해지는 식물이 화단에 넘칠 것이라고 확신했을 때 나는 그의 눈에서 도둑질의 쾌감을 감지했다. 6월은 온실이다. 우리가 곧 남겨 둘 모든 것이 다시 피어나는 온실이었다. 무성해지기 시작했다. 정원 일은 중단되었지만, 우리는 엄격하게 일상을 지켰다. 우리는 산만한 상황에서 쓸모 있기 위해 더 많이 배워야 했다. 토요일 회의는 셀린이 곧 이사라고 부른 철수와 관련한 일에 바쳐졌다. 오후에 직책을 가진 자들은 업무에 전념했다. 서기관들은 쓰라고 명령했다. 우리는 쓴 것을 넘겨줄 것이다. 가상실험장치가 포장되자 연구자들은『아나톨의 공식 모음집 증보판』을 마무리하는 일에 달려들었다. 아테 페트라는 간호사와 함께 앉았고, 몇 주 뒤에 『베티 왕의 이력 혹은 우리 공동생활의 시작』이 나왔다. 쿠어트는 수도회 규칙의 현재 상황을 간략하게 문건에 기록해 두었다. 다만 셀린의 『오선보(五線譜)』가 완성되지 않았다. 셀린이 저녁에 비트를 쳐 보면 그에 맞춰 몇몇 회원이 춤을 추었다. 파티는 이어지지 않았다. 셀린은 쿠어트가 구내에서 마지막으로 연주한 모든 엔진의 소음을 녹음했다. 우리는 수동 기계를 남겨 놓았다. 그림자 동굴을 떠날 때 모두가 배낭 한 개만으로는 충분하지 않았지만, 그렇다고 바퀴 달린 트렁크 한 개가 넘치도록 담을 것은 없었다. 쿠어트는 작업장에서 포장 일에 전념했다. 붓, 벼루, 도장은 상자 하나에 매우 잘 보관되었지만, 그 상자는 불필요한 자리를 차지했다. 만약 붓을 가벼운 천으로 싸면, 찢어져 붓이 튀어나오고, 벼루는 붓 위에 위험스럽게 얹힌다. 쿠어트는 마른 비단 천을 풀어서 그 속에 물건들을 차곡차곡 쌓아 두었다. 그는 최고급 알루미늄으로 만든 작은 깡통 안에 도자기 장식품을 넣어 안전하게 운반할 수 있도록 정확히 들어맞는 작은 칸막이를 설치했다. 계속해서 우리는 얼굴 피부를 광범위하게 보호하고 관리하기 위해 아주 작은 병을 마련했다. 쿠어트는 불가능한 물건을 만들라는 과제를 받을수록 기분이 좋아지는 것 같았다. 가볍지만 튼튼하고, 휘어지지만 안정적이고, 수명이 길고, 간단히 만들 수 있으며, 개인용이고, 다양하게 사용 가능하고, 싸지만 정말 아름다운 재질로 만든 물건.

최초의 5인과 모든 직책들은 세포가 분열하듯 사라졌다. 우리는 지식을 확장하고 매우 다양한 장소에서 다시 다섯이 되기 위해 증식하기 시작했다. 우리는 세 명씩 네 번이나 멀리 여행했다. 쿠어트와 아나톨은 남아메리카에서 가상실험장치를 다시 세우고, 셀린은 중국의 대도시에서 사막으로 이주를 기다리며, 페트라는 제네바의 프랑스어권 주변 지역에 머문다. 그는 변호사, 신탁관리인과 연락을 유지한다.

이곳, 영어를 말하는 나라에 와서 나는 공동으로 양로원을 설립했고, 살림과 경영을 맡게 되었다. 나를 안심시키기 위해 아테 페트라는 일기에서 한 대목을 발췌해 내게 주었다. 나는 처음부터 현실적인 생각을 가져야 한다. 베티 왕은 우리가 필요한 모든 허가를 받을 수 있을 거라고 단단히 믿고 있다. 우리 연구자들은 영어를 잘 배우고 셈을 할 수 있다. 셀린은 중국에서 오선지를 보내 우리에게 사고(事故) 연구를 요청한다. 그것은 우리 업무의 핵심에 대한 감각을 예리하게 한다. 셀린은 오디오 카세트로 녹음해서 우리에게 선창한다. 카세트가 우편으로 전달되는 데 수 주일이 걸린다. 우리가 듣는 소리를 우리는 거의 알아듣지 못한다. 목소리가 이상하게 들린다. 그것이 우리를 불안하게 해서는 안 된다.

사막

오디오 카세트로 말하고 노래하는
서기관 셀린의 오선지,
세계 전역에 흩어진 세포들에게
우편으로 전달되다.

작은 점토판에 저장소의 모든 좌표를 조각하기.
트랜스젠더 바퀴벌레의 DNA에 경고문 삽입하기.
방사능은 무엇인가에 대해 간략히 해명하기.
저장된 동위원소의 이름을 목록으로 만들기.
사고는 어떻게 시작하는지 확인하기. 우연은 종종
행운의 역할을 한다.

시구절은 노래해야 한다. 말이 제대로 들리지 않는다.
왜냐하면 연도, 성스러운 시간, 세월은 거기에서
더 끝없이 자랐고, 더 대담하게 정렬되고 뒤섞였기
때문에.*

---

* 프리드리히 횔덜린(Friedrich Hölderlin)의 시 「귀가」-원주

우리는 새 시대를 만들어 간다. 이제 평정심을 잃지 않아야 한다. 그렇지 않으면 우리는 서로를 미치게 만들 것이다. 노래하는 것으로는 충분하지 않다. 우리는 어느 핵폐기물 저장소에서 터진 가장 유명한 사고가 발생하기 이미 2년 반 전에 조짐이 있었다는 점을 객관적으로 확인해야 한다. 2011년 11월. 그 사고는 동화처럼 차분하게 설명될 수 있다.

로스앨러모스 주변의 숲이 불타 버렸다. 불은 방사능 폐기물에 위험할 정도로 가까이 다가왔다. 그중 일부가 천막으로 옮겨붙었다. 폐기물을 치워야 했다. 사장들은 압박을 받고 있었고, 주지사는 재선을 원했다. 당국, 위탁회사, 자회사, 컨설팅 회사, 협력 대학까지 난리가 났다. 뉴멕시코주 칼즈배드의 최종 저장소를 운영하는 회사도 이런 분주함에 휩쓸렸다. 곧 모든 사람이 오로지 3706에 대해 말했다. 약호인가, 프로젝트 제목인가, 구호인가. 우리는 속도를 낸다. 더 많은 회사가 설립된다. 그 회사들은 모든 것을 탐구하고 재창조했다. 마침내 용기들이 빠른 속도로 사라졌다. 간섭은 제한되었는데, 주지사는 그것에 관여하지 않았다. 그는 적당한 시점에 무언가를 축하할 수 있기를 원할 뿐이었다. 질문을 한 사람들은 지질학적 속도로 일했다는 비난을 받았다. 직원들은 전원 교체되었다. 모든 사람이 자신이 하고 있는 일을 이해할 필요는 없었다. 중요한 것은 모든 사람이 새로운 과정을 믿고 그 과정의 속도를 높이는 방법에 대해 깊이 생각했다는 것이다. 스포츠적인 야망 덕분에 더러운 구석이 모범 사업으로 변모했다. 폐기물은 로스앨러모스에서 제조된 폭탄을 이겼다. 우리는 새로운 거장 빈센트 이알렌티*를 인용한다. 그는 '함께 일하면서 열광으로 변한 쾌감'에 대해서 쓴다.†

우리 서기관들은 매년 강연할 것이다. 1993년 도카이무라‡에 있는 우라늄 농축 공장의 책임자들이 분리탑을 스테인리스 양동이로 교체하기로 결정했다. 양동이가 더 빨리 정류(精溜)할 수 있다는 이유에서였다. 이를 위해 새로운 임계(臨界) 지침이 작성되어 6년간 유지되었다. 통제는 두려워할 필요가 없었다. 임계

---

* Vincent Ialenti는 핵폐기물이 야기한 문화를 연구하는 미국의 인류학자이다.

† 빈센트 이알렌티, 「폐기물이 서두르다: 핵폐기물 선적 속도를 높이기 위한 캠페인이 WIPP 장기 저장소를 폐쇄하는 방법」, 원자 과학자의 게시판-원주

‡ 일본의 첫 번째 핵발전소와 핵연료 가공 회사가 있는 지역이다. 1999년 방사능이 누출되었는데 그 피폭량은 체르노빌 사고와 유사한 것으로 알려져 있다.

지침에는 우라늄 양이 너무 많아지지만 않으면 양동이만으로 충분하다고 명시되었다. 혼합은 항상 여러 공정의 단계로 구분할 수 있어야 한다. 이 사항을 오우치 히사시는 알지 못한 채 1999년 9월 30일 한 동료와 함께 우라늄 연료를 지정된 양동이에 혼합하라는 임무를 받았다. 이것이 농축과 관련한 그의 첫 업무였다. 그는 이 일을 위한 실습을 받지 않았다. 그의 동료 시노하라 마사토는 임계 지침이 더 이상 유효하지 않다는 것을 알고 있었다.*

나는 우리가 짓는 모든 수도원 앞에 기념비를 세웠으면 했다. 기억하기 위해. 우리는 예를 하나 들 수 있다. 2006년 4월에 도카이무라의 시장이 스테인리스 양동이의 복제품을 전시했다. 그는 '인간의 실패에 대한 중요한 상징'에 대해 말했다. 자회사의 많은 임원들이 징역형을 선고받았다. 보호관찰을 위해. 오우치 히사시와 시노하라 마사토는 갑자기 밝고 푸른 빛을 보았다. 양동이 안의 원소들이 반응하기 시작하면서 연쇄반응이 따라왔다. 이것도 모르고 그들은 자가발전

---

* NHK 텔레비전 다큐멘터리 <83일. 원자력 노동자 히사시 오우치가 방사선으로 서서히 사망하다>(일본어 방송에 대해 J.T.A. 웨그버그의 영어 번역에서)-원주

원자로를 들고 있었다. 둘은 몇 달 동안 고통스럽게 병을 앓다가 사망했다.

나는 설명하고 싶어도 하필 시구나 선율이 떠오르지 않는다. 오직 '실패'와 '인간'이라는 단어만이 떠오른다. 그것도 사라지고 만다. 그런 다음 규정 준수 매뉴얼이 내 머릿속에서 윙윙거리고, 수천 개의 매뉴얼이 작성된다. 나는 모든 것을 번역하는 일에 온 힘을 써도 규정 준수라는 말을 번역할 수는 없다. 시구나 노래를 우리가 자동으로 이해하게 될 날이 올 것이라고 기대해서는 안 된다. 규정 준수라는 말은 회사와 자회사 모두에게 믿을 수 없을 정도로 왜곡되어 있다. 우리 수도회는 완벽에 기여하지 못한다. 실수하지 않는 인간이라는 장치, 완벽한 기계에 대한 믿음 자체를 거부해야 한다. 이 점을 나는 전 회원들에게 당부한다. 나는 로스앨러모스에 있는 익명의 감독관을 기억하자고 제안한다. 가장 낮은 수준의 관리자를. 옴짝달싹하지 못하는 사람. 큰언니에게 막중한 책임이 있지만 실상은 바지 사장일 뿐이다. 관련 교육도 거의 받지 않았다. 사람들은 그를 가장 높은 소리로 칭찬하고, 그런 말은 그에게 큰 가치가 있다. 나중에 전문가들은 '강아지 부작용'에 대해 말한다. 그러나 그 익명의 감독관은 스스로를 강아지로 보지 않았다. 그는 최전방에서 싸웠다. 우리는 특별히 중요하지 않았던 어느 회의를 기억한다. 많은 회의들과 다를 바 없는 회의. 그래도 꽤 긴장되었다. 제일 먼저 심의할 사항은 용기의 매립용 재료였다. 깨진 돌이 추가되어 포장실에서 흩날린다. 공기 필터는 계속해서 교체되어야 한다. 말단 직원은 작업복에 묻은 얼룩을 불평한다. 필터 하나가 오래 버틸수록 공정은 빨라진다. 회의에서 한 똑똑한 직원이 고양이 사육용 모래를 사용하자는 제안서를 작성한다. 감독관이 메모한다. 그 직원은 문서화할 것을 약속한다. 그것을 가지고 감독관이 새로운 지침을 작성할 수 있게. 그러나 의욕이 없는 직원은 전달하지 않는다. 말단 직원은 불평을 늘어놓고, 윗선도 마찬가지다. 문서는 오지 않는다. 감독관은 훈계하는 데 지친다. 그는 손으로 쓴 메모에 기반하여 지침을 문구로 만들고 승인을 위해 부서로 보낸다. 새 회사가 계속해서 지침을 변경하고 공무원들에게 지원서가 쇄도하기 때문에 부서는 과부하 상태다. 공무원들은 중요 표시가 된 것만 읽는다. 감독관은 제출한 신청서에 '중요하지 않음'이라고 표시한다. 그렇게 해서 그를 핵폐기물 산업 전반의 웃음거리로 만드는 지침이 등장한다. 그는 화학을 배운 적이 없다. 그는 또한 나처럼 농장에서 자라지 않았고, 완전히 마르지 않은 건초가 어떻게 헛간에서 뜨거워지는지를 상상하지 못한다. 그는 눈 뜬 채로 침대에 누워 아직도 밝은 녹색으로 눈부시게 빛나는 잔디 다발을 회상하는 일이 어떤 것인지 모른다. 그래도 나는 그 다발을 건초 운반차에 던졌다. 저장된 잔디 다발에는 반드시 좀이 슬기 시작한다. 아마도 헛간은 곧 불붙을 것이고, 내 잘못이 될 것이다. 불이 헛간에서 마구간으로 번지자, 소들이 울부짖으며 죽는다.

로스앨러모스의 감독관은 '유기물 흡수제(키티 리터/제올라이트 흡수제)를 폐기물에 첨가한다'고 쓴다. 이른바 그는 흡수성 물질, 고양이 사육용 모래, 흡수용 제올라이트 등이 첨가된 유기물 스펀지에 대해 쓴 것이다. 내부의 통제관들은 제대로 이해하지 못한 것을 그대로 통과시켰고, 공공 통제 공무원은 '중요하지 않음'이라는 표시를 본다. 그는 분명 제대로 살피지 않고 클릭한다. 새 지침은 말단 직원을 즐겁게 한다. 포장하는 사람들은 이제부터 더는 내부 공급망에 의존하지 않는다. 만일 매립용 재료 보급이 끊기면, 노동자 중 한 명이 자동차에 올라타서 가장 가까이에 있는 슈퍼마켓으로 간다. 이제 '에스휘트 스쿱. 대자연의 고양이 배설물'표 고양이 사육용 모래로 용기를 채운다.

‘대자연’ 발음은 특히 아름답게 들린다. 이 회사에는 환경 등급도 있다. 핵폐기물 용기가 채워질 때 질산염이 추가된다. 질산염은 산(酸)을 중화한다고 한다. 때로는 누군가 오염된 장갑을 던진다. 매립실의 먼지는 가라앉는다. 속도는 빨라진다. 훗날 언론에는 오타에 대한 기사가 실린다. 먼 곳의 전문가들은 유기물과 무기물 사이의 차이가 눈에 띄지 않는다고 비웃는다. 끓는 돌인 제올라이트는 자체 냉각되는 맥주통 생산에 유용하고, 고양이 오줌을 흡수하며, 이 목적으로 시장에 출시된다. 제올라이트는 밀알 제품 바로 옆 선반에 있다. 감독관은 제올라이트가 제품명이라고 생각해서 상표 표시를 붙였다.

당시 무엇이 잘못되었는지는 단계별로 설명해야 한다. 그것은 진정 효과가 있다. 700개의 용기가 에스휘트 스쿱 제품으로 채워져서 뉴멕시코주의 칼즈배드로 운송되었다는 분명한 문서는 결과를 이해할 수 있게 한다. 거기서도 어떤 혼합물이 저장되었는지를 눈치챈 사람은 아무도 없었다. 나중에 어느 기술자가 이런 기록을 남겼다고 한다. “로스앨러모스에서는 우연히 700개의 더러운 폭탄을 제조했는데, 단 한 개만이 작동한다. 2014년 2월 14일에 최종 저장소에 있던 용기

#68,880이 폭발했다. 그때는 밤이었고, 다행히 직원은 없었다. 공기 측정기는 방사능 수치의 상승을 기록했다. 환기 장치에는 잘못된 필터가 설치되었기 때문에 플루토늄-239와 아메리슘-241이 외부로 유출되었다. 수 주에 걸친 조사 뒤에야 비로소 방사능의 원인이 명확해졌다. 오염 제거를 위해 저장소 전체를 폐쇄해야 했고, 여러 해 동안 로스앨러모스는 핵폐기물을 저장할 수 없었다.

도카이무라에서 온 스테인리스 양동이 옆에 우리는 고양이 사육용 모래로 팽팽하게 가득 채워서 용접으로 마무리한 플라스틱 봉지를 세웠다. 그 위에 스프레이를 뿌려서 상표 이름으로 숫자 3706을 쓴다. 우리는 매년 2월 14일이면 제일 말단 감독관을 떠올렸다. 그의 폭탄이 발렌타인데이에 폭발한 것은 좋지 않은 일이었지만, 어쩔 수 없다. 우리가 수도회에서 보낸 세월은 우리가 원하지 않은 사건들로 두드러진다. 기억의 시간은 9월 29일 첼랴빈스크의 플루토늄 공장에서 시작하여 4월 26일 체르노빌에서 끝나야 한다. 그러나 그 시간은 12월 21일 오우치 히사시의 사망일을 지나 칼즈배드의 최종 저장소로 이어진다. 우리는 3월

11일을 후쿠시마에, 28일을 해리스버그*에 헌정한다. 이것과 관련하여 우리는 존 G. 케메니†의 글을 읽는다. 그의 이름이 사도처럼 들리는 것이 마음에 들지 않는다. 우리가 그의 보고서에서 도출해야 할 해답은 객관적으로 제시되어야 한다. 케메니는 지프니와 관련이 있다. 모든 컴퓨터 언어 중에서 가장 간단한 언어가 그가 대학을 이끌던 때에 그 앞에서 떠올랐다. 모든 사람이 그 언어를 배울 수 있어야 했다. 우리는 미래의 인류에게 전달할 경고가 다음과 같은 관용구, 즉 단순한 '만약 …면, …한다'라는 문장과 중국어 구문을 따를 수 있을지 확인한다. 그렇게 되면 우리는 어디에서나 통하는 약호, 글로벌한 논리에 근접할 것이다. 그 논리를 우리는 베이식(BASIC)이라고 부른다. 1979년 해리스버그 근처의 스리마일섬 폭발사고 이후에 조사위원회 의장으로 임명된 존 G. 케메니를 기리기 위해. 그는 핵심 규정들이 지켜지지 않으면서 동시에 지침에 대한 집착이 작업에 만연해 있음을 확인했다. 과도한 규정들이 회사, 하청업체, 운송업체, 통제 절차의 일상을 지배했다. "본

* 미국 펜실베이나주의 지역으로, 근처 스리마일섬에서 핵발전소 사고가 있었다.

† John G. Kemeny(1926~1992)는 미국의 수학자이자 컴퓨터학자로 프로그래밍언어인 베이식을 개발했다. 1979년 스리마일섬 폭발사고 조사위원회 의장을 맡았다.

위원회는 안전에 대한 폭넓은 걱정이 안전을 가져오는 것이지 복잡하게 규칙을 만들고 그것을 맹종한다고 안전이 오는 것은 아니라고 생각한다."*

우리는 폭넓은 걱정에 대한 책임이 있다. 우리의 메시지는 확고하고 변화 가능해야 하며, 어떤 경우든 정보를 조용히 보관하는 데만 국한되어서는 안 된다. 빌어먹을 사람은 토마스 세벅†이다. 고전 도서 목록과 함께 우리는 저질 문서 목록도 가지고 있어야 한다. 이 목록의 최상단에 세벅의 이름이 있다. 세벅이 우리를 발견했다고 한순간이라도 믿어서는 안 된다. 그가 부르는 것처럼 우리는 핵 사제가 아니다. 세벅이 미국 정부에 제안한 것처럼 우리는 국제 비밀결사체도 아니다. 세벅은 1984년 극비 문서에서 다음과 같은 짧고 불길한 대목을 암시했다. 인류를 위한 컬트 의식이, 그러니까 마법을 부리는 퍼포먼스가, 백치들을 저장소에서 멀리 떼어 놓는 뭔가가 개발되어야 한다. 백치란 사제단에 속하지 않는 모든 사람이다. 백치들은

* 존 G. 케메니의 보고서 「스리마일섬 사고에 대한 대통령 위원회의 보고서」-원주

† Thomas Sebeok(1920~2001)은 미국의 언어학자이며, 핵폐기물에 대한 경고 메시지를 개발했다.

사제들이 전문가이고, 저장소를 올바로 관리하고 있다고 철석같이 믿는다.*

일어나라, 이 지구의 백치들아, 우리 기술자는 매일 아침 소리친다. 나는 성직자가 아니라 새로운 비밀 조직 세포의 서기관이자 나와 함께 그림자 동굴에서 중국 본토의 거대 도시로 이주한 기술자의 자매로서 말한다. 우리가 설립할 수도원에서 기술자는 기계공직을 넘겨받는다. 그는 이제 개인적으로 생성된 데이터를 공급받고, 측정하고, 수집하며, 독립적으로 평가한다. 그는 자신과 협업할 수 있는 사람들을 시민 과학자라고 부른다. 컨소시엄 조합원들이 공공연하게 흩어진 이래로 우리는 그들의 네트워크 중 한 곳과 접촉했다. 우리가 공포심을 조장하는 것 같다. 틀린 정보들, 부정확한 이야기를 만들어 내는 것 같기도 하다. 사실 우리 기계공은 절망과 싸운다. 왜냐하면 그에게 흘러 들어가는 데이터는 짜깁기한 것이기 때문이다. 국가가 없으면 우리가 말하는 모든 것은 의심스럽다. 그래서 우리는 질문을 다듬는다. 우리는 용기, 천막, 쌓아 올린 흙덩이, 물탱크로 이루어진 임시 저장소를 찾는다.

---

* 토마스 세벅, 「핵폐기물 격리실을 위해 준비된 만 년의 다리를 위한 소통 방안」, 바텔 기념 연구소-원주

미래의 최종 저장소 근처에서 우리는 땅을 빌리려고 한다. 한 뙈기의 사막을.

평온을 유지하고 섬세히 생각하는 법을 우리는 배웠다. 정원 일이 바로 그 연습이다. 이 거대 도시에서 나는 10층에 마음대로 쓸 수 있는 발코니를 소유하고 있다. 그것은 상공에 떠 있는 일종의 뒤뜰이며 미닫이 창문으로 둘러싸여 있다. 나는 온실이 자라는 것을 본다. 하지만 아마도 곧 형제가 될 우리 호스트는 정원에 반대한다. 그는 곤충의 침입을 막으려고 한다. 그리고 호기심 어린 시선을 차단하려고 한다. 축축한 의복만큼은 발코니 곳곳에 걸려 있어서 눈에 띄지 않는다. 호스트는 사막으로의 이주를 기약하며 나를 달랜다. 우리가 최종 저장소로 이사할 수 있을 때까지 그는 우리를 작은 외국어 학원에 고용한다. 이곳에서 프랑스어는 인기 없지는 않으며, 우리의 활동은 공식적으로 승인되었다. 나, 셀린은 언어 강사로서 당신에게 다음을 제안한다. 일찍 일어나 생체 리듬 유지하기. 수업하기. 학원에서 늦은 밤까지 일하기. 잠자기. 혹은 깬 채로 누워서 개구리 소리에 귀 기울이기. 이곳에 빽빽하게 서 있는 집은 높이가 20층 정도다. 빛이 집들 사이의 땅으로 떨어지지 않는다. 그런 일은 아무것도 아니다. 조그만 하수구에서 음지식물이 자라기 때문이다. 이미 먼동이 트기 전에 새들이 노래하기 시작한다. 앵무새같이. 비둘기가 구구 운다. **안녕, 안녕, 검은 새야.**

안녕, 검은 새야. 지빠귀새야, 안녕. 나는 준비해야 한다. 사막에서 우리는 정원을 설계할 시간을 가질 것이다. **그리고 관목 숲도, 열매 없는 것도, 탈진한 것도 잊지 마. 꽃들 사이에서 목말라 하는 잡초도 간과하지 마.** 우리는 매일 아침 움직인다. 고층 건물 사이로 노인들이 모인다. 이곳에서는 우리끼리만 체조하지 않는다. 춤은 더 이상 눈에 띄지 않는다. 노래하는 것만은 드문 일이다. 내가 사막으로 갈 거라 생각하니 기쁘다. **녹색 잔디에 물을 더 부어라, 불태운 잔디에만 물을 부어라, 또는 불모의 토양에도 물을 부어라. 이 토양에 네가 물을 부어라. 네가 부어라.***
우리는 이 시구에서 저 시구로, 이날에서 저 날을 거쳐 미래로 향한다. 우리는 브레히트, 아니 브레히트, 베르톨트†라고 말한다. 숫자도 우리를 미래로 데려간다. 우리는 시구에 번호를 매긴다. 선율은 다듬어지고,

---

* 베르톨트 브레히트의 시 「정원 폭파」-원주

† Bertolt Brecht(1898~1956)는 독일의 극작가이자 시인이다.

시구는 정리되고, 수도회의 세월은 우리를 이 시대에서 저 시대로 데려간다. 나는 이런 집단적 순환을 필요로 한다. 내가 대륙을 옮긴 이래로 연결은 끊긴다. 다만 너희, 우리 모두가 6월에 같은 날을 축하한다면, 나는 용기를 낼 것이다. 짜증스러운 반년이 끝나면 5월부터 9월까지 희망을 기대할 수 있다. 우리는 오래전 서유럽의 어느 호숫가에 앉아서 오리를 바라보는 쿠어트를 떠올릴 수 있다. 그 오리는 원앙새라고 불렸다. 원앙새의 오렌지빛 깃털은 밀랍이나 플라스틱으로 주조한 것처럼 보였지만 그 동물은 깃털에서 곤충을 쪼아 먹기 위해 머리를 뒤로 기울였다. 어른들은 그 새가 막 중국에서 날아와 둥지를 틀었다고 말했다. 어른들은 새의 이주를 보며 기뻐하는 것 같았다. 쿠어트는 이듬해에 꿩처럼 화려하고 탑처럼 우뚝한 오리를 고대했다. 이 지점에서 아테 페트라는 지빠귀새에 대해서만 말할 것이다. 그리고 유럽의 전간기(戰間期)에 대해서 말할 것이다. 그리고 20세기에 대해. 그때 몇 마리의 지빠귀새는 소음과 사람들에 대한 두려우 이겨 냈다. 새들은 파리에 터를 잡으려고 짝 이루며 날아왔음에 틀림없다. 매우 다양한 도시 하나의 전환점이 된다. 그때부터 노래하는 빠귀 새끼는 도시에 구역을 표시했다. 시민들 식지에서 다른 번식지로 산책하는 동안 무의식적으로 위를 쳐다보면 합각지붕이나 나무 꼭대기에서 새를 볼 수 있었다. 우리는 하이델베르크 기차역에 있는 앵무새에 대한 작은 상념과 함께 매년 그때를 회상할 것이다. 뜨거운 하수구에서 앵무새는 유럽의 겨울을 버텨 낸다. **안녕, 안녕, 검은 새야.** 그렇게 우리는 수많은 동물이 산불, 염류화(鹽類化), 홍수를 피하기를 바란다. **기분이 우울해서 나는 가요… 안녕, 안녕, 검은 새야….**

누군가 왜 우울해하는지, 어떻게 위의 시행들이 생겼는지, 왜 나는 그 시행들을 머리에서 지울 수 없는지 아무도 내게 말해 줄 수 없다. 지빠귀새를 몰아내는 슬픔, 무엇이 지빠귀새에게 해를 입혔는지 아무도 내게 말해 줄 수 없다. 부득이하게 플루트가 협주해야 한다… **아무도 나를 사랑하지 않고, 이해하지도 않는 것 같아…** 속이 빈 나무는 늘 있기 마련이다. 우리는 울고, 지저귀고, 틱틱하는 소리를 듣는다. 우리 중의 누군가는 [illegible] 안에서 여주인이 되고, 여주인의 플루트는 노란 부[illegible] 한 볼품없는 검은 새를 회상하면서 연주된다. **…내 [illegible]를 정돈하고, 불을 켜라, 나는 오늘 늦은**

밤 도착할 거야…[*] 나는 여전히 다른 사람들이 견디어 내서, 내가 도착하기 전에 나를 위해 이불을 깔아 주고, 불을 켜고, 측정을 하고, 심지어 관련 데이터도 전송할 것이라고 믿고 싶다. 같은 날 세 대륙에서 똑같이 "내 침대를 정돈하고, 불을 켜라, 나는 오늘 늦은 밤 도착할 거야"라고 웅얼거리는 것을 아는 것은 나를 도울 수도 있다. 그러면 우리는 다시 만날 수 있고 3일 동안 우리는 혼자보다 함께 있는 것이 더 현명하다고 서로를 안심시킬 수 있다. 적절한 순간에 여러 상념이 번갈아 지나가고, 대화를 통해 상념은 가장 좋은 형식을 찾으며, 해결책은 기대하지 않은 곳에서 나왔다. 그렇게 우리는, 그 기원이 잊힌 7월 13일을 응원할 수 있었다. 그러나 그 윤곽은 오래 남을 것이며 누군가는 다음을 읽을 것이다.

중앙 광장에 사람들이 모여 시 당국과 기업 수뇌부의 보고를 요구했다. 그들은 햄, 우유, 비누의 부족과 관리자들의 전횡, 상호 존중의 상실에 대해서 얘기했다. 인간적인 대우를 주장하면서 그렇게 그들은 몇 주에

---

* 에타 존스(Etta Jones)의 노래 <안녕, 안녕, 검은 새야>-원주
걱정거리와 필요 사항을 챙기세요. 몸이 안 좋으니 나는 가 볼래요, 안녕, 안녕, 지빠귀새/아무도 나를 사랑하지 않고, 이해하지도 않는 것 같아 (…) 안녕, 안녕, 지빠귀새/내 침대를 정돈하고, 불을 켜라, 나는 오늘 늦은 밤 도착할 거야/안녕, 안녕, 지빠귀새

걸쳐 파업했다. 파업 주동자인 광부 유리 루돌프는 기록에 의문을 제기했다. **"사람들이 다시 밝은 미래를 믿게 하려면 우리는 어떻게 해야 하는가?"*** 이 점을 우리는 매년 묻고 매번 짧게 추가한다. 막시모바, 니나. **제일 좋은 것은 저 멀리 가는 배에서 일하는 것이라네.** 이 시구를 나는 매일 중얼거릴 수 있었다. 나는 샤워가 무료가 되고, 빨래가 마르고, 다음 수업이 시작될 때까지 기다릴 수 있었다. 바흐만, 잉에보르크.† **가장 좋은 것은 멀리 가는 배에서 밧줄을 묶고, 물을 끌어올리며, 벽을 단단히 하고, 화물을 지키는 것이라.**‡ 언젠가 우리는 호화로운 집에 살면서 지하 공장에서 일하고 불안정한 학원을 운영하다가 모든 것을 잃는다. **재물이 네 것이 되더라도 마음에 두지 말지어다.** 시편 62편. 우리는 배낭을 메고 도시를 돌아다닐 것이다. 우리 뒤에 낡은 마분지를 실은 작은 수레를 끌고 있다. 그러나 다른 대륙에서 방문객이 찾아오면, 우리는 늘 맛있는 음식을 차리고 잔을 들어 그날의 구호를 말할

---

* 니나 막시모바(Nina Maksimowa), 「사건의 경과에 대한 그림들」(잉그리드 글뢰데의 러시아어판 번역에서), 멜라니 타투어, 『위대한 파업. 새로운 노동자 운동, 체제 교체, 노조』-원주

† Ingeborg Bachman(1926~1973)은 오스트리아의 시인이다.

‡ 잉에보르크 바흐만의 시 「출발」-원주

준비가 되어 있다. **당장의 방법으로 할 줄 안다.*** 우리는 '그럭저럭 살아간다', '견디다', '요령껏 처리하다'라고도 말한다. 우리는 자신감이 있고, 조르주 브라상†의 가사 일부가 여러 번 우리를 엄습한다. **아니, 메두사의 뗏목이 아니라 이 배였구나.** 우리는 뱃전에 가지고 있는 것으로 그럭저럭 살아가며, 우리의 뗏목은 가라앉지 않을 것이다. 우리는 굶주린 노예도 고급한 남자들도 아니다. 사막에도 우리가 마실 물이 조금 있을 것이다. **그는 오리가 헤엄치는 큰 연못에서 편안한 아버지처럼 항해했다오.**‡

우리는 발코니에 초목을 심고, 토마토를 재배하며, 빗물로 채운 작은 연못을 만들고, 조각배를 앞뒤로 흔들거리게 할 수 있다. 배는 술 취한 듯 이리저리 기우뚱하며, 그러면 우리는 더 만취한 채 토마토 줄기 사이를 비틀거리며 지나간다. 우리는 수분을 견딜 수 있는 토마토가 필요하다. 왜냐하면 의복은 이곳 식물 사이에서도 말라야 하기 때문이다. 어쩌면 우리는

---

* 프랑스어 관용구로, 직역하면 "당면한 수단으로 어떻게 해야 하는지를 안다."-원주

† Georges Brassens(1921~1981)은 프랑스의 샹송 가수이다.

‡ 조르주 브라상의 노래 <동무가 먼저>(디터 카이저의 독일어 번역 변형)-원주

모기장을 열어 두어 이 지역의 새들이 우리의 온실에 둥지를 틀게 할 수 있다. 10월에 이곳에서 새끼를 낳는다고 해도 나는 놀라지 않는다. 새로운 새의 세상이 발견될 것이다. 사막에서도. **안녕, 안녕, 검은 새야….**

밤마다 발코니는 나의 무대가 된다. 조명은 없다. **왜냐하면 너희는 벌거벗고 살갗은 부드러워질 것이기 때문이야. 그런 다음 미풍에 큰 나무를 기어 올라가라. 하늘도 창백해야 해…**[*] **돌. 세상은 돌이야. 나는 빛을 찾고 있어. 한밤중에.**[†] 캐나다 출신의 한물간 스타는 내가 시집 『가정 기도서』에서 시구를 인용하면 그새 내게 노래를 불러 준다. 동물학자인 어느 자매가 발코니에 있는 내게 와 여기서 무엇을 하려는지 물으면, 나는 말을 찾지 못한다. 이때 아니 디프랑코[‡]의 음악이 나를 도와준다. 자매는 이미 알고 있기 때문이다. **나는 돌을 연구하고 있어요. 덜 살아 있음을 배우려고 해요.**[§] 우리는 함께 사막으로 가서 돌을 연구할 것이다. 아마도 꽤 오래 살아 있을 것이다. 우리는 일 년에 한 번

* 베르톨트 브레히트의 『가정 기도서』에 실린 시 「나무 기어오르기」-원주

† 파비엔느 티보(Fabienne Thibeault)의 노래 <세상은 돌이야>-원주

‡ Ani DiFranco(1970~)는 미국의 가수이다.

§ 아니 디프랑코의 노래 <돌 연구하기>-원주

신디 로퍼*의 노래를 부른다. **돌. 세상은 돌이야. 빛의 속임수가 아니야. 세상은 영혼을 괴롭혀.†**

가장 좋은 점은 극도의 청결을 고집하는 호스트의 집에서 일하는 것이다. 이보다 더 좋은 일이라면 한자를 연습하는 것, 즉 가장 간단한 단어인 기름, 빗자루, 그릇에 몰두하는 것이다. 외국어 학원은 우리에게 아주 실제적인 과제를 부여한다. 그때 동물학자와 나는 모국어로 간단한 단어를 말할 수 있었다. 나는 존재해. 너는 존재해. 그녀는 존재해. 우리는 존재해. 우리는 연구를 포기하지 않는다. 우리의 수업은 매일 아침 정각에 시작하고, 우리는 화학 원소의 주기율표에 몰두한다. 토륨(Th), 넵투륨(Np), 우라늄(U)의 자연적인 분열 순서를 우리는 그림자 동굴에서 오래 연구했다. 테크네튬(Tc)이나 루테늄(Ru)같이 방사성 물질이 되는 희귀 원소와 완전히 친숙한 원소들도 연구했다. 만일 물이 더 이상 두 개의 수소와 산소 원자가 아니라 쉽게 붕괴하는 세 개의 수소 원자 덩어리로 이루어진다면, 우리의 유전자에서 무슨 일이 벌어질지 기계공은 알고 싶어 한다. 삼중수소 원자가 삽입되어 분자가 훨씬 더

* Cindy Lauper(1953~)는 미국의 가수이다.

† 신디 로퍼의 노래 <세상은 돌>-원주

쉽게 붕괴된다면? 그는 우리의 염색체에 잘못된 수소가 만들어지면 어떤 일이 벌어지는지 알고 싶어 한다. 염색체에 의해 전달되는 정보도 불안해지는가? 우리의 개발 프로그램은? 호스트는 삼중수소가 어디에서 오고 어떻게 우리가 마시는 물에서 사라지는지를 알고 싶어 한다. 왜냐하면 그는 식수를 분석하는 데 가장 큰 관심을 기울이고 세척제, 모든 과일 껍질, 혼합 곡물까지 확인하기 때문이다. 우리는 독극물에 조심해야 할 뿐만 아니라 이 저택에서 오물을 청소하는 것과 중독을 막는 것 사이에 최적의 균형을 찾아야 한다. 즉, 세척제는 가장 위험한 오염물을 만들어 낼 수 있기 때문에 가능한 한 적게 사용한다. 청소는 모든 것을 독성화할 수 있다. 그러니 모든 더러움을 사전에 방지하는 것이 최선이다. 그러면 바닥과 책장에 앉은 먼지는 마른 수건으로 부드럽게 훔쳐 내면 된다. 모든 것이 반짝이면, 이 저택에는 여유로운 순간이 찾아온다. 우리는 쉽게 호흡한다. 그러면 나는 찬송가를 부르고 싶다. **날 어두우니, 주님 나와 함께하소서.**

저녁이 아름답게 드리운다. 나의 처소에서 우리는

우리가 누운 곳에 주여 임재하소서[*]를 부른다. 나는 인내하는 법을 배울 것이다. 공간에 방해가 될 수 있는 물건은 짐가방에 놔둔다. 기술자, 즉 우리의 기계공은 우리가 독극물에 반대하는 전투를 시작해야 한다고 말한다. 그는 흥미로운 가능성을 본다.

내가 찬송가를 부르면, 동물학자는 **주여 함께하소서!**[†]라고 말한다. 그는 나의 수도회 시절에 더 많은 조이스[‡]의 작품에서 인용문을 요구한다. "지금은 우리의 시절이죠"라고 나는 대꾸한다. 모든 대륙에 있는 너희의 것이기도 하다. 나는 기계공이 수업에서 액체 비누 제조, 달걀 노른자위 안의 중금속, 쌀 안의 카드뮴을 설명하면 선뜻 따른다. 그는 배설물의 흔적, 강에 떠다니는 썩은 돼지고기 분비물을 추적한다. **오 변치 아니하시는 주여 나와 함께하소서!**[§]

---

* 파울 게르하르트(Paul Gerhardt)의 찬송시 <기쁨과 환희가 가득한 황금빛 태양>-원주

† 제임스 조이스의 소설 『피네간의 경야』-원주

‡ 아일랜드의 시인 제임스 조이스(James Joyce, 1882~1941)의 성이다.

§ 미국의 찬송가 <때 저물어서 날 어두우니>(테오도어 베르너의 번역)-원주
함께하소서, 주여!
저녁이 오고
(…)
변치 아니하시는 주여 나와 함께하소서!

외국어 학원에서 우리는 이 도시로 들어가는 입구를 발견하며, 중국 학생들은 우리에게 친교를 제안한다. 기계공은 일본어 회화 수업을 제공한다. 그는 음식, 청소, 첨가물에 대해 말하다가 아무도 방해하지 않으면 서서히 추문을 말하기 시작한다. 대화는 활기를 띤다. 우리는 가정에서 아주 다양하지만 엄격한 순서로 진행되는 묵상을 배운다. 나는 밤마다 말없이 발코니에 서서, 기계공의 낙관적 생각에서 기운을 얻으려고 애쓴다. 그는 어느 제품을 염두에 두고 있다. 그리고 생산과 보급을 위해 모든 수도원 안뜰에 그 제품을 제안하려 한다. 국제협력이 그 앞에 아른거린다. 제품은 계량 그릇이라고 한다. 주방용품 광고. 모든 가정은 실험실이다. 조리기구 출시를 위해 우리는 수천 명의 시민 과학자들을 모집할 예정이다.

이 기계공의 가르침을 주의 깊게 따르는 데 성공하더라도, 나는 늘 언어를 공부할 때마다 큰 숙제를 발견한다. 우리는 개별 문법을 살펴보면서 품사 이름까지 해체한다. 우리는 화학 원소처럼 명사, 동사, 형용사로 된 목록을 작성하기 위해서 모든 언어의 가장 핵심적인 부분을 찾아낸다. 우리가 이해 불가능한 언어의 주기율표 작성에 성공한다면, 명사, 동사, 형용사는 불필요한 보조 구조일 뿐이다. 나는 이곳 10층에서 언어적 기원에 대한 열정을 불러일으키려고 노력한다. 언어적 기원은 도달할 수 없지만 모든 사람을 연결한다. 나는 곧 우리가 모든 언어에 동시에 몰두하리라는 것을 예감한다. 비록 내가 이곳의 거리에서 여전히 아무것도 이해하지 못하더라도, 내가 듣는 언어는 잘 정돈된 것 같다. 나를 이웃과 구분 짓는 것은 항상 같은 언어에서 등장하는 약간의 변형뿐이다. 모든 단어의 핵심은 여러 상태로 변신하다가 굳어지고 흐르다가 휘발한다. 핵심 단어의 변신은 우리가 설명할 수 있는 패턴을 따르지만 각각의 핵심들이 어떻게 정확히 연결되고, 언제 어디서 어떻게 상태를 바꾸는지는 추론할 수 없다. 우리는 새로운 언어의 유희를 추적할 때면 무한한 변형을 마주한다. 각각의 단어를 모두 연구해서 하나의 세밀한 도식을 그리는 일은 중요하다. 마치 우리가 모든 화학 원소를 가장 작은 특성으로 설명하는 것처럼.

예를 들면 '기관(Organ)'이라는 독일어 단어의 핵심은 굼뜨게 움직였다. 독일어의 조직하다(organisieren)는 영어의 조직하다(organize)보다 느리고, 큰 반작용을 거치면서 하나의 반대말이 형성되어 새롭게 비유기성(Unorganisiertheit), 무기질(Anorganismus), 무기성(Inoganität)이라는 단어로 굳어 버린다. 우리는 유기적이든 무기적이든, 그렇게 되는 휴식 기간에 특별히 주의하는데, 로스앨러모스의 감독관은 외국어를 말할 수도 있었던 것 같다. 아마 그가 '운(un)'과 '인(in)'을 '언(an)'으로 듣고서 불변화사를 제멋대로 사용했던 모양이다. 그는 불변화사를 '기관'의 앞이나 뒤에 붙였다. 그렇게 되다 보니 우리는 있지도 않은 푸글(Fugl)과 니아오(Niao), 외슬레(Ôsle)와 이본(Ibon)을 4대 원소로 연구한다. 또한 우리는 변하지 않는 문자를 쓴다. 순전히 원소의 변화를 생각해 보는 것은 가능하다. 미사여구나 변화가 없어도 행위는 시작이 있고 끝이 있다. 잘못할 수도 있다. 하는 것처럼 보일 수도 있다. 그래도 우리의 깨달음에는 전환점이 있다.

나는 꽃봉오리가 움트는
나무를 알지 못한다…
그런데 이 향기는!*

* 바쇼의 성가(에케하르트 마위의 일본어 번역에서)-원주

내가 주기에 대해 말하면, 기계공은 바쇼*를 인용한다. 모든 사람이 위의 인용문을 오늘, 아니 다가오는 해에도 말할 것이다. 반복이 시작된다. 기계공 형제는 나의 목표를 의심하지 않지만 협조를 거부하고 개별 단어와 다양한 언어들이 나올 때마다 조용히 있어 달라고 부탁한다. 그는 약간은 비난조로 서기관인 내가 우리가 번역하지 못한 공식에 깊이 관여했다고 지적한다. 호스트는 "어쩌면 우리는 모두 우둔한 말을 하는 거야"라고 두 번째 강의 뒤에 말한다. 그는 광파를 상상조차 할 수 없고, '질량 없는 미립자'의 역설을 설명할 수 있는 말을 찾지 못한다. 질량 없는 미립자는 진짜로 변환될 수 없다. 우리는 맹목적으로 공식을 사용하고 계산한다. 우리는 후대인들이 성공한 실험 자료를 읽으면서 공감하길 원한다.

우리는 저장소가 건설될 사막에 살며 그곳에서 가정을 꾸린다. 우리는 사막의 식물을 연구하고 오랜 기간을 준비한다. 아마 나는 그 사막에서, 자라나는 세포에서 죽어 갈 것이다.

* 마쓰오 바쇼(1644~1694)는 일본의 시인이다.

우리는 사막에 맞서기 위해 **'오, 영원이여, 시간 없는 시간이여'**를 크게 외쳐야 했다. 우리는 그곳에서 안락한 삶을 살 것이기 때문에 나는 아주 늙어서야 죽을 것이다. 우리는 위장하고 싶지 않다. **영원만큼은 목표가 없고 계속해서 유희하며 결코 분노를 멈추지 않는다.** 마침내 우리는 고전의 목록을 확장해서 온전히 그 연구에 전념할 시간을 갖는다. **아무도 셀 수 없는 시간, 그 시간은 늘 새롭게 시작한다.***

나는 시간이 지남에 따라 이상하게 변하는 단어들을 연구할 것이다. '새로운 것에서(vom neuen)'와 '다시(von neuem)'를 구분하고, '팽트(fängt)'를 '팽에트(fänget)'나 '팡트(fangt)'†와 구분하는 제멋대로의 상황을 해명한다. 나는 이해할 수 없는 말을 다음처럼 중얼거리는 동물학자를 참을 것이다.

어떤 음높이의 소리라도 공명 속에서 멈추게 하라
옘랍
약탁

---

* 요한 제바스티안 바흐(Johann Sebastian Bach)가 작곡한 찬송가 <오, 영원이여, 너 천둥의 말이여>-원주

† 독일어 동사 fangen(잡다)에서 나온 것이다.

3도 음정의 아침 기도와 순간

누가 그녀를 홀리는지

때로는 예전에서, 때로는 단검으로,

그리고 우리가 페달을 밟으면 (조용히!)

페달을 완전히 읽고 네 이름을 소리 내라.

오 엄마.*

우리는 멀리서 더 이상 일주일에 한 시간도 세계에서 일어나는 사건에 할애하지 않는다. 우리의 침묵은 확장될 것이다. 우리는 어느 형제나 자매의 사망 소식을 들으면 대니 보이†식 선율에 맞춰 흥얼거리고 웅얼거리고 고함친다. 흩뿌려지는 창법으로. **부르면… 장미는 떨어지고… 더 달콤해질 거야….**‡

어느 신참에게 우리는 질문한다. 로스앨러모스의 노동자들이 혼성어가 적힌 포장지에 담긴 고양이 배설물을 정확히 선택한 것은 우연의 일치였나요? 밀과 설탕은 섞이고, '밀(Wheat)'과 '설탕(Sweet)'에서 '에스휘트(sWheat)'라는 상표가 나온다. 모래 한 삽으로

* 제임스 조이스의 소설 『피네간의 경야』에 나오는 대목의 저자 번역-원주

† 20세기 초반에 유행한 아일랜드의 담시

‡ 조니 캐시(Johnny Cash)의 노래 <대니 보이>-원주

고양이 똥도 흡수하고 큰 수익을 만들 수 있다고 약속했던 그 광고는 독창적이지 않은가요? 마지막 똥마저도 금으로 바뀔 수 있다. 우리는 세상의 종말에 살고 있다. 그것이 그분의 계획이다.

그 틈을 벗어나 하늘을 품은 이른 아침 졸린 상태에서… 이렇게 나는 주문하고 있다. 내게 이해할 수 있는 언어로 쓴 서적들을 보내 줘. 예를 들면 마이뢰커*의 책을. 나는 배가 고프고, 종이를 손에 들어 내가 여행 전에 손으로 베낀 문장들을 반복한다. **물로 젖은 (더러운) 수건을 수평선 너머로 던지네. 그런 일은 고요하고 침침하기 때문에 나를 황홀하게 해: 주름진=구름 폭풍.**†

우리가 사막에서 사는 한, 아무도 쓰레기가 없다고 말할 수 없을 것이다. 뭔가가 이탈하면 우리는 그것을 측정할 것이다. 최악의 경우라도 우리의 몸이 반응할 것이다. 우리는 측정 용기가 되고, 빈대들이 관찰될 수 있다.

오 쿠 오 쿠 쿠 밖은 추워.

---

* Friederike Mayröcker(1924~2021)는 오스트리아의 시인이다.

† 프리데리케 마이뢰커의 시 「나는 잔인하게 거기에 앉아 있을 뿐」-원주

오 쿠 오 쿠 쿠 밖은 추워.*

저 사막에서 측정 용기는 낮에는 뜨겁고, 밤에는 얼음처럼 차가울 수 있다. 아낙네로서 나는 더 이상 위장할 수 없을 것이다. 그러기에 나는 너무 하얗다. 충분히 강하지도 않다. 호스트가 우리를 어떻게 묵게 했는지도 내겐 불분명해졌다. 호스트는 저 사막에서 찾을 수 있는 아주 보통의 도시들에 대해 말한다. **황금 도시들. 황금 마을들.**† 앤더슨. 로리에. 끔찍한 시절에 노래하는 것.

호스트가 먼 거리에서 계산한다고 가정할 수 있다. 그는 밤을 과소평가했다고 가정할 수 있다. 그는 대학의 협력에 대해 이야기한다. 출장소에 대해서 말한다. 인공위성. **빅 사이언스. 할렐루야.** 우리는 먼 미래와 다음 단계를 생각하는 기술을 배워야 하며 그 중간

---

* 비주얼 아티스트 로리에 앤더슨(Laurie Anderson, 1947~)의 데뷔 앨범 <빅 사이언스(Big Science)>(1982)에 수록된 프로그레시브 록의 도입부. 효과음 '어우' 등에는 늑대 울음을 흉내 내는 사람의 목소리, 거친 음, 웅얼거리는 소리 등이 섞여 있다. 관련 흑백 비디오를 보면 도시를 가까이서 혹은 멀리서 촬영하면서 디스토피아적인 황량함을 보여 준다.

† 로리에 앤더슨의 노래.

정도의 단계에 갇히지 않아야 한다. **요델아위히후.**[*]
골똘히 생각하지 말기. **교수님! 불 좀 꺼 주실래요?**[†]

우리는 너희 세포로부터 온 소식에 매우 기쁘다. 뉴스의
긴 호흡은 우리에게 필요한 인내를 조율한다.

지금이 아니면 절대 안 돼![‡] 나는 너희에게 큰 행운을
빈다. 행운이 함께하는 우연이 있기를.

하지만 그런 우연이 미쳤는지 돌처럼 죽은 것인지
당신의 머리는 활짝 핀 바위취가 된다.[§]

시구를 모아라. 제발. 수도회의 세월은 압축되어야 한다.
우리가 외톨이로 남지 않으려면.

---

* Yodellay-hee-hoo. 스위스의 요들송에 타악기, 관악기 음이 첨가된 대중음악.

† 로리에 앤더슨의 앨범 <빅 사이언스>(flowlez.com의 번역)-원주
쿠 쿠 추워. 쿠 쿠 밖은 추워
(…) 오 쿠 쿠. 황금의 도시. 황금의 도시
(…) 위대한 과학. 할렐루야. 위대한 과학. 요델아위히후
(…) 교수님! 불 좀 꺼 주실래요?

‡ 제임스 조이스의 소설 『피네간의 경야』에서-원주

§ 딜런 토머스(Dylan Thomas)의 시 「그리고 죽음은 지배해서는 안 된다」(에리히 프리트의 독일어 번역 「그리고 죽음에는 제국이 남아서는 안 된다」에서)-원주

어느 도시의 어느 커피숍에서건

모든 도시의

모든 커피숍이건*

* 아니 디프랑코의 노래 <작은 플라스틱 성(Little plastic castle)>의 가사-원주

역자 후기

언제부터인지 인류는 불안을 먹고 산다. 불안을 트라우마나 유년시절의 체험 등과 같은 무의식을 통해 설명하기도 하지만, 지금 유행하는 디스토피아, 포스트휴먼, 포스트묵시록 등은 개인적인 과거에서만 유래하는 것은 아니다. 집단이 겪은 재난의 연속은 안전에 대한 불안으로 이어져 왔다.

문명의 윤택함과 편안함을 주도해 온 과학기술은 스스로 생명을 파괴한다고 인정하지 않는다. 많은 현대인은 방사능 물질을 없앨 수 있지만 그러지 않아도 능히 제어할 수 있다고 말한다. 그런 자신감은 재난이 있을 때마다 그것을 극복한 문명사에서 오는 걸까? 방사능 환자의 고통을 덜어 주는 치료약은 계속 나오고 있지만, 스위스 작가 아네테 훅(Annette Hug, 1970~)은 본 소설에서 어떤 특효약이 방사능 피폭 문제를 해결할 것이라고 희망을 주는 일은 무책임하다고 강변한다. 그는 우리가 알면서도 미루어 왔던 심각한 핵폐기물 처리 문제를 소설 속의 사건들로 옮겨 놓는다.

핵은 제2차 세계대전 기간에 가공할 무기로 활용되다가 전후 에너지 생산에 쓰였다. 수많은 핵발전소가 건설되어 대규모로 전기를 공급하기 시작했다. 당시 반핵운동가와 시민단체는 그 위험을 경고했지만 정치와 경제의 논리 앞에서 뜻을 관철하지 못했다. 인류는 체르노빌 원전 사고(1986)와 후쿠시마 원전 사고(2011) 등을 겪으면서 핵의 파괴성을 실감했다. 상당량 누출된 방사능 물질은 자연과 사람들을 공격한다. 인간의 육신은 외부 물질의 침투에 쉽게 노출되어 있고 특히 유독물질에 취약하여, 심하면 사멸에 이를 수 있다. 소설에서도 언급하고 있듯이 미국 스리마일섬 핵발전소, 미국 칼즈배드 핵폐기물 저장소, 일본 도카이무라 핵폐기물 저장소 등에서 연이어 매우 심각한 사고가 있었다. 핵 관련 정보와 논문은 쌓여 있고, 정부나 민간도 공동으로 대책에 몰두하기 시작했다. 다행히 핵이 생존 환경의 위협 요소라는 결론은 지구인의 상식이 되었다. 독일에서는 이미 2022년에 핵발전소 가동이 중단되었다. 그러나 대부분의 나라에서 핵발전소는 해체되지 않고 있다. 우리나라의 경우 1978년 고리에서 핵발전소 1호기가 가동되기 시작하여, 현재 27기가 운영 중이며, 전력 공급의 40%를 차지하고 있다.

이제 핵은 사용 후 처리 문제로 국면을 바꾸면서 본격적으로 포스트 핵 담론의 서막을 열고 있다. 원전의 수명은 보통 40년이며, 핵발전소 이력이 있는 국가는 반드시 사용 후 핵폐기물을 처리해야 한다. 대부분 국가에서 핵폐기물은 고스란히 원전 내에 임시 보관되어 있고 원전 시효는 만기가 되어 가고 있다. 그래서 영구 핵폐기물 저장소 부지 문제가 격렬한 법적, 사회적 문제로 확산되고 있지만 그런 공론화 자체를 무시하는 여론도 만만치 않다. 결과적으로 핵의 치명적, 지속적 위협은 우리 곁을 떠나지 않고 있다.

핵폐기물은 일정 시간이 흐르면 유해성이 사라지는 특징이 있다. 그래서 그 처리 방법으로는 우주에 버리거나, 변환하거나, 땅속 깊은 곳에 보관하는 것 등이 있다. 특히 영구히 지하 저장소에 매립하는 방법이 현실적으로 주목을 받고 있는데, 이 경우에도 생존 환경의 안정성은 보장받지 못한다.

바로 이 지점에서 『심지층 저장소』의 줄거리가 시작된다. 핵폐기물을 임시 관리하던 어느 컨소시엄은 5인의 회원에게 '누구도 방사능으로 죽어서는 안 된다'는 엄중한 미션을 내린다. 이에 그들은 핵폐기물 영구 처리와 언어적으로 미래 세대에게 핵폐기물의 위험성을 어떻게 전달할지를 연구한다. 이를 위해 중세의 수도사처럼 독립적이지만 격리된 공동체 생활이 시작된다. 각각은 자신의 평범한 경력을 바탕으로 핵폐기물 처리 업무를 맡는다. 페트라는 회계사로, 베티는 간호사로, 아나톨은 핵물리학자로, 쿠어트는 기계공으로, 셀린은 언어학자로 일한 적이 있다. 그들은 수도회에서 평온한 나날을 보내면서 성장기의 트라우마와 에피소드를 떠올리고 서로 연애 및 갈등 관계를 겪는다.

특히 7장부터 11장에서 회원들은 저장된 핵폐기물이 야기할 여러 미래의 시나리오를 구상한다. 핵연료봉이 그 위험을 제대로 알지 못하는 초보자나 심지어 마피아 수하에 놓이는 상황, 핵폐기물이 나태함과 무관심의 희생양이 되는 상황, 무정부 상황, 핵 유해물질이 세포 활동을 방해하고 염색체를 파괴하여 끝내 인체를 기형으로 만드는 상황이 묘사된다. 이런 학습 과정과 더불어 회원들은 과거의 핵발전소 사고들을 연구하면서 같은 실수를 반복하지 않으려고 한다.

그러나 프로젝트를 맡긴 컨소시엄의 책임자가 페트라에게 갑작스럽게 계약을 파기한다. 이미 확장되고 있던 작업은 중단될 위기에 처한다. 회원들은 자크 라캉식으로 표현하면 수도회라는 상상계에서 머물다가 정작 현실적인 상징계로 진출하지 못할 지경에 놓인다. 늘 인류에게 안식처가 되어 주던 자연의 자기 조절 시스템마저도 핵재앙 앞에서 굴복하고 있다.

그렇다면 전혀 경험하지도, 예상할 수도 없는 핵재앙 앞에 놓인 이 삶의 터전은 지켜질 수 있는가? 소설 속의 등장인물들은 불완전한 개인에서 점차 세계시민으로 성장한다. 그들은 공동체 생활을 통해 서로를 위무하기 시작하고, 그 취지에 동감한 신입 회원도 늘어난다. 그들 모두는 책임자의 명령에 반발하며 핵 연구 문서와 기계장치를 들고 미지의 대륙으로 향한다. 마지막 장에서 셀린은 노래 가사를 출정한 동료들에게 보내 독자적 행위를 응원한다.

소설의 문체는 불길하면서도 비유적이다. 공간과 풍경은 사실적이고, 시제는 과거, 현재, 미래를 자유롭게 넘나든다. 특히 본문 뒤에 모자이크처럼 붙어 있는 다섯 편의 시나리오는 미래를 상상하며 초현실적 분위기를 조성함으로써 사유를 확장한다.

제2차 세계대전 당시 핵폭탄 발명을 주도한 알베르트 아인슈타인은 히로시마와 나가사키의 참혹한 결과를 보고 망연자실했다. 그는 인류가 미래를 예견하고 미래를 제어할 수 있는 능력을 상실했기에 지구는 파괴되고 스스로도 멸망할 것이라고 경고했다. 생물학자 레이첼 카슨은 『침묵의 봄』(1962)에서 핵폭탄 낙진이 유발하는 생태계 위협을 경고하면서 본격적인 생명계 담론을 주도했다. 문명의 딜레마 앞에서 좌고우면하지 않는 그런 선각자적인 용기의 전통이 『심지층 저장소』에서 계속되고 있다. 인류의 절멸로 이어질 수 있는 핵폐기물의 위험성에 대한 의식은 행위의 차원으로 상승되어야 한다. 인류가 스스로 파멸의 길을 선택하는 역설은 피해야 한다.

3년 전 출판사로부터 훅의 근작에 대한 검토를 의뢰받았다. 이미 그의 전작을 옮겨 본지라 시공을 넘나드는 문학적 상상력과 왜곡된 세상에 대한 굽힐 줄 모르는 저항심이 어떻게 결합하고 있는지 궁금했던 터였다. 아니나 다를까 작품에서 이상적인 세계시민으로서의 고민, 특히 당당한 주체에 대한 의지가 더욱 짙게 감지되었다. 학창 시절부터 삶은 내 결정에 두어야 한다는 가르침을 마음에 새기면서도 현실원칙을 따라가던 차에, 『심지층 저장소』와의 만남은 새삼 한 개인의 힘이 얼마나 위대한지를 다시 생각나게 했다.

사상가 프로이트는 자아(Ich)의 역할을 성찰했는데, 그의 명제를 조금 바꾸어 본다. "나태함이 있던 곳에 자아가 들어서야 한다." 자아가 있다면, 내 가족과 우리 미래의 세대에게도 충만한 삶이 가능하지 않을까?

끝으로 독일어 소설을 우리말로 옮기고 다듬는 과정에 세심하게 동력(同力)해 주신 이선화, 이혜정 편집자님과 아네테 훅 작가님에게 감사의 말씀 드린다.

2024년 3월

서요성